清代詩社初探

胡媚媚 著

樓含松題

匯智出版

序

張宏生

　　寫詩是非常個人化的行為，但是，人又是社會性的動物，有着強烈的社交需求。孔子曾提出「詩可以群」的命題，所謂「群」，就是「群居相切磋」(孔安國)，「和而不流」(朱熹)，在群體活動中，以詩歌溝通感情，交流思想。因此，寫詩就能夠成為社會交往的工具，唱和也能夠成為重要的生活方式。在中國文學史上，唐代大概就已經出現了詩社，但真正的興盛，還要到宋代。宋代詩人的群體意識進一步高漲，結社現象大大增加，不僅使得詩歌創作行為不斷走向社會化，而且促進了流派的形成。諸如宋代最有影響力的江西詩派，得名即源於呂本中的一張《江西詩社宗派圖》，這張圖將詩社和宗派聯繫到一起，體現了社與派之間的密切關係。流派所賴以形成的諸要素，如領袖、綱領、群體、實績、影響等，都可以在詩社中或多或少地找到痕跡。

　　雖然詩社在宋代已經有了較為充分的發展，並在明代有所延續，但若論數量之多、規模之大、活動之頻繁、形式之多樣、思致之深刻等，還要數清代。

　　清代是古典詩學的總結期，在這個氛圍裏，詩社活動也有所呼應。眾所周知，中國古典詩歌經典化的歷程，有相當一部分是在清代完成的，這既體現在詩話、選本等理論性的著作中，也體現在實際的創作過程中。而這個創作過程，就包括詩社的活動。早在清初，活動時間長達十餘年的驚隱詩社，就

「歲於五月五日祀三閭大夫，九月九日祀陶徵士，同社麇至，咸紀以詩」（楊鳳苞《秋室集》卷一《書南山草堂遺集後》），另有杜甫等詩人，也是祭祀對象。除了提倡氣節、弘揚愛國精神外，對其傑出詩人形象的形塑，也是重要的環節。和這個思路相近，清代的許多詩社活動或詩人聚會都有集中的主題。這裏值得特別提出的是壽蘇會，即在農曆12月19日蘇軾生日這天舉行的雅集。在整個清代，為前代文人祝壽而舉辦的文學活動中，可能以壽蘇會為最多，如著名詩人、批評家、金石學家、書法家翁方綱一生即舉辦了二十多次。這種風氣，不僅不斷喚起對蘇軾的文化、文學記憶，由於蘇軾是和黃庭堅並稱的宋詩代表人物之一，對蘇軾的仰慕，對蘇詩的琢磨，顯然也和清詩發展中的宗宋之風有所關聯。這個話題可以稍微旁衍。壽蘇會也延及詞壇，是清代詞壇雅集的重要方式之一。詞壇的壽蘇會和詩壇有不少相似之處，需要強調的是，此類雅集經常喜歡選擇蘇軾特定的詞作，如《滿江紅》（大江東去）、《水調歌頭》（明月幾時有）等加以追和，形成創作熱點。眾所周知，這些詞作可以納入蘇詞最著名的創作系列之中，這種群體性的大型追和，無疑是經典化的重要一環，使得讀者對這一類作品的記憶不斷得到強化。蘇辛異同是詞學史上的老話題，南宋范開就曾指出：「世言稼軒居士辛公之詞似東坡，非有意於學東坡也，自其發於所蓄者言之，則不能不坡若也。……其間固有清而麗，婉而嫵媚，此又坡詞之所無，而公詞之所獨也。」（《稼軒詞序》）潘牥說：「東坡為詞詩，稼軒為詞論。」（陳模《懷古錄》）明代王世貞也曾指出「長公麗而壯，幼安辨而奇」（《藝苑卮言》）的特色。大約清代以前，論蘇辛詞言異同者較多，

而清代以後，漸有人提出蘇辛優劣說。認為蘇勝於辛的，如吳衡照說：「蘇辛並稱，辛之於蘇，亦猶詩中山谷之視東坡也。」（《蓮子居詞話》）郭麐說：「東坡以橫絕一代之才，凌厲一世之氣，間作倚聲，意若不屑，雄詞高唱，別為一宗。辛、劉則粗豪太甚矣。」（《靈芬館詞話》）將詞壇壽蘇的活動放在這個大背景中，也許可以對清代的蘇辛異同、蘇辛優劣說的出現背景，提供一些思考的路向。

以上所說，只是清代詩社活動所體現的價值的一個側面。事實上，作為詩壇群體活動的重要指標，詩社活動指向的價值非常多元。比如說，可以考察時代的創作風貌，可以辨析詩風的前後傳承，可以展示領袖的引領作用，可以探究詩壇的生態分佈，可以思考詩風的階段發展，可以區別群體的地域分佈等。特別是，清代詩歌理論的發展非常興盛，往往展示出彼此代興、互爭長短的現象，這些，也會或多或少地在詩社活動中體現出來。

在清詩發展的過程中，詩社有着如此重要的作用，理所當然地會引起學者的關注，也出現了一些富有創見的研究著作，但總的來說，和其應有的價值相比，這一領域的研究目前還相對薄弱，特別是缺少宏觀性的研究。胡媚媚博士的《清代詩社初探》一書，是第一部對清代詩社進行較為全面研究的著作，有着特定的意義。

我通讀全書，感到至少有下面幾點值得提出來。首先是文獻功夫紮實。作者曾在浙江大學師從朱則傑教授攻讀學位，在清詩文獻考訂上，深得則傑教授的真傳。清代詩社繁多，以往學界研究不足，致使不少詩社的面目不夠清晰。作者從第一

手資料出發，作了細緻的考訂。如對康熙後期的城南詩社，作者從創立時間、人員構成、活動範圍、創作傾向等方面進行梳理，特別是揭示了這一詩社與葉燮的淵源，進一步弄清了這個以沈德潛為中心的創作群體的面目，可以為格調説的研究提供更多的參考。其次是信息量大。本書涵蓋有清一代，時間跨度大，為使讀者具有整體印象，作者嘗試從不同方面加以敍述。如揭示清代詩社的階段性特徵，討論清代詩社的地域性分佈，從節令選擇上看清代詩社集會活動的展開，從分體、分題、分韻、聯句等方面看清代詩社的唱和方式等，轉換不同角度，勾勒出清代詩社的基本面貌，為人們在這個領域的進一步研究，提供了不少基本信息。第三是提出了一些富有啟發性的看法。作者將清代詩社分為三個發展階段，分別為清代初葉（順治、康熙、雍正年間）、清代中葉（乾隆、嘉慶年間）和清代末葉（道光以後）。在總結各階段特色時，時有創見。如討論乾隆年間各地濃厚的結社興趣，無論在數量上、地域上，還是在類型上，都呈現出前所未見的特色，特別是以胡濤為代表的古歡吟會，有具體的社長，清晰的社名，相應的規模，集中的活動地點，連續性的集會，有意識的記錄，以及明確的創作宗旨等，代表了詩社集會的規範化趨向。以上所述不一定全面，但也略能見出這部著作的特色。

2017 年秋，龔宗傑君來到香港浸會大學孫少文伉儷人文中國研究所從事研究工作，媚媚則進入了同濟大學博士後流動站，閒暇之時，也會來香港和宗傑相聚。他們伉儷文章知己，先後在浙江大學和復旦大學同窗共讀，在浸會相聚時，也往往待在研究室裏，讀書寫作，互相切磋。香港郊野公園眾多，

風景秀麗，春秋佳日，我們偶或一起郊遊，談古論今，情致益然。宗傑樸實厚重，媚媚則熱情開朗，而在學業上，一專攻明代，一專攻清代，各有所長，相得益彰。前不久，我剛為宗傑的《明代戲曲中的詞作研究》作序，現在再為媚媚此書作序，一年之中，伉儷二人相繼出版專著，真是並肩而進，琴瑟和鳴，我也為他們所取得的成績感到深深的喜悦。

這些年，研究所每到八月都召開青年學者學術會議，今年是由宗傑具體主持。會議籌備期間，我和他們伉儷到環球貿易中心天際100小聚。這是香港最高的大樓，登臨之際，正是多事之秋，不免生出杜甫當年的感慨。向下看，維多利亞港灣碧波蕩漾，九龍城旁，就是著名的宋王臺公園。1276年，蒙古軍攻陷臨安後，端宗及其弟昺不斷南逃，至九龍官富場後，曾建立行宮。為了紀念此事，後人乃在行宮附近建了宋王臺。清末民初，不少士人來到香港，北望中原，這裏成為他們經常流連聚會的地標之一。如1916年9月17日，陳伯陶主持宋臺秋唱，敬祝南宋東莞遺民趙必璖生日，抒發文化理想，吸引了不少士人參與。這種方式，讓我們想起了清代初年的驚隱詩社。媚媚的這部著作，談到了嶺南的西園吟社，限於體例，尚未進一步南延，不知日後是否也會將清末民初香港的詩社雅集納入考慮的範圍。正如媚媚所説，清代詩社的研究現在還較為薄弱，有着很大的發展空間。因此，作為一個良好的開端，這部著作出版之後，相信她還會在這個領域繼續開拓發展，做出更大的成績。

是為序。

2019年11月12日於香港將軍澳中心片翠山房

目　錄

緒論

　　清代詩社研究是清詩研究的組成部分，具有重要的意義。清代文人愛好雅集，結社頻繁，有文獻記載的社團數量遠遠超過前朝。結社成為清代文學的一大特點。「清代詩社」這個研究對象的界定工作涉及以下幾個方面。首先，我們的研究對象主要是清代的詩歌社團。選取清代各個時期的不同詩社進行研究，對考察清代詩社的興衰，詩社創作傾向的變化，詩社與社會背景、詩壇風氣的關係等都具有重要意義。筆者將選取不同時期、不同地域具有代表性的詩社進行研究，注重詩社間的差異性，盡量客觀地反映清代詩社的總體面貌。清代詩社研究，將詞社、文社、曲社、劇社等文學社團排除在外。如「小山詞社」、「泖東文社」、「和聲文社」、「清河文社」、「二卯文社」、「靈鍪文社」、「博我文社」、「三千劍氣文社」、「南平文社」、「臨社」、「鴻筆文社」等，均不納入研究的範疇。詩文社當中，多以作詩為集會內容的一類，筆者往往也加以考察。其次，我們要區別結社與集會的概念。結社和集會這兩種文學活動具有各自的特點。集會的歷史悠久，魏晉、隋唐時期便有許多著名的集會，如鄴下集會、蘭亭雅集等。宋代官員宴集也十分頻繁。結社一般具有相對穩定的社員構成、起止時間、活動地點等，往往定期舉行集會。可以說，詩社活動幾乎依賴集會，而集會不一定是結社行為。筆者後文所選取的詩社個案，至少有兩次或以上的集會，充分體現結社的規律性。清代文

獻記載某某結社而沒有社名等信息,也屬於結社行為,不可勝數。在古人的觀念世界裏,結社和集會的界線較為模糊,現代學者應根據具體情況進行判斷、劃分。

一　選題意義

清代詩社研究的選題意義,主要體現在以下兩個方面。

(一) 清代詩社對於清詩研究的意義

目前,學界對詩社的研究主要是從詩社的領袖或成員入手,把結社目的及詩學傾向作為詩人思想的一個方面來研究。那麼,詩社研究就容易成為詩人研究的附屬。然而,詩社研究具有自身的獨立意義,應該受到更多重視。以詩社為中心,根據相關資料對具有代表性的詩社進行系統的梳理,把整體詩人或者代表詩人作為詩社的一個要素進行研究,旨在探求詩社的創作傾向和詩學思想等,給予詩社在清代詩歌史上應有的歷史地位。與詞社相比,結詩社的形式更符合遺民詩人的心態,因此明末清初的一些詩社帶有明顯的政治色彩。在分析社詩創作的同時應聯繫結社的社會環境,注意各個詩社之間整體詩風的差異和變化,才能客觀地反映清詩的發展方向。因為,無論是一個詩社興起、發展、演變和衰亡的過程,還是地方詩社在清代不同階段的發展過程,都能為清詩史的書寫提供線索,使清詩的淵源和面貌更為清晰。

（二）清代詩社對於詩人群體研究的意義

詩社不同於其他文學活動，主要在於它是詩人群體的唱和活動。我們不僅要注意骨幹社員的詩作風格，更要分析詩社的整體詩風。詩社的核心成員能夠帶領、影響整個詩社的創作傾向。根據他們的詩作分析結果，從中發現共同點，即這個詩社區別於其他詩社的特點。有些詩人參加多個詩社，處於主導或從屬地位，對於我們研究詩社與詩社之間的關係都有重要的指引作用。聚焦社中不同成員的年輩、官職、地位等差別，我們

能夠探知詩社的主流審美傾向和詩學觀念。有的詩社發生分裂，也與社員在政治、創作、交遊等方面的分歧有關。詩人群體的分裂將迅速導致詩社的分裂和消亡。社員的身體狀況也對社事有所影響，社中領袖遷移或逝世往往是詩社沒落的重要原因。詩社是研究詩人群體的一個切入點。從詩社入手，研究社員創作的體裁、詩題、風格等，把握詩社的整體創作傾向，有利於了解各個詩人群體的不同特徵。一般而言，詩社有既定的社約，社員也多具有相似的經歷和志趣，這種內在的凝聚力輔以品茶、飲酒、出遊等外在的集會形式，所形成的詩人群體更具固定性、娛樂性。詩社可以反映時代審美，也可反映詩人們的性格特點和生活情調。這種輕鬆、高雅的文學活動和存留的詩作乃至詩集，折射出清代詩人群體的特點、不同詩人群體之間的創作水平和風格，也能折射出清代詩人的思想變化和對文學對生活的理解、選擇。

二 研究現狀

學界關於清代詩社的研究，總體來看還比較薄弱。明代詩社的研究比較充分，如郭紹虞先生的《明代的文人集團》、《明代文人結社年表》二文和何宗美先生的著作《文人結社與明代文學的演進》（人民出版社2011年3月第1版）等。而清代詩社缺乏全面、系統的研究，詩社個案研究也相對較少。個案研究，目前主要是圍繞「復社」、「望社」、「宣南詩社」、「南社」等，以及清初的重大遺民詩社和一些閨秀詩社如「蕉園詩社」。學界對詩社整體流變的研究也不多。每個詩社都具有自身的特殊性，部分詩社可能因為各種因素沒有得到重視，我們應當發掘其研究價值，進行嚴密的考證和完整的論述，盡量還原社集的真實場景，給予恰如其分的歷史意義。

（一）清代詩社的研究現狀

（1）學位論文

研究清代詩社，學位論文分量最重，主要有：葛恆剛《望社研究》（南京師範大學2005年6月碩士學位論文），臧守剛《侯方域與雪苑社研究》（南京師範大學2006年6月碩士學位論文），康維娜《「蕉園詩社」考述》（南開大學2007年5月碩士學位論文），王恩俊《復社研究》（東北師範大學2007年5月博士學位論文），靳衛華《「蕉園詩社」研究》（河北師範大學2007年6月碩士學位論文），張濤《明末清初的文人社團與文學運動》（中國人民大學2008年4月博士學位論文），朱興和《超社逸社詩人群體研究》（華東師範大學2009年4月博士學位論

文），孫立新《南社蘇州詩人研究》（蘇州大學2009年5月博士學位論文），王文榮《明清江南文人結社研究》（蘇州大學2009年5月博士學位論文），范晨曉《「蕉園詩社」考論》（浙江大學2010年5月碩士學位論文），張薇《清代清溪吟社女作家研究》（南京師範大學2010年5月碩士學位論文），邱睿《南社詩人群體研究》（蘇州大學2010年5月博士學位論文），劉鳳雲《清代江浙地區「女子詩社」研究——以「蕉園詩社」為例》（四川師範大學2010年6月碩士學位論文），楊麗娜《清代東北流人詩社及流人詩作研究》（蘇州大學2011年4月碩士學位論文），黃建林《紅梨社研究》（蘇州大學2012年4月碩士學位論文），周于飛《驚隱詩社研究》（浙江大學2012年5月博士學位論文），祁高飛《清代杭嘉湖地區文學社群研究》（蘇州大學2013年3月博士學位論文），孫玉婷《竹溪詩社研究》（蘇州大學2013年5月碩士學位論文），王志剛《鴛水聯吟社研究》（蘇州大學2013年5月碩士學位論文），郭寶光《清初淮安山陽望社研究》（蘇州大學2013年6月博士學位論文）等。

（2）期刊論文

研究清代詩社的期刊論文，2000年之前時間雖長，數量卻少，主要有：李元庚《望社姓氏考》（《國粹學報》第71期，1910年），陸樹楠《三百年來蘇省結社運動史考》（《江蘇研究》1935年第3期）、《雪苑社和望社》（《越風》1936年第10期），胡懷琛《中國文社的性質》（《越風》1936年第13期）、《西湖八社與廣東的詩社》（《越風》1936年第14期），陳楚豪《兩浙結社考》（《越風》1936年第16-19期），楊國楨《宣南詩社與林則徐》

（《廈門大學學報》1964年第2期），王俊義《龔自珍、魏源「參加宣南詩社」說辨證》（《吉林大學學報》1979年第6期），黃麗鏞《宣南詩社管見》（《上海師範大學學報》1980年第1期），薛虹《函可和冰天詩社》（《史學集刊》1984年第1期），顧志興《明清兩代的西湖詩社》（《西湖》1984年第1期），佘德明《紹興的文人結社》（《紹興師專學報》1990年第1期）、《紹興的文人結社（續）》（《紹興師專學報》1990年第2期）、《紹興的文人結社（續二）》（《紹興師專學報》1990年第3期）、《紹興的文人結社（續完）》（《紹興師專學報》1991年第1期），劉國平《清代東北文學社團——冰天社考評》（《社會科學戰線》1990年第4期），王永厚《林則徐與宣南詩社》（《文獻》1991年第1期），夏曉虹《晚清的女子團體》（《杭州師範學院學報》1996年第1期）等。

2000年及以後，相關期刊論文出現較多，主要有：眭俊《問梅詩社述略》（《復旦學報》2000年第1期），李緒柏《明清廣東的詩社》（《廣東社會科學》2000年第3期），陸草《中國近代文社簡論》（《中州學刊》2001年第4期），張兵《望社的形成與詩文化活動》（《西北師大學報》2002年第6期），何宗美《清初甬上遺民結社略考》（《中國典籍與文化》2003年第4期），張濤《20世紀中國古代文人社團研究史論》（《深圳大學學報》2006年第6期），葉君遠《吳梅村與「兩社大會」》（《甘肅社會科學》2008年第1期），史五一《明清會社研究綜述》（《安徽史學》2008年第2期），吳晶《蕉園詩社考論》（《浙江學刊》2010年第5期），陽達、丁佐湘《清代民間考評式結社述論》（《江西社會科學》2011年第4期），羅時進《基層寫作：明清地域性文學社團考察》（《蘇州大學學報》2012年第1期），陳恩維《論地

域文人集群與地域詩派的形成——以南園詩社與嶺南詩派為例》（《學術研究》2012年第3期），李玉栓《中國古代的社、結社與文人結社》（《社會科學》2012年第3期），祁高飛《鐵華吟社及其文學創作》（《齊魯學刊》2012年第5期），趙厚均《留得蕉園遺社在，只今風雅重錢塘——清初錢塘蕉園詩社考》（《新疆大學學報》2013年第4期），劉正平《南屏詩社考論》（《北京大學學報》2013年第3期）等。

另外，目前發表清代詩社個案研究論文最多的學者，當推本師朱則傑先生。截至2013年，朱老師已發表的有《〈清尊集〉與「東軒吟社」》（《浙江大學學報》2010年第5期）、《「潛園吟社」考》（《文學遺產》2010年第6期）、《「驚隱詩社」成員叢考》（《中國文學研究》2011年第3期）、《清初江南地區詩社考——以陳瑚〈確庵詩稿〉為基本線索》（《蘇州大學學報》2012年第1期）、《「洛如詩會」考辨》（《文學遺產》2012年第5期）、《鐵花吟社的社詩總集與集會唱和》（《詩書畫》2013年第2期）、《「南華九老會」與其〈倡和詩譜〉》（《常州大學學報》2013年第3期）、《「遁園吟社」與〈遁園雜俎〉》（《社會科學戰線》2013年第11期）、《陳瑚「蓮社」與〈頑潭詩話〉》（《浙江大學學報》2013年第6期）、《「翠屏詩社」考》（《四川師範大學學報》2013年第6期）、《畢沅「官閣消寒會」與嚴長明〈官閣消寒集〉》（《甘肅社會科學》2013年第6期）等。不過，朱老師主要是運用考據的方法，理清這些詩社的基本情況，意在為後人綜合研究清代詩人結社提供參考，基本上不做展開論述。

（3）出版專著

研究清代詩社的專著目前還很少，主要有：謝國楨《明清之際黨社運動考》（中華書局1982年11月第1版），何宗美《明末清初文人結社研究》（南開大學出版社2003年1月第1版），孫之梅《南社研究》（人民文學出版社2003年9月第1版），何宗美《明末清初文人結社研究續編》（中華書局2006年12月第1版），郭英德《中國古代文人集團與文學風貌》（2012年10月第1版），王恩俊《復社與明末清初政治學術流變》（遼寧人民出版社2013年11月第1版）等。

三　研究方法

筆者主要採取考據與論述相結合的方法，對清代不同時期和地域的詩社進行大致的梳理和研究。本書主要分「上篇」、「下篇」兩個部分。

先說下篇《清代詩社叢考》，筆者主要以六個詩社為中心，即「城南詩社」、「友聲詩社」、「古歡吟會」、「泊鷗吟社」、「西園吟社」和寶廷「消夏」「消寒」詩社。在各個篇章中又涉及「北郭詩社」、「樂與詩社」、「味外詩社」、「瓣香吟會」、「南園詩社」、「菊花吟社」和「西堂吟社」等幾十個詩社。筆者選取清代詩社的標準，不局限於特定時期或特定地域，也不局限於規模浩大和影響深遠的詩社，主要是着眼於一些具有代表性和研究價值的詩社，能夠說明清代詩社的集會、創作等重要問題。清代某些時期出現結社的潮流，筆者從中篩選、比較，選取研究意義突出的詩社進行考證、論述，考慮所選詩社間的差

異性。對詩社的起止時間、主要成員、集會活動、創作傾向、歷史地位等方面進行系統的考察，也涉及名稱、社長、骨幹成員、參與人數、活動次數、活動地點等細節。同時，筆者結合當時的社會背景和詩壇風氣，從而闡述各個詩社在清詩史上的地位和影響。詩社和詩社之間常具有承接或並列關係，這也是應當考慮的重要層面。筆者蒐集結社的相關材料如方志、年譜、詩社總集、詩人別集等，進行鑒別、判斷，結合歷史記載和現存作品，對單個詩社進行一番相對透徹的研究，整理出一系列具有文學價值的清代詩社。

　　再說上篇《清代詩社綜論》，筆者對清代詩社的整體情況進行論述，包含若干概念、階段特徵、地域分佈、集會活動、唱和形式、歷史地位等六個方面。概念的討論是進行詩社研究的前提；階段特徵主要從三個不同的歷史分期對結社行為和詩社類型的發展、演變進行概括性的論述；地域分佈主要從清代結社的幾大中心入手，歸納清代詩社的一些地域特徵；集會活動的分析在於考察結社的外在形式；唱和形式的總結在於提供集會創作的操作方法，並與詩歌直接相關。歷史地位的闡明旨在賦予詩社應有的價值，還原清代詩社真實、生動的面貌。階段特徵、地域分佈主要從宏觀方面把握，而集會活動、唱和形式主要從微觀方面探索，二者是趨勢與形態的差別。清代詩社，作為一種普遍的文學現象，具有總的特徵和價值。目前，學界對清代詩社的研究仍停留在個案。筆者對具體詩社的各個方面進行總結、提煉，目的是為了把握清代詩社的整體情況。在本篇中，筆者通過梳理大量具有代表性的詩社，對不同時期、不同地域的詩社形成一個概括性的認識，從而得出清代詩

社的總體特徵。而這些認識又可以沿用到其他未知的詩社，擴大清代詩社的數量，銳化清代詩社的歷史面貌。清代詩社的集會形式、創作內容、背景環境等，都出現了新的變化，清代成為詩社發展的重要歷史時期。詩社整體特徵形成的內在和外在原因，在本篇中都得到不同程度的展現。當然，由於清代詩社概括性的論述是一項新的嘗試，而筆者的時間、才力有限，可能出現偏離歷史客觀的論斷，暫憑此篇提供一種探索的途徑和考察的模式。

　　附帶對於前述本師朱則傑先生的清代詩社研究，本文在下篇詩社的選擇上避免重複，且在考證的同時增大論述的比重；在上篇中則多有借鑒、引據朱老師的成果，盡可能摒除個人偏見。這樣與朱老師的研究累加在一起，力求在總體上擴大清代詩社個案研究的範圍，並形成一個系統，展現更多的規律和特點，從而為日後綜合研究清代詩人結社提供更加豐富、紮實的參考。

上篇
———
清代詩社綜論

一　清代詩社的若干概念

　　清代詩社，仍存在若干概念性的問題需要解決。這些概念的確定，為詩社的定義和內涵劃分界線，是我們進行詩社研究的前提。在清代歷史上，詩社具有多種別稱，沒有明確命名為「詩社」的，需要通過集會及其創作進行判斷。詩社的名稱也包含了社員的文學趣味和美學思想，是詩社宗旨的表層體現。社序、社引，作為開創詩社之前的文學作品，對於我們了解詩社及其文學內蘊有啓示作用。清代詩人結社的淵源大抵來自地域傳統、家族傳統、師友風氣等方面。而在詩社的定義和範疇方面，詩社與集會的聯繫和區別，一直是貫穿始終，值得反覆探討的問題。下面就這些基本的概念，試舉清代的結社事實進行論證。

（一）詩社的別稱

　　清代詩人結社，不一定出現社名或「詩社」二字，有時只說某人結社。但凡記有某某結社，必定存在結社行為。王豫《群雅集》卷二十八吳樸名下詩話記載：「樸莊嗜詩，嘗招應地山、鮑野雲、張寄槎、顧弢庵、錢鶴山暨予聯社賦詩。閱時既永，唱和成帙。家西莊先生見之，題其簽曰『京江七子詩集』，並付諸梓。」[1]吳樸（樸莊其字）與應讓（地山其字）、鮑

1　王豫《群雅集》卷二十八，嘉慶刻本，第4a頁。

文達（野雲其號）、張學仁（寄槎其號）、顧鶴慶（弢庵其號）、錢之鼎（鶴山其號）和王豫七人結詩社，王鳴盛（西莊其號）題其總集為《京江七子詩集》。根據現存《京江七子詩鈔》的刊刻年份道光九年己丑（1829），可推知京江七子的唱和時間大致為嘉道年間。《群雅集》明確記載了吳樸等人結社的成員、地點和總集，但是，並無提及具體社名。這種情況下，我們或可將其命名為「京江七子社」，以便於今人考察。有的詩社只出現社名，沒有保留具體社員及其唱和詩歌。在清代歷史中，這種結社的簡要記載比比皆是，不勝枚舉。

　　詩社，或稱吟社。《群雅集》卷十江干名下詩話説：「片石偃蹇海上，苦吟度日。其詩劇削故軌，標領新情，雉水之秀也。與徐荔村、冒芥原、仲松嵐、宗杏原、陳小山、徐弁江、吳梅原、冒柏銘結『香山吟社』。荔村有『九人共結香山社，十萬歡場到白頭』之句，風流令人可羨。」[2] 此處，江干（片石其字）、徐麟趾（荔村其字）、冒國柱（芥原其字）、仲鶴慶（松嵐其字）等九人結「香山吟社」，又稱「香山社」，乾隆年間唱和於江蘇泰州，風雅一時。這裏的「吟社」即「詩社」，而不是詞社、文社或曲社。通常情況下，不特別標明為詞社或文社的社團，其文學創作形式主要是詩歌。筆者專門探討的「泊鷗吟社」、「西園吟社」等都是純粹的詩社。朱則傑、李楊先生《「潛園吟社」考》一文所探討的「潛園吟社」[3]，是一個具有社詩總集與社圖的詩社。通過其社詩總集《「潛園吟社」集》可知，該

2　王豫《群雅集》卷十，嘉慶刻本，第6a頁。

3　朱則傑、李楊《「潛園吟社」考》，《文學遺產》2010年第6期，第20-27頁。

吟社唯一的創作體裁是詩歌。當然，也存在不少作詩兼填詞的吟社。如，朱則傑、周于飛先生《〈清尊集〉與「東軒吟社」》一文中，「東軒吟社」的總集《清尊集》也收錄了一些詞作和題序作品[4]。

詩社，又稱詩會、吟會。這種稱法更傾向於集會的性質。袁景輅輯《國朝松陵詩徵》卷十五孫元名下詩話說：「也山與沈餐琅、顧玉洲輩結『歲寒詩會』，一時傳為盛事。」[5]這裏的「詩會」涉及固定的名稱、成員、地點，是「詩社」的別稱。又，王豫《江蘇詩徵》卷一百稱許碩輔：「生平澹泊寡營，惟以友朋酬倡為事。晚年與同里沈餐琅、吳月軒、沈勉庭、顧玉洲諸前輩聯『歲寒吟社』，人稱『十逸』。」[6]所收許碩輔《歲寒初集即事》就是社集作品。可知，「歲寒詩會」即「歲寒吟社」，社員還有孫元（也山其號）、沈鳳舉（餐琅其號）、顧壽開（玉洲其字）和吳惠（月軒其號）等人。羅時進先生《地域‧家族‧文學——清代江南詩文研究》中編《清代江南「九老會」文學活動探論》一文認為，根據《江蘇詩徵》的記載及《歲寒初集即事》「首集恰九老，風流企前輩」等句，推定「歲寒吟社」是「仿『九老會』的形式而建立的」[7]。而「九老會」也是清代吳地結社的重要形式。本師朱則傑先生《「洛如詩會」考辨》中的「洛如詩

4　朱則傑、周于飛《〈清尊集〉與「東軒吟社」》，《浙江大學學報》2010年第5期，第174頁。

5　袁景輅《國朝松陵詩徵》卷十五，乾隆三十二年丁亥（1767）愛吟堂刻本，第8a頁。

6　王豫《江蘇詩徵》卷一百，道光元年辛巳（1821）焦山海西庵詩徵閣刻本，第18b頁。

7　羅時進《地域‧家族‧文學——清代江南詩文研究》，上海古籍出版社2010年12月第1版，第175-176頁。

會」是康熙末期浙江嘉興府平湖縣的一個詩社[8]，也以「詩會」命名。此外，筆者集中探討的「古歡吟會」、「瓣香吟會」等，都是規範的詩社，而不應簡單地視為集會。

詩社，有時又稱詩課、吟課。《江蘇詩徵》卷一宮國苞名下詩話說：「上舍工詩善畫。州人仲雲江、葉古軒、鄒耳山、羅夏園結『芸香吟課』，上舍司月旦者十餘年。」[9]乾隆、嘉慶年間，宮國苞與仲振履（雲江其字）、葉兆蘭（古軒其字）、鄒熊（耳山其字）、羅克佽（夏園其字）等人結「芸香吟課」。又，《江蘇詩徵》卷一百四十七夏震名下詩話說：「春舟與鄒耳山、葉古軒、羅夏園諸子聯『芸香吟課』。」[10]「詩課」的舉行比詩社更具規律性，宮國苞每月主持社事，達十多年之久。「詩課」具有促使詩人定期創作的約束力。官方「詩課」往往與科舉制度相關，而一些私人組織的「詩課」已與普通詩社無異，旨在提高詩人的寫作水平。當然，如果詩課只是詩人個體的創作練習，而不涉及多位詩人唱和，就不能與「詩社」畫等號。

「吟榭」也是「吟社」的另一種說法。《江蘇詩徵》卷三十七田琳名下詩話將「芸香吟課」稱為「芸香吟榭」[11]。又，查揆《箋谷文鈔》卷四《「東山詩榭」序》：「乾隆辛亥、壬子之間，予方弱冠，與少白陸先生、家茂才世官結吟榭於龍山之麓。馮茂才

8　朱則傑《「洛如詩會」考辨》，《文學遺產》2012年第5期，第126-131頁。

9　王豫《江蘇詩徵》卷一，道光元年辛巳（1821）焦山海西庵詩徵閣刻本，第15a頁。

10　王豫《江蘇詩徵》卷一百四十七，道光元年辛巳（1821）焦山海西庵詩徵閣刻本，第20b頁。

11　王豫《江蘇詩徵》卷三十七，道光元年辛巳（1821）焦山海西庵詩徵閣刻本，第4b頁。

念祖、吳孝廉衡照、舍弟奕慶與焉。」[12]查揆於乾隆五十六年辛亥（1791）、五十七壬子（1792）年間，與陸素生、查世官、馮念祖、吳衡照、查奕慶等人結「東山詩榭」。

以上這幾種詩社的別稱也存在細微的差別。比如，「吟社」的說法相對籠統，可以在詩社活動中包含詞的創作；「詩會」、「吟會」相對側重於表達詩人群體的集會活動，含有隆重之意；「詩課」、「吟課」的側重點不在於詩人之間的唱和，而在於將作詩功課化，與提高詩人自身的文學修養有關；「吟榭」往往涉及結社的地點，常有結吟榭於山水之地的說法。某些詩社往往既稱「詩社」，又稱「吟社」或「詩會」等，在社員之間沒有完全統一的稱呼，但我們可以確定是同一詩社。而有些詩社雖然名稱完全相同，但結社的時間、地點、人物卻完全不同，應當加以區分。

（二）社名的取法

清代的詩社數量相當可觀，大小詩社層出不窮。目前雖未進行統計，但是通過粗略的估計可知，詩社數量及其涉及的詩人，非明代甚至清代之前所有朝代的詩社總數所能比肩。「某人結社」的現象俯拾可見，「某人結某社」的現象也不計其數。清代這些詩社的名稱各異，社長或社員在取名的時候傾向於賦予特定的思想主題或審美情趣。

一是取自結社地點。清初，王光、吳騏、張若羲、馮樾等人「西郊吟課」，社集地點就在上海西郊。順治年間，屈大均

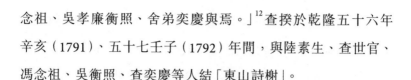

---

12 查揆《筼谷文鈔》卷四，《續修四庫全書》第1494冊，第555頁。

與同里諸子結「西園詩社」，既體現了結社地點，也是對明代廣東地區孫蕡所結「南園詩社」的模仿和繼承。康熙初年，徐允哲結「春藻堂社」，「春藻堂」本是明末「幾社」的集會之地。康熙年間，沈德潛「城南詩社」、「北郭詩社」都在江蘇蘇州地區，「城南」、「北郭」指的都是結社的大致方位。沈德潛友人侯銓、陳祖範、汪沈琇、王應奎四人結「海虞詩課」，海虞位於江蘇常熟地區，即結社之地。嘉慶、道光年間，「宣南詩社」規模浩大，「宣南」指的就是北京宣武門以南地區。此外，順治年間創立於浙江鄞縣的一系列遺民詩社「南湖五子社」、「南湖九子社」、「西湖七子社」和「西湖八子社」等，都與結社處的自然山水有關。

二是取自書齋名稱。乾隆年間，浙江杭州「古歡吟會」的社名與社長胡濤的古歡書屋有關，「古歡」也反映了其人喜歡交遊的性格特徵。道光年間，杭州結有「東軒吟社」，「東軒」即詩人汪遠孫的書屋。光緒年間，杭州「鐵花吟社」（又作「鐵華吟社」），鐵花山館為社員吳兆麟的書屋。咸豐年間，浙江象山歐景辰所倡「紅樨館詩課」，「紅樨」為其館名。此外，嘉慶、道光年間，屠倬「潛園吟社」，「潛園」既是屠倬之號，又是其居所。清代，社名往往與字號或齋名一致，說明詩人在某段時期內具有特定的審美傾向，如「清溪吟社」社員張允滋號清溪。清人的書齋也常作為社集之地，所以取自書齋名稱的社名也相當於取自結社地點，只不過這些名稱更能反映詩人的理想抱負和生活情趣。

三是化用前人成句。清初，王光承等人「東皋詩社」，社名取自陶淵明《歸去來兮辭》「登東皋以舒嘯，臨清流而賦

詩」，既點明了詩社的性質和思想傾向，又體現了聯社賦詩與回歸田園的結合。乾隆年間，沈超「培風詩會」是「瓣香吟會」的舊名，取自《莊子‧內篇‧逍遙遊》：「故九萬里，則風斯在下矣，而後乃今培風；背負青天，而莫之夭閼者，而後乃今將圖南。」乾隆年間，茹綸常「友聲詩社」，社名取自《詩經‧小雅‧伐木》：「伐木丁丁，鳥鳴嚶嚶。出自幽谷，遷于喬木。嚶其鳴矣，求其友聲。相彼鳥矣，猶求友聲。矧伊人矣，不求友生。神之聽之，終和且平。」反映了社友之間融洽、密切的關係和詩人重視友情的品質。茹綸常參與的「樂與詩社」，取自陶淵明《移居》二首之一「聞多素心人，樂與數晨夕」，與「友聲」有異曲同工之妙，都體現了詩人注重培養淡泊的心態和深厚的情誼。嘉慶、道光年間，岑振祖「泊鷗吟社」，社名取自杜甫《江村》「自去自來梁上燕，相親相近水中鷗」，詩人將自己與友人比作泊鷗，表達了對避身世外、享受自然的欣羨之情。這一類化用前人成句的社名，往往較為古典、文雅，性質也傾向於純文學的詩社，大多數表達對出世的嚮往，對自由、超脫的精神品格的稱頌，對君子之交的讚揚。其中，陶淵明的詩句經常被取用，也能從側面證明這一點。

　　四是沿用前人社名。清初，曹爾堪、曹詩、曹燕、曹炯等人「小蘭亭社」很顯然是沿用王羲之蘭亭雅集的名號，表達對流觴曲水的蘭亭盛會的追慕。又，《江蘇詩徵》卷四十一曹元曦名下詩話說：「御扶博綜群籍，詩文華贍，嘗續舉『小蘭亭社』。」[13] 曹元曦（御扶其字）曾續舉「小蘭亭社」，也沒有啟

13　王豫《江蘇詩徵》卷四十一，道光元年辛巳（1821）焦山海西庵詩徵閣刻本，第5b頁。

用新的社名。明代成化年間，無錫「碧山十老」曾創立「碧山吟社」，清代乾隆年間鄒一桂等十位詩人續舉此社，沿用舊社名。本師朱則傑先生《「洛如詩會」考辨》一文考證了「洛如詩會」之後的兩個詩社「續洛如吟社」和「洛如嗣音社」，這兩個詩社在名稱上繼續沿用「洛如」。此外，道光年間，譚瑩「西園吟社」是對屈大均「西園詩社」的仿效和沿襲，並且體現了結社地點。這種沿用前人社名的現象，出於對前賢的崇敬和對逝去風雅的仰慕，在結社宗旨或社員或地域等方面具有一脈相承的特徵，屬於結社之中的復古行為，而不是創新之舉。

此外，還有一些詩社的名稱雖不在這四種取法之內，但也反映了社長或社員整體的意志。如，清初「驚隱詩社」，又名「逃之盟」，契合了遺民詩社的性質。又，錢仲聯先生主編的《中國文學大辭典》「存存吟社」條記載：「『存存』含義有三：一謂存道存義；二謂存詩必存其所可存，不存其所不可存；三謂存人存名，以不負生我之天、育我之親、導我之師。」[14]這種意義豐富的社名，體現了社員對結社唱和的重視，命名煞費心思，機妙有趣。而該詩社又編選《存存吟社詩鈔》刊行，其從創立到舉行到結集，都十分鄭重其事、善始善終。還有一些社名純粹體現詩人的一種審美與愛好，如「蘭社」、「梅社」等，寄託了詩人高潔的格調。

---

14 錢仲聯等《中國文學大辭典》，上海辭書出版社2000年9月第1版，下冊第1427頁。

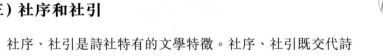

(三) 社序和社引

社序、社引是詩社特有的文學特徵。社序、社引既交代詩社的起始細節，也體現了詩人自覺結社並使之規範化的趨向。社序、社引，一般以散文的形式存在，包含詩人對結社意義的探索，應當首先受到我們的重視。而社約、社規等，雖然也是結社的重要特點，但畢竟不是嚴格意義上的文學作品，討論的是集會的外在形式。

社序，又作社敍，一般寫在創社前期，敍述結社的原因和過程，表明詩人的文學觀念。社序相當於一個詩社的宗旨、綱領，是了解詩社性質的着眼點。順治三年丙戌（1646），嚴首昇結「東山詩社」，其《瀨園文集》卷二《「東山詩社」序》如下：

> 乙酉秋，歸自白門，棲隱東山之阿，寂寂不能耐。丙戌春，大書方版，懸中路，將庀粥飯，集諸比丘談一大事，無有應者；已復控諸耆宿，相與尋孔、顏樂處，亦無應者。邑之大，非無人，誠薄老夫為夸，不足語也。上巳後，始有「靖廬社」，月一飲，可三十人；已乃得五十人；已更得七十餘人。昔謝靈運山澤之遊，開山通道，動以數百人，今其庶幾，君子多乎哉！中秋前一日，江州黃子將集山中有韻之言結詩社，約不過五六人。予既祝髮，為在家僧，黃子乃以昌黎待無本之禮待之，招招不置，予唯唯，色然喜，曰：「實獲我心矣。」……自古文運之與國運，不相謀也。周之後進，文過先進；黃初、建安，聲振兩京；永嘉之末，復聞正始之音。荊舒選唐，取中、晚，薄初、盛，是或一道。天

下事，在人耳。諸君子勉哉，其無以老夫為夸，不足語
也。[15]

嚴首昇從南京回到湖南華容，祝髮為在家僧，與黃元等人
結「東山詩社」，同社五六人，難以考知。這篇社序説明了嚴
首昇參與「東山詩社」的因由和當時結社的普遍性，詩人回顧
了亂世文學的繁盛，表明了詩人身處兵荒馬亂的年代，仍希望
通過結社創造優秀的詩賦文章的心志。嚴首昇的遺民思想在篇
中也有所呈現。又，《瀨園文集》卷二《「江陵詩社」序》[16]，嚴
首昇與周彝仲等人結「江陵詩社」，時間是明末。

此外，吳錫麒《有正味齋駢體文 · 續集》卷一《「延秋詩社」
集序》[17]，孫原湘《天真閣集》卷四十二《「五經詩課」序》[18]，
王芑孫《淵雅堂全集 · 惕甫未定稿》卷四《「泖東詩課」序》[19]，
這些都是詩社或詩課的總集的序言。對比上述社序，這些詩集
序跋表明詩社已經發展進入另一個階段。因為只有社詩達到一
定數量和水準，社員才會計劃選詩付梓。這些序文往往由社中
長者所作。

社引的含義和功能都與社序類似。如，石韞玉《獨學廬初
稿》卷三《「雪鴻詩社」引》：

---

15 嚴首昇《瀨園文集》卷二，《四庫禁燬書叢刊》集部第147冊，第155-156
頁。
16 嚴首昇《瀨園文集》卷二，《四庫禁燬書叢刊》集部第147冊，第164-165
頁。
17 吳錫麒《有正味齋駢體文 · 續集》卷一，《續修四庫全書》第1469冊，第
122頁。
18 孫原湘《天真閣集》卷四十二，《續修四庫全書》第1488冊，第331頁。
19 王芑孫《淵雅堂全集 · 惕甫未定稿》卷四，《續修四庫全書》第1480冊，第
664頁。

詩社非古也。古之詩人，導揚風雅，歌詠太平而已。烏乎！社詩而社，將以聯文酒友朋之樂也。昔者阮籍竹林、顧瑛草堂，其人皆過江之秀，風流文采，焜耀江山。吾等希風竹林、草堂之遊，安見今人之不古若耶？況吾儕交遊寥落，舊雨晨星，間□走四方，如漂萍之不可聚，偶聚矣，又各絆於塵事，終歲曾不幾相見。至於詩酒留連，晨歡宵宴，又烏可多得也？今幸而諸子皆無恙，無離群索居之慨，爰選春秋佳日以詩會於碧桃書塾，不立壇坫，不程甲乙，蘄暢吾友朋性命之樂焉爾。設更數年、數十年之後，或直廬纂筆，或開府建牙，或鍵戶著書，或入山修道，回思此會也，不猶雪中之鴻爪矣乎？[20]

該社引對「雪鴻詩社」的結社時間、與會成員等都不作介紹。筆者以為，該詩社很有可能就是石韞玉所結「碧桃詩社」。《獨學廬三稿》卷二《趙開仲乳初軒詩序》云：「昔文清劉相國之提學江蘇也，嘗檄召大江南北士，試以詩古文辭，拔其尤者若干人。余與趙君開仲皆與，因此締交於春申江上。余少開仲十七歲，而忘年若昆弟。余舉於鄉試，春官不第，歸結『碧桃詩社』。同社者七人：張氏清臣，王氏念豐，張氏景謀，沈氏桐齤、芷生，其二則余與開仲也。每月一會，會之日，晨集宵散，不立程課，惟縱談古今事，於經史百家有不能通處，輒相與質疑辨難。晚設肴酒小飲，時時以隸事為觴政，常一

---

20 石韞玉《獨學廬初稿》卷三，《續修四庫全書》第1466冊，第367頁。

夕舉觴事，積至數十，舉座皆窮，而開仲猶津津不已也。」[21]
又，《獨學廬四稿》卷一《南園授經圖記》云：「余於乾隆庚子、
辛丑兩試春官，不第而歸，結『碧桃』之社。同社者張清臣，
王念豐，沈桐威、芷生兄弟，趙開仲及余與張君景謀。當時所
謂『碧桃七子』者也。」[22]可知，乾隆四十六年辛丑（1781）左
右，石韞玉與張邦弼（清臣其字）、王芑孫（念豐其字）、張詒
（景謀其字）、沈起鳳（桐威其字）、沈清瑞（芷生其字）、趙基
（開仲其字）七人結「碧桃詩社」，並稱「碧桃七子」。石韞玉提
到在碧桃書塾結七子之會，而上述「雪鴻詩社」的地點也正是
該書塾，且集會活動較少約束，高談暢飲，與「碧桃詩社」的
情況相當類似。筆者推測，「雪鴻詩社」或許是「碧桃詩社」的
正式名稱。「雪鴻」來自蘇軾詩句「人生到處知何似？應似飛鴻
踏雪泥」，是詩人對世事白雲蒼狗的感悟；而「碧桃」是以書塾
名稱指代社名，便於社員稱呼。至於事實是否如此，則有待進
一步的考證。

這篇《「雪鴻詩社」引》在一定程度上展現出該詩社的結社
宗旨和集會方式，生動地描繪了一幅其樂融融的畫面。「不立
壇坫，不程甲乙」是該詩社的個性，卻也說明當時結社的風氣
恰恰是立壇坫、程甲乙的。這篇社引道出了詩人結社的目的就
是享受詩酒人生，增進朋友情誼。這個詩社是純文學性質，享
樂心態、交遊功能明顯，而其他詩社可能在起結初期具有濃厚
的壯志豪情。由於時代背景、詩人性格等的差異，石韞玉「雪

21 石韞玉《獨學廬三稿》卷二，《續修四庫全書》第1466冊，第559頁。

22 石韞玉《獨學廬四稿》卷一，《續修四庫全書》第1466冊，第679頁。

鴻詩社」的宗旨與上文嚴首昇「東山詩社」截然不同，這必將影響到社集作品的內容和風格。這種在社序或社引中表露結社初衷和本意的做法，在清代也不難發現，有利於研究者確立詩社的性質，為進一步發掘詩社的內在特質作鋪墊。

除「雪鴻詩社」外，石韞玉在道光三年癸未（1823）曾與黃丕烈（字蕘圃）、尤興詩（字春樊）、彭希鄭（號葦間）等人創「問梅詩社」，張吉安（號蒔塘）、朱珔（號蘭友）、韓崶（字桂舲）、吳廷琛（字棣華）、潘世璜（號理齋）、董國華（字琴涵）、卓秉恬（號海帆）等都曾與會。《獨學廬五稿》卷三《題「問梅詩社」圖（有序）》詩序作了簡要介紹[23]。該詩社的具體情況在江標《黃蕘圃先生年譜》和彭蘊章《松風閣詩鈔》中也有詳細的記載，在此不作展開。值得注意的是，其中朱珔、董國華等曾參與「宣南詩社」。朱珔、吳廷琛、卓秉恬等人與「宣南詩社」成員陶澍是同年。「問梅詩社」與「宣南詩社」之間有一定的承接關係。

「問梅詩社」與「宣南詩社」都有社圖。清代，許多詩社都有自己的社圖，社員紛紛賦詩題詠，也形成一個文學現象。唐宋時期，文人中就存在將集會、結社的場景用繪畫記錄下來。東晉，惠遠與十八賢人在廬山東林寺建「蓮社」，又稱「白蓮社」，後代有《「蓮社」圖》和眾多題詩，這顯然是非文學意義的宗教組織。宋代，蘇軾、黃庭堅、秦觀、晁無咎等人集會西園，時人畫為《西園雅集圖》，米芾、楊士奇作《西園雅集圖記》，此次著名的集會也開啓了一種繪圖題詩的傳統。明

---

23 石韞玉《獨學廬五稿》卷三，《續修四庫全書》第1467冊，第44頁。

代萬曆年間，汪道昆等人結「白榆社」，其《太函集》卷一百零三《呂玉繩》提到該社有《「白榆社」圖》[24]。萬曆二十五年丁酉（1597），溫純結「耋老社」，其《溫恭毅集》卷八有《「耋老社」圖序》[25]。又，萬曆四十四年丙辰（1616），張大復結「雪堂詩社」，其《梅花草堂集》卷一有《「雪堂詩社」圖序》[26]，除此之外，他還結有「歸庵社」等。根據釋正勉《古今禪藻集》卷二十八《謝友人繪「藕花社」圖》一詩[27]，可知「藕花社」亦有社圖。到了清代，繪製社圖的風氣隨着社事的發展愈加盛行。王士禎（禛）「虹橋修禊」、汪遠孫「東軒吟社」、屠倬「潛園吟社」、徐寶善「寄巢吟社」等皆繪有社圖。社圖一般配有題詩和序文，將詩、書、畫三者結合，有助於我們全面了解結社的時代背景和集會場景，也體現了詩社的藝術性質。

（四）結社的淵源

清代結社，直接承襲明代社事而來。明末清初時期，結社此起彼伏，綿延不絕。杜登春《社事始末》介紹了明末的一些結社情況。清代結社受到明代的影響，有其歷史淵源，但也存在傳統和流行的驅使。

一是地域傳統。筆者所探討的譚瑩「西園吟社」是道光初年廣州地區的詩社，其結社原因在一定程度上也是為了

---

24 汪道昆《太函集》卷一百零三，《續修四庫全書》第1348冊，第256頁。

25 溫純《溫恭毅集》卷八，《景印文淵閣四庫全書》第1288冊，第587頁。

26 張大復《梅花草堂集》卷一，《續修四庫全書》第1380冊，第294頁。

27 釋正勉《古今禪藻集》卷二十八，《景印文淵閣四庫全書》第1416冊，第657頁。

繼承、發揚廣州地區的文學傳統。又，道光《廣東通志》卷三百三十一《雜錄·一》記載：「昔人有為『西園詩社』以續羅浮遺響者，至張振堂前輩，復集十二人，各取一字以名，稱『西園十二堂吟社』。省堂諸子繼起，亦仿之，為『後十二堂』。張振堂，名河圖，字太初，南海人，由東莞學，登康熙壬午〔1702〕副榜，有《振堂詩集》相傳。」[28] 張河圖繼承屈大均「西園詩社」，在康熙年間創立了「西園十二堂吟社」，之後又有「後十二堂」。「以續羅浮遺響」說明了廣州的詩社不僅在精神上繼承了明代先賢的傳統，也表達了一份歷史使命感、地域自豪感。從屈大均「西園詩社」到「西園十二堂吟社」、「後十二堂吟社」，再到馮詢「南園詩社」、譚瑩「西園吟社」、儀克中「菊花吟社」、譚瑩「西堂吟社」等，可知廣州的詩人在結社方面一直非常活躍。而馮詢、譚瑩、儀克中等人積極組織詩社，直接帶動了道光、咸豐年間廣州地區的社事。地域傳統不僅體現在不同歷史時期的詩社串，也體現在同一歷史階段的詩社群。部分詩人同時參與幾個詩社，而在各個詩社中的精力和作用不盡相同。方濬頤《二知軒文存》卷十八《答陳蘭甫書》：「邗上重修題襟館，近於後圃，更拓地築儀董軒，軒北為小吟窩，以延詩友，其樂固不亞粵之西園也。」[29] 說明西園唱和在廣東乃至全國都有舉足輕重的地位，而江蘇邗上（揚州）也是清代結社的一個興盛地。廣州西園，之所以能成為一個結社中

---

28 道光《廣東通志》卷三百三十一《雜錄·一》，《續修四庫全書》第675冊，第753頁。

29 方濬頤《二知軒文存》卷十八，《續修四庫全書》第1556冊，第559頁。

心，與嶺南偏遠的地理位置、激進的政治精神、昂揚的詩歌風格不無關係。而以「泊鷗吟社」為代表的紹興詩社群也反映了地域因素對結社的作用。「泊鷗吟社」連同「言社」、「益社」、「皋社」等，主要活躍於道光、咸豐年間和同治初年。這些詩社所處的時間段大致相同，而且社員也多有重合，相同的地域文化和人文精神促使社事持續蓬勃發展，使紹興成為浙江結社的一個中心。

　　二是家族傳統。清代詩人結社，容易受到家族長輩或同輩的影響。上文提到顧壽開與孫元、沈鳳舉等人結「歲寒詩會」。同治《蘇州府志》卷一百零八《人物・三十五》記載：「顧壽開，字熊慶。曾祖鍾星，復社名士。壽開生時，適其父六十誕辰，熊開元至其家，因以為名且字焉。詩與李重華齊名，李詩久傳海內，壽開以布衣老，人罕知之。」[30]顧壽開的曾祖鍾星為復社名士，在一定程度上也引導他的結社行為。康熙年間，沈德潛「城南詩社」、「北郭詩社」的成員彭啟豐，是彭定求之孫，彭啟豐從諸生開始就參與「城南詩社」的唱和。彭啟豐與祖父彭定求都是狀元出身，彭氏在蘇州地區享有盛譽。彭定求曾於南畇草堂和繭園招集眾詩友宴飲、唱和，書香門第的傳統給彭啟豐創造了一個良好的文化環境。光緒年間，寶廷「消夏」「消寒」詩社，其長子和次子即壽富、富壽也一併參與其中，是詩社的骨幹成員。而該「消夏」「消寒」詩社的其他成員，如志潤與志觀，增揆與增傑，都是兄弟。這種兄弟之間彼

---

30 同治《蘇州府志》卷一百零八《人物・三十五》，《中國地方志集成》廣東府縣志輯第9冊，第730頁。

この帯動，一同參與詩社的情況在清代結社史中相當常見。前文
提到曹爾堪、曹詩、曹燕、曹炯等人「小蘭亭社」，成員皆為
華亭曹氏家族。像這種成員均為同宗的現象比較罕見，而這是
一個頗具遺民色彩的詩社，那就可以解釋了。曹溪、曹勳、曹
燕等社員都是入清不仕的遺民，這種氣節也是一種家族精神，
通過結社等形式互相傳達、薰染。

　　三是師友風氣。這是清代結社最主要的動因，與文學的發
展等深層因素不同，師友間的唱和偏於表層因素。同一地域、
同一家族有利於結社的發生，而師友情誼也同樣在詩社的創立
和團結性方面有着不可替代的作用。清代詩社的成員絕大多數
都是師友關係。其中，筆者想着重探討一下社員中的同年關
係。古時科舉制度下，同榜登科者，互稱同年。同年相與結
社，是清代結社的一大特色。錢大昕《潛研堂文集》卷四十三
《日講起居注官翰林院侍講學士曹君墓誌銘》:「〔曹仁虎〕少
時，與王〔鳴盛〕、吳〔泰來〕、趙〔文哲〕諸君唱酬，彙刻其
詩，流傳海舶，日本國相以餅金購之。在京華，與館閣諸同
好及同年友為詩社，率旬日一集，或分題，或聯句，或分體，
每一篇出，傳誦日下，今所傳《刻燭》、《炙硯》二集是也。」[31]
曹仁虎（號習庵）是乾隆二十六年辛巳（1761）進士，曾與諸
同年結社唱和。同年之中的詩社多半在京師舉行。「問梅詩社」
的成員朱珔、吳廷琛、卓秉恬等人也是嘉慶七年壬戌（1802）
進士。而著名的「宣南詩社」是京師士人雅集結社的代表，成
員多為嘉慶年間各科進士，也包括嘉慶七年等年份。通過同

31　錢大昕《潛研堂文集》卷四十三，《續修四庫全書》第1439冊，第175頁。

年進士名錄，也可以補充已知的社員，擴大詩社的唱和範圍。當然，詩社一般要維持一定的人數和規模，隨着部分社員的外任、退出等，一些新的進士也不斷增入。「問梅詩社」是「宣南詩社」部分社員從北京到蘇州後所結，也就意味着這些進士、翰林將京師結社的風氣帶到了蘇州，為歷來文學發達的蘇州地區更添斑斕色彩。而明代同年或同僚結社的記載也很豐富，這種關係易於政治同盟的形成，對明末東林黨、復社的建立也有一定的影響。

詩社的產生可能具有多方面的淵源，地域、家族、師友在多數情況下共同作用於結社主體。筆者認為師友風氣是結社最為直接的原因，具體表現為詩壇流行結社、集會，交遊群體之間相互傳播、刺激。對前輩、長者結社行為的蹈襲畢竟存在時間或感情上的隔閡，而同輩之間彼此歆羨而結社是大量詩社興起的原因。當然，文學的發展，詩社本身的完善，才是社員雲屯雨集的深層原因。

（五）詩社與集會

詩社與集會的差別，是我們研究社事必須注意的一個問題。如果說詩人的第一要義是作詩，那麼其次便是唱和，再次是集會，而結社無疑是詩人群體最高形式的文學活動，尤其當結社主體具有相近的創作觀念或審美傾向。清人在撰寫詩人小傳時，一般從詩人的品德和詩才入手，繼而提到詩人的唱和友朋，而集會、結社的行為也作為詩人重要的生平事跡來敍述。集會的興盛也就意味着結社的繁榮，二者相得益彰。可以

說，多數詩社的唱和活動都通過集會實現，而集會不一定存在結社行為。李玉栓先生《中國古代的社、結社與文人結社》一文對「社」、「結社」、「文人結社」等概念作了界定，指出中國古代文人結社的要素為社名、社長、社員、社所、社約、社會等[32]。按照結社的嚴格定義來說，這幾項要素都應具備，然而由於文獻的散佚或記載的缺失，結社的這些信息一般無法完全掌握。如果詩人明確提到結社，那麼不管具備這些要素與否，都應當視為結社行為，至少詩人主觀上具有結社的意識。唱和次數眾多且富有規律性的一類集會，往往與詩社難以區分。與零散的一次兩次集會相比，這種規範的集會應當劃入結社的範疇，如清代歷史上的「消夏會」、「消寒會」一般都有集會的固定時間、成員和地點等，即使不提到社名，也比一般的詩社更具組織性和穩定性。其實，在清代文學中，很多情況下，「社」與「會」是通用的。《江蘇詩徵》卷二十六收錄陳瑤笈詩歌《壬戌孟冬，巢民先生招同諸名賢四十九人為海陵讌集》：

> 標置龍門逸興賒，頻年結納遍天涯。
> 波濤學海驚春蟄，馳驟騷壇起夕霞。
> 社集蘭亭傾綠蟻，堂開會老進胡麻。
> 相將永日稱良晤，遮莫題詩擁碧紗。[33]

康熙二十一年壬戌（1682），冒襄於江蘇泰州招集名賢包

32　李玉栓《中國古代的社、結社與文人結社》，《社會科學》2012年第3期，第175-182頁。

33　王豫《江蘇詩徵》卷二十六，道光元年辛巳（1821）焦山海西庵詩徵閣刻本，第16b頁。

括陳瑤笈四十九人。這明顯是一次盛大的集會，但是陳瑤笈詩句「社集蘭亭傾綠蟻，堂開會老進胡麻」，也將其看作一次社集，此處「社」與「會」的意思並無本質差別。在詩人方面，也沒有刻意區分兩者的必要。但是，我們應該形成一個相對清晰的判斷。此外，根據這次壬戌集會可以推知：一般而言，集會的規模比結社龐大，因而無法頻繁進行，舉行的間隔有時達半年、一年或以上，甚至只是曇花一現的盛狀；集會不局限於賦詩等文學創作，和飲宴的關係更為密切；集會一般由前輩、長者招集，有提掖後學的作用和擴大交遊的影響。清代歷史上的各種九老會、十老會等老人會等都有類似特徵。

清代也不乏詩社與集會相結合的事例。《江蘇詩徵》卷一百零六管兆桂名下詩話說：「秋崖，余髫年友，工詩精醫，遊京師未嘗有所干謁。余兩入都，皆以詩相質，語益奇。晚歲南歸，求醫者愈眾，然猶刻意聲韻，年至七十不衰唱。嘗偕余暨張石帆、章萊軒、蔣梅溪、鮑海門十數人結詩社，以祀浣花翁，行之勤且久，雖風雨無少間，一時稱盛事。」[34] 又，管兆桂《展行浣花會歌》一詩小序說：「古人有展上巳、展重九詩相傳。成都四部像，相與酹酒設拜，感遺照之長存，續風流於既往。訂行展浣花會，同人皆曰可。時乾隆壬戌十一月初九日也。」[35] 乾隆七年壬戌（1742），官兆桂（秋巖其字）與錢為光（紫芝其號）、張曾（石帆其號）、章慎（萊軒其字）、蔣徵輿（梅

34　王豫《江蘇詩徵》卷一百零六，道光元年辛巳（1821）焦山海西庵詩徵閣刻本，第1a-1b頁。

35　王豫《江蘇詩徵》卷一百零六，道光元年辛巳（1821）焦山海西庵詩徵閣刻本，第2a頁。

溪其字)、鮑皋（海門其號）等人舉浣花會以祀杜甫。浣花會與上巳節、重陽節一樣，屬於集會的範疇，與詩社並行，成為清代文學史上頗具特色的一類結社。筆者專門討論的寶廷「消夏詩社」、「消寒詩社」就是詩社分別與「消夏會」、「消寒會」結合的形式。

二　清代詩社的階段特徵

　　清代詩社在不同的歷史階段也體現出明顯的特徵，不僅在詩社數量上有所起伏變化，在思想主旨、創作傾向上也有差異。關於清代詩社的源頭，可以溯洄至宋代。吳翌鳳《鐙窗叢錄》曾談及社集之始和明代的結社盛況，其卷一記載：「社集始於宋末之『月泉吟社』，至明隆慶、萬曆間『青溪』社集而始盛。……」[1]也描繪了清初兩個大社的情形：「國初社事猶盛。吳中則有『慎交社』。彭瓏雲客，宋德宜右之、德宏疇三，尤侗展成主之，七郡之士從焉。嘉興則有『十郡大社』，連舟數百搜，集於南湖。太倉吳偉業，長洲宋德宜、實穎，吳縣沈世英、彭瓏、尤侗，華亭徐致遠，吳江計東，武進黃永、鄒祗謨，無錫顧宸，崑山徐乾學，嘉興朱茂暉、彝尊，嘉善曹爾堪，德清章金牧、金范，杭州陸圻，蕭山毛奇齡，山陰駱復旦，會稽姜承烈、徐允定等皆赴，自此已後，風流銷歇矣。」[2]這是清初社事的重要開端。下面將按詩社在清代的發展走向，以重要詩社為例，對各個時期的特徵進行歸納和分析。

（一）清代初葉：繼遺響、開先聲

　　清代初葉的詩社繼承明末而來，開啟了清初結社的浩蕩聲

1　吳翌鳳《鐙窗叢錄》卷一，《續修四庫全書》第 1139 冊，第 576 頁。
2　吳翌鳳《鐙窗叢錄》卷一，《續修四庫全書》第 1139 冊，第 579 頁。

勢。在這個部分，筆者將清代初葉分為順治年間與康熙、雍正年間兩個階段進行論述。這個時期最值得關注的現象就是遺民詩社的湧現。遺民詩社是清代獨有的詩社類型，也是政治性與文學性齊平甚至佔主導的一類詩社。下面試舉代表性詩社以分析這個時期的歷史特徵。

（1）順治年間（1644-1661）

吳翌鳳《鐙窗叢錄》所載的兩個詩社「慎交社」和「十郡大社」，創立時間分別是順治六年己丑（1649）和順治七年庚寅（1650）。「慎交社」為宋德宜所倡，社員除了彭瓏、宋德宏、尤侗之外，還有吳兆寬、陳沂震、敖齮、趙沄等人。宋德宜和彭瓏分別為順治十二年乙未（1655）和十六年己亥（1659）的進士。而尤侗、陳沂震在康熙年間也出仕清朝。這些詩人雖然經歷了改朝換代，但在政治上並無激進思想。依據目前的資料，這兩個社沒有明顯的遺民性質，也無唱和詩歌結集流傳，集會也是畫舫宴飲之類的形式。

遺民詩社則是該階段最具特色的詩社類型，沿襲明末的結社風潮而來。全祖望《鮚埼亭集外編》卷六《湖上社老曉山董先生墓版文》：「有明革命之後，甬上蜇遁之士，甲於天下，皆以蕉萃枯槁之音，追蹤『月泉』諸老，而唱酬最著者有四社焉。」[3]這四個社分別為「西湖八子」、「南湖九子」、「西湖七子」、「南湖五子」，創立時間都是順治年間，地點是浙江寧波

3　全祖望《全祖望集彙校集注·鮚埼亭集外編》卷六，上海古籍出版社2000年12月第1版，第850頁。

鄞縣。而前文嚴首昇「東山詩社」也是順治年間湖南華容地區的遺民詩社。屈大均「西園詩社」是廣州地區的遺民詩社。王光承「棠溪詩社」是上海地區的遺民詩社,並且明確規定已仕者不與。

在此期間,與社人數眾多、政治態度特別鮮明的詩社當屬江蘇吳江地區的「驚隱詩社」。周于飛先生的博士論文對該社進行了透徹的研究[4]。「驚隱詩社」無疑是順治年間遺民詩社的典型,著名詩人顧炎武、歸莊等都參與其中,這些社員的詩歌反清思想濃厚,風格暢快淋漓。順治年間的遺民詩社政治性突出,並且體現在文學作品之中,而詩社的其他功能被掩蓋。另一個頗具代表性的遺民詩社是函可「冰天詩社」,何宗美先生《明末清初文人結社研究》對該詩社的成因和社員等進行了全面的考證[5]。清初順治年間的詩社,數量眾多,波及地域甚廣,從東北到嶺南都有詩社不斷萌生、滋長,在性質上大都延續明末遺民詩社,宣揚愛國情操和民族氣節。與當時的社會形勢一樣,該階段的詩社多呈現混亂、零散的特徵,集會及其形式缺乏規範,社員變動靈活。值得注意的是,這些遺民詩社創立的地方在清初以後不斷有新的詩社產生,或繼承其創社精神,或延續其結社行為。遺民詩社相當於清初結社的一面旗幟,反清思想勢必隨着統治的穩固而消失,但是其事業被繼往開來的後人再次振興。

---

4 參見周于飛《「驚隱詩社」研究》,浙江大學博士學位論文,2012年6月。
5 何宗美《明末清初文人結社研究》,南開大學出版社2003年1月第1版,第370-399頁。

（2）康熙、雍正年間（1662-1735）

陳瑚《確庵文稿》卷十六《「湄浦吟社」記》：「吾友蘇子或齋、惕庵，世家眉浦之土，兄弟皆喜作詩以見志。壬子夏五之望，惕庵續舉『石佛庵詩社』，招延少長緇素四十餘人，會讌於其所居之怡素堂，而予為客。是日也，薰風微來，輕雲冠日。花香林影之中，輪蹄杖屨絡繹交至。主人為之分室布几，聚以其類，琴者耦琴者，奕者耦奕者，其書畫騎射亦如之。眾藝畢奏，時當亭午，乃限韻賦詩，人各二首。」[6]可知康熙十一年壬子（1672），「續石佛庵詩社」即「湄浦吟社」舉行重大詩會，而該詩社實則創立於康熙三年甲辰（1664）。陳瑚其人絕意仕清，隱逸著書，但清初結社卻回避政治，致力於文學、藝術，追慕的是永和、開元的風流雅集。其實，陳瑚結社有個思想轉變。根據本師朱則傑先生所考，順治年間陳瑚所參與「含綠堂吟社」頗具遺民性質[7]。《確庵文稿》卷三下「詩歌」《重陽後一日，「含綠堂吟社」初集，袁重其索賦》：

> 黃花絳葉送重陽，冰雪文人聚一堂。
> 有國共牽庾信恨，無冠誰笑孟嘉狂。
> 老知節物驚心易，愁覺烽煙入夢長。
> 稍喜莑門袁孝子，年年雙鯉乞詩忙。[8]

由頷聯可知，詩人以遺民自居，對故國有懷舊思想。而康熙年

6　陳瑚《確庵文稿》卷十六，《四庫禁燬書叢刊》集部第184冊，第385頁。

7　朱則傑《清初江南地區詩社考——以陳瑚〈確庵文稿〉為基本線索》，《蘇州大學學報》2012年第1期，第131-133頁。

8　陳瑚《確庵文稿》卷三下，《四庫禁燬書叢刊》集部第184冊，第239頁。

間參與的「湄浦吟社」呈現的只是文人集會的祥和氣氛。康熙前期，遺民詩人並非與清政權取得和諧相處，而是由於清政府招攬人才，進行言論鉗制等原因，這批由明入清的詩人逐漸接受清朝統治，刻意回避政治，以文學唱和的形式退居度日，得以自保。

王士禛虹橋（紅橋）修禊，是康熙文壇廣為稱道的社集之一，地點是「冶春詩社」。王士禛《居易錄》卷四記載：「嘗與林茂之、孫豹人、張祖望（綱孫）輩修禊紅橋，予首倡冶春詩二十餘首，一時名士皆屬和。予既去揚州，過紅橋，多見憶者，遂為廣陵故事。」[9]又，邊中寶《竹巖詩草》卷下《題「冶春詩社」圖》八首小序説：「『冶春詩社』者，阮亭先生司李揚州時，修禊故地也。康熙甲辰〔1664〕上巳，先生於小秦淮西岸，北控虹橋之區，與諸名士賦詩飲酒，極目騁懷。首唱冶春詩廿四章，群賢和之。一時佳話流傳，直追永和故事。」[10]「虹橋修禊」之所以有如此重要的地位，與王士禛詩壇盟主的身份有關，也得益於其豐富、精湛的社集作品。民族意識造成的沉重心態在王士禛輩身上已經淡化，取而代之的是對詩歌造詣和文學修養的關注。王士禛在詩學上，力圖擺脫政治因素對詩歌藝術的干擾，注重作品的語言、境界等。「虹橋修禊」，可謂清代純文學社團的濫觴。當然，「虹橋修禊」在形態上向大型集會靠攏，與成熟、完備的詩社還有一定距離，但它對揚州乃至全國的詩社產生了非常深遠的影響。

9　王士禛（禛）《王士禛全集·居易錄》卷四，齊魯書社2007年6月第1版，第5冊第3752頁。

10　邊中寶《竹巖詩草》卷下，《四庫未收書輯刊》第十輯第18冊，第708頁。

錢泰吉《甘泉鄉人稿》卷十二《高祖廉江府君遺詩跋》：「康熙庚辰上巳，盛匏仲先生創詩社於匏庵，招同人看藤花，各賦五言律四首。會者王君之綱、李君含渼、吳君洽、張君鎐、沈君鴻與宜山居士匏仲先生，凡七人。遂以『竹林』名其社，相約必砥礪名節，終始不渝，乃許入社。倘如靈運之心雜，則謝絕之，其嚴如此。是年六月六日，集敦古堂和藤花詩韻，先高祖廉江府君始與焉，為竹林第三集，自是至甲申八月共五十集。」[11]康熙三十九年庚辰（1700）三月初三，盛大鏞（匏仲其字）與王之綱、李含渼、張鎐、沈鴻在浙江嘉興地區創立「竹林詩社」，後錢綸光（廉江其字）也參與其中。該詩社對社員名節的要求甚為嚴格，有意識地將人格與詩歌統一在結社行為之中。這個詩社對宗旨具有共同的約定，集會次數眾多且設定詩題，並刻有社集《竹林唱和詩集》，是康熙年間具備規範形態的詩社之一。從這個階段開始，詩社逐漸由大團體向小集體過渡，確保了長期舉辦的穩定性。

查慎行、查嗣瑮兄弟在康熙中後期曾結社集會，舉行「消夏會」和「消寒會」，筆者在後面的部分將進一步論述。康熙四十六年丁亥（1707），沈德潛在蘇州結「城南詩社」；六十一年壬寅（1722），又結「北郭詩社」。以沈德潛為代表的詩人在康熙朝的表現，熱衷功名，詩風雅正。統治者對戲曲、小說的壓制也導致詩人對詩歌創作和詩學理論的深入。康熙年間的結社行為，從前期刻意回避政治到中後期自然回歸詩歌，都體現出娛樂性和文學性增強的趨勢。「社」之弱化，「詩」之強化，

---

11 錢泰吉《甘泉鄉人稿》卷十二，《續修四庫全書》第1519冊，第388頁。

是受到朝廷控制的結果,也是詩社在特定歷史階段的發展動態。擯除政治同盟的因素,重拾師友唱和的精神,是穩定的社會下對朝廷恢復信心的文人階層的必然選擇。而清代真正文學意義的詩社,也是在這個時候出現的。總體而言,康熙年間的詩社數量相對較少,由著名詩人如顧嗣協、顧嗣立、葉燮、徐乾學、彭定求等倡導社集的現象十分多見,一次性的集會相當普遍。但是,未形成大規模固定結社的風氣。

雍正朝歷時較短,而且統治階級在文化領域延續之前的高壓政策,這個階段的社事也處於消歇或低調的狀態。此間的一些詩社也多由康熙末年發展而來,性質和形式也一脈相承。與康熙朝一樣,「詩會」多於「詩社」,如活動於康、雍期間的「洛如詩會」等,側重於舉行大型的文學集會。總之,康熙、雍正是清代結社的醞釀階段,也是集會模式成型的時期。

(二)清代中葉:破沉寂、漸發展

清代中葉分為乾隆年間、嘉慶年間兩個階段,這個時期的詩社打破康熙中後期回落、沉寂的社事,重新展示出生機,發展至嘉慶年間,引起了結社的小高潮。女性詩社風行是這個時期值得注意的結社現象。而詩社本身,在這個時期得到了全面的發展,集會的外在活動和內在創作都趨於完善。

(1)乾隆年間(1736-1795)

乾隆年間,社事呈興盛之態,打破康熙的壓抑局面,出現了一些新的特徵。

第一，詩人結社普遍出現。這個階段的政治性社團逐漸消失，湧現的基本上都是文學性社團。江蘇、浙江等地的詩人已經將結社作為生活的一項內容，詩社更趨日常化、通俗化。

乾隆前期，著名詩人厲鶚曾頻繁結社。厲鶚《樊榭山房集・詩詞集》卷八有題《予賃居南湖上八年矣，其主將鬻他氏，復謀棲止，瑞石山下有屋數楹，東扶導予相度，頗愛其有林壑之趣，以價貴未遂也，因用癸卯〈贈東扶移居〉韻寄之，並邀「城南吟社」諸君共和焉》[12]。又，阮元《兩浙輶軒錄》卷二十六「張暘」詩歌有《留別西湖，用香山韻，呈「城南吟社」諸君》[13]。這兩處的「城南吟社」指的是西湖地區的同一詩社。根據厲鶚詩集編年排次，「城南吟社」大致活躍於乾隆三年戊午（1738）。又，《樊榭山房集・續集》卷五《寄和「東湖吟社」鬥蟋蟀，用韓孟〈鬥雞聯句〉韻》[14]，作於乾隆十年乙丑（1745）。據本師朱則傑先生考證，這裏的「東湖吟社」即「洛如詩會」的後續詩社——「續洛如吟社」[15]。又，陶元藻《全浙詩話》卷五十三「上緒」條記載：「釋上緒，字亦諳，號近溪。天骨蒼秀，陶汰獨深。里中詩人若徐山人逢吉、金布衣農符、戶部曾厲孝廉鶚，皆與酬和。沈嘉轍、陳撰兩上舍，往來尤密。閒遊當湖，入『洛如詩社』。」[16]當湖即浙江平湖，釋上緒

12 厲鶚《樊榭山房集・詩詞集》卷八，上海古籍出版社1992年6月第1版，中冊第655頁。

13 阮元《兩浙輶軒錄》卷二十六，浙江古籍出版社2012年4月第1版，第7冊第1813頁。

14 厲鶚《樊榭山房集・續集》卷五，上海古籍出版社1992年6月第1版，下冊第1343頁。

15 朱則傑《「洛如詩會」考辨》，《文學遺產》2012年第5期，第129-130頁。

16 陶元藻《全浙詩話》，《續修四庫全書》第1703冊，第752頁。

與厲鶚都參與了該詩社。《樊榭山房集·續集》卷七《奉答「當湖吟社」諸君折梅贈行之作》[17]，作於乾隆十四年己巳（1749），「當湖吟社」指的也是該詩社。又，馬曰琯、馬曰璐結「韓江吟社」（又稱「邗江吟社」）以續王士禛虹橋雅集，厲鶚、杭世駿、吳錫麒、全祖望等人均參與社集。厲鶚《樊榭山房集·續集》卷七《賦得「未到曉鐘猶是春」（韓江雅集）》、《夏日田園雜興（韓江雅集）》等都是社詩，作於乾隆十四年己巳（1749）。這個吟社也填詞，《樊榭山房集·續集》卷九有社集詞作《齊天樂》（庚午夏五，將歸湖上，留別「韓江吟社」諸公）[18]。此後，厲鶚詩集也不再出現該詩社的唱和作品。乾隆前期，厲鶚曾參與「城南」、「東湖」、「韓江」這三個詩社，說明名士賢人之間的交遊活動十分頻繁，社事進入一個新的發展階段。厲鶚的詩學出類拔萃，在科場上卻屢試不第，但因此得以依傍山水、結社賦詩，留下了大量工整的作品，是詩家之幸。乾隆前期，杭世駿罷歸之後，與里中耆舊及方外結「南屏詩社」，厲鶚、金志章、張炳、翟灝、方塘、汪啓淑、鄭江等人也都參與，是該階段結社的又一事例。

第二，女性結社盛行一時。這是乾隆時期最值得注意的現象。早在康熙初年，徐燦、柴靜儀、朱柔則、林以寧、錢雲儀等女詩人在杭州結「蕉園詩社」，開啓了女性結社之模式。而這種閨秀詩社在乾隆年間又得到進一步發展。梁章鉅《閩川閨

---

17 厲鶚《樊榭山房集·續集》卷七，上海古籍出版社1992年6月第1版，下冊第1596頁。

18 厲鶚《樊榭山房集·續集》卷九，上海古籍出版社1992年6月第1版，下冊第1656頁。

秀詩話》卷二「鄭鏡蓉」條記載：

> 　　鄭鏡蓉，字玉臺，建安人，荔鄉先生之長女，歸
> 陳文思，為文安令衣德子婦。早寡以節終，得旌表。
> 有《垂露齋集》、《泡影集》。荔鄉先生一門群從，風雅
> 蟬聯，膝前九女，皆工吟詠。長即鏡蓉；次雲蔭，字
> 綠箔；三青蘋，字花汀；四金鑾，字殿仙；五長庚，闕
> 其字；六詠謝，字菱波，又字林風；七玉賀，字春盎；
> 八風調，字碧笙；九冰紈，字亦未詳。九人中惟冰紈未
> 嫁而殤，長庚詩無可考，餘則人人有集。荔鄉先生守兗
> 州時，退食餘閒，日有詩課，拈毫分韻，花萼唱酬，有
> 《垂露齋聯吟集》。自古至今，一家閨門中詩事之盛，無
> 有及此者。近人撰《閨秀正始集》，但云先生四女能詩，
> 所登又僅玉臺、花汀兩人詩，殆未之詳考耳。[19]

　　鄭方坤（荔鄉其號）從乾隆四年己未（1739）開始，先後
官登州、沂州、武定州、兗州四州知府，長達十六年之久。因
此，鄭氏姐妹在鄭方坤的主持下，結詩課的時間大致為乾隆初
年，地點是山東省。而鄭鏡蓉、鄭雲蔭、鄭青蘋、鄭金鑾、鄭
詠謝、鄭玉賀、鄭風調、鄭冰紈八人在《閩川閨秀詩話》中均
有記載。一家閨門唱和，詩人之眾，集會之頻繁，確實是史無
前例。

　　又，黃錫蕃《閩中書畫錄》卷十三，廖淑籌名下引黃任《十
硯軒隨筆》語：「吾閩閨秀多能詩，近更有結社聯吟者，若廖

19　梁章鉅《閩川閨秀詩話》卷二，《續修四庫全書》第1705冊，第634-635頁。

氏淑籌、鄭氏徽柔、莊氏九畹、鄭氏翰專、許氏德瑗及余女淑窕、淑畹，皆戚屬，復衡宇相毗。每讌集，各拈韻刻燭，或遣小婢送詩筒，無不立酬者。女士立壇坫，亦一時韻事也。」[20]乾隆年間，廖淑籌與鄭徽柔、莊九畹、鄭翰專、許德瑗、黃淑窕、黃淑畹等人相與結社唱和。這也是乾隆時期女性詩社的一個代表，反映了福建閨秀吟詠之風的盛行。

又，根據沈善寶《名媛詩話》卷四記載：「《吳中十子詩鈔》者。張滋蘭允滋與張紫繁芬、陸素窗瑛、李婉兮嬿、席蘭枝蕙文、朱翠娟宗淑、江碧岑珠、沈蕙孫纕、尤寄湘澹仙、沈皎如持玉結『清溪吟社』，號『吳中十子』，媲美西冷。集中詩詞文賦俱佳，洵可傳也。」[21]蘇州張允滋、張芬、陸瑛、李嬿、席蕙文、朱宗淑、江珠、沈纕、尤澹仙、沈持玉等十位女詩人結「清溪吟社」（又作「林屋吟課」），時間大致為乾隆後期。張允滋與其丈夫任兆麟評選社集作品。任兆麟招收包括「吳中十子」在內的女弟子，女性聯吟唱和，蔚然成風。

清代小說《紅樓夢》中「海棠詩社」、「桃花社」的成立，從側面反映了乾隆時期閨閣結社的趨勢，女性詩人的自我覺醒促進了她們創作水平的提高。與任兆麟同時代的著名詩人袁枚也招收隨園女弟子，證實了女性詩歌的文學價值和社會對待女性的態度相對開放。然而，在男權社會中，女子地位的提高仰仗於男性的自由思想，表現在對男性作品的模仿、學習。「弟子」與「老師」、「妻子」與「丈夫」，皆非真正的平等關係。儘管如

---

20 黃錫蕃《閩中書畫錄》卷十三，《續修四庫全書》第 1068 冊，第 423 頁。

21 沈善寶《名媛詩話》卷四，《續修四庫全書》第 1706 冊，第 588 頁。

此，該階段湧現的以女性為創作主體的詩社及其詩歌，富含閨秀之風情、韻味，值得專門研究。

第三，詩社集會趨向規範。從乾隆時期開始，掀起了結社的風潮，各地結社之興趣前所未見。無論是在詩社的數量上、地域上，還是詩社的類型上，都呈現出蔓衍之勢。而在社集方面，也積累了豐富的經驗，日趨規範。乾隆四十五年庚子（1780），胡濤所結「古歡吟會」是該階段杭州結社的一個代表，它的集會很好地解釋了這一點。「古歡吟會」具有表意明顯的社名，明確的社長胡濤，一定規模的社員，集中的活動地點古歡書屋，十七次集會的詩題、佳句的記錄，突出的整體創作傾向等。結社的宗旨、線索、風格都十分清晰，趨向規範化和細節化。「古歡吟會」之所以操作井然有序，可能借鑒於胡濤之前參與過的「瓣香吟會」。胡濤在乾隆十九年甲戌（1754）參加其師沈超主持的「培風吟會」，成員有魏之琇、嚴果、嚴誠、沈鵬、何琪等人；乾隆二十五年庚辰（1760）八月，沈超復舉「瓣香吟會」。沈超屢試不利，晚年以詩自娛，與同里結社於耕寸草堂，體現了詩社最基本的功能即唱和交遊。這種純文學性質的詩社的發展，打破了康熙朝「詩會」重於「詩社」的局面，集會由暫時變為固定，社員人數和集會次數都有所增加。此外，值得注意的是，隨着結社的普遍化，結社群體的地位也相對降低，下層文人之中詩社此起彼伏。詩社的文學功能不斷凸顯，規模擴大，聲勢減弱，詩人參與社事的功利性也隨之淡化。這就是乾隆時候結社的基本形態。

（2）嘉慶年間（1796-1820）

由於乾隆時期詩社基本模式的形成，嘉慶年間成為清代結社的一個小高潮。

乾隆末期到嘉慶時期，士人處於相對寬鬆的文化環境。孟森《清史講義》說到：「仁宗天資長厚，盡失兩朝鉗制之意，歷二十餘年之久，後生新進，顧忌漸忘，稍稍有所撰述。雖未必即時刊行，然能動撰述之興，即其生機已露也。」[22]這種局面一直延續到道光以後，詩人的詩歌和著述都有大幅度的增加。

該階段，京師成為結社、集會的一個中心。清代最著名的詩社之一「宣南詩社」就是創立於嘉慶年間，在後面「消寒會」的部分將重點論述。其結社分若干階段，涉及京城士子人數眾多，集會活動豐富。而嘉慶只是該詩社的初始階段。

前文提到的「京江七子社」也是這個時期出現的詩社。屠倬「潛園吟社」，創立於嘉慶二十三年戊寅（1818），終止於道光八年戊子（1828）九月二日屠倬病逝，該詩社也有《「潛園吟社」圖》。屠倬《是程堂二集》卷二有《題「潛園吟社」圖四首》[23]。總而言之，嘉慶年間的詩社保持了乾隆後期的興盛，在數量上達到一個高峰，掀起了道咸同光四朝的結社潮流。

（三）清代末葉：廣盛行、創高潮

筆者將清代末葉分為道光年間，咸豐、同治年間，光緒年

間三個階段。晚清時期，詩社廣泛盛行，結社高潮迭起。社事在動蕩不安的社會下急劇發展，與詩歌一樣呈現新的時代特徵。詩社及其詩歌的現實主義增強和八旗詩社的興起，是這個時期最為突出的兩大特徵。

（1）道光年間（1821-1850）

　　道光時期的部分詩社承嘉慶而來，集會唱和有所間隔，但沒有終止，不斷納入新的社員以保持生命力，比如「宣南詩社」、「潛園吟社」。該階段也湧現出一批新的詩社。前文提到的「問梅詩社」和「東軒吟社」，都是道光初年的詩社，分別創立於蘇州和杭州。而梁章鉅《退庵詩存》卷十七《和桂舨尚書種梅書屋落成，適舉「問梅詩社」一百集紀盛之作》[24]，作於道光十年庚寅（1830），說明梁章鉅也曾參與「問梅詩社」之中。又，卷二十《六月十三日，少穆中丞再招同石琢堂廉訪，尤春樊舍人，葆益舟觀察，朱蘭坡、吳棣華兩同年飲餞，棣華有詩，因次其韻並呈中丞》[25]，為道光十二年壬辰（1832）作品，其中「為問問梅詩社裏，可能添個後來人」一聯說明「問梅詩社」至道光十二年農曆六月仍有集會。眭俊《問梅詩社述略》對其社員和集會進行過詳細的考證[26]。「問梅詩社」的壽命相當長久，這與道光時期蘇州地區良好的結社風氣有關，也得益於成熟、有序的集會方式。筆者專門設章節探討的譚瑩「西園吟

24　梁章鉅《退庵詩存》卷十七，《續修四庫全書》第1499冊，第592頁。

25　梁章鉅《退庵詩存》卷二十，《續修四庫全書》第1499冊，第618頁。

26　眭俊《問梅詩社述略》，《復旦學報》2000年第1期，第117-122頁。

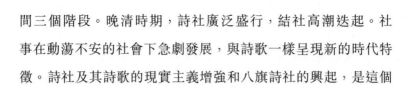

清代詩社的階段特徵

47

社」也創立於道光初年。道光十年庚寅（1830），蘇州地區的「紅梨社」建立，社集活動前後逾二十五年，並有社集作品《紅梨社詩鈔》刊行。黃建林先生的碩士學位論文《紅梨社研究》對該社的各個方面進行了深入的研究[27]。道光時期的詩社數量達到新的高峰，全國都處於結社的繁榮期。

（2）咸豐、同治年間（1851-1874）

　　這個階段是道光年間社事的深入發展，試舉兩例以觀基本面貌。

　　潘衍桐《兩浙輶軒續錄》卷四十五吳宗麟名下《蘋花社詩（並引）》一詩引言說：「己未冬日，諸君集問字亭作『消寒會』，皆社中舊雨也，漫綴『蘋花』二字，繫以小詩。」[28]可知，咸豐九年己未（1859），吳宗麟等人結「蘋花詩社」。

　　齊學裘《劫餘詩選》卷六《寄懷「魚灣詩社」諸友十疊前韻》一詩[29]，作於同治四年乙丑（1865），說明齊學裘有過參與「魚灣詩社」的經歷。又，卷四《癸亥十月初七日，沈君西海別我之金沙，設帳洪錫蕃家，賦詩六章送之》[30]，其二首聯云：「去秋同詠菊，吟社結魚灣。」同治二年癸亥（1863）的前一年為同治元年壬戌（1862），應當為齊學裘結「魚灣詩社」的時間。又，卷二《壬戌仲冬，張君師筠招飲魚灣酒店，得詩四章贈

27　參見黃建林《紅梨社研究》，蘇州大學碩士學位論文，2012年4月。

28　潘衍桐《兩浙輶軒續錄》卷四十五，《續修四庫全書》第1686冊，第716頁。

29　齊學裘《劫餘詩選》卷六，《續修四庫全書》第1531冊，第429頁。

30　齊學裘《劫餘詩選》卷四，《續修四庫全書》第1531冊，第413頁。

之》[31]，可以確定為齊學裘與張爕承（師筠其字號）等人結社時所作。

（3）光緒年間（1875-1908）

齊學裘不僅在同治時期結社，在光緒年間也結有「井南詩社」。《劫餘詩選》卷十九《秋興八首，追和杜少陵原韻》其二「井南詩社空盟主，海上譙樓有暮笳」一聯，詩人自注說：「方廉訪詩社在井南精舍。」[32]可知，齊學裘曾在方濬頤（字子箴）井南精舍結社，濬頤入蜀陳臬後，「井南詩社」遂散。卷十七收錄了《井南精舍即事聯句》等詩歌[33]，是為社集作品，時間大致為光緒二年丙子（1876）。

杭州「鐵花吟社」始於光緒四年戊寅（1878）。丁丙是該詩社的成員，相與唱和的還有吳兆麟、沈映鈐、胡鳳丹、吳慶坻、盛元、應寶時等人。「鐵花吟社」對此前「東軒吟社」有所繼承和發揚，兩者都是杭州地區的大社。

道咸同光四朝的詩社數量相當可觀，即使不定期結社，詩人也會組織雅集唱和，討論文學和政治形勢等。清末是整個清代結社史中最為興盛的時期。結社的首尾時間變長，結社的地域面更加寬廣，社員數量處於不斷上升的狀態。詩人、詩集、詩社都得到高度發展，無論文學作品的水平和風格如何，這段時期的文學力量十分強大。晚清動蕩的政治社會拓寬了詩人的

31　齊學裘《劫餘詩選》卷二，《續修四庫全書》第1531冊，第401頁。

32　齊學裘《劫餘詩選》卷十九，《續修四庫全書》第1531冊，第540頁。

33　齊學裘《劫餘詩選》卷十七，《續修四庫全書》第1531冊，第523頁。

眼界和交遊範圍，充實了詩歌的內容、題材，使詩壇呈現出截然不同的風貌。該時期的詩社也出現下面兩個新的特徵。

第一，詩社及其詩歌的現實主義增強。如齊學裘《劫餘詩選》的詩歌內容明顯與清代盛世的作品不同。卷一《辛酉正月初旬，陽湖東洲後村買棹歸宜興，往返三日，作詩紀事》一詩記載：「世亂歸田里，蕭然獨客身。野航似瓜皮，飄兀容三人。祇可屈膝坐，那能昂頭伸。低昂天地入，出沒鷺鷗馴。曠野有魑魅，村莊無犬豚。驟聞賊兵過，牽艇繫河濱。……」[34]此詩作於咸豐十一年辛酉（1861），這首長篇紀事詩帶有詩史的性質。晚清時期，清人詩歌羈旅內容有所增加，對亂世和自身的感慨頗為複雜。而詩人結社之時，也不免將這種情緒帶入。又，卷六《秋日書懷四首，用冷麗生茂才〈秋日書懷〉原韻，即寄南北諸社友》：

> 安巢纔得一枝棲，夢裏猶聞鳴鼓鼙。
> 敢詡識途為老馬，深慚舞甕作醯雞。
> 還鄉最好春相伴，偕老何須梅當妻。
> 風便將辭甥館去，他時定憶范公堤。（其一）
>
> 石堪為友竹為師，慣向騷壇張鼓旗。
> 揮筆誰能教鬼泣，還山我願與仙期。
> 登樓作賦悲王粲，載寶移家羨范蠡。
> 獨惜黃花空自傲，西風依舊寄人籬。（其二）[35]

34　齊學裘《劫餘詩選》卷一，《續修四庫全書》第 1531 冊，第 388 頁。
35　齊學裘《劫餘詩選》卷八，《續修四庫全書》第 1531 冊，第 425-426 頁。

這首詩歌所用的典故，表達的都是漂泊的動蕩和淒涼。這與同治初年的社會背景有關。從詩人的詩作內容可以了解，當時政府對官員的調動和任用十分頻繁，統治者和士人都寄希望於衰落的朝廷，不斷探索出路。而經歷過鴉片戰爭的中國社會，百姓困苦疲乏，對穩定的渴望逐漸強烈。這與清初的社會略有相似，政治的重要性凸顯，科舉功名不再是文人唯一的重心，積極奔走救國是該階段文士的主要舉動。對政治既有期望又有失望的矛盾心理，使得詩人結社的性質在政治性和文學性中徘徊。而清代中期的詩社多是純粹的文學社團或藝術社團，集會作品較為風花雪月，而晚清詩社直接反映社會，社集作品包含大量現實主義內容。

詩社關注現實社會，也反映在集會的方式、唱和的內容等方面。晚清，單純親近自然山水的社集有所減少，室內的集會相對較多。如咸豐十年庚申（1860）「小桃源吟社」，就是由於太平軍入嘉興導致文人躲避至小桃源室附近，深刻地反映了社會動亂給詩社造成的限制和烙印。而詩社開始關注於制定一些新的創作規則，比如聯句、詩鐘等。詩鐘是指社員按規定作詩一聯，須對仗。這些規定有利於發揮社員的合作能力，創造一些新鮮的風格。這也在一定程度上反映了社會造成詩人創作時間的減少和閒情逸致的壓抑。

第二，八旗詩社的興起。道咸同光時期，八旗詩人的創作也具有一定的地位，詩社隨着八旗詩歌的發展而興起。八旗詩社的舉行地點一般在北京，其他京城詩社也偶爾參雜一些八旗詩人。該階段最重要的詩社就是同治初年宗室志潤、宗韶、寶賢所倡「探驪吟社」。光緒九年癸未（1883），寶廷（原名寶

賢）又創立「消夏詩社」。兩個詩社的成員大都是已經邊緣化的宗室，身份雖然尊貴，但在政治沒有權勢，生活也較為貧窮，相與結社吟詠以度日。八旗詩社之所以興起，首先與八旗詩歌自身的發展有關，晚清文學通俗化的趨勢下，滿族詩人也希望通過結社來提高詩歌創作水平，陶冶性情；其次與京師士人雅集、結社的風氣有關，嘉道間士大夫結社如「宣南詩社」等的興盛對八旗詩社的創立具有引導作用，滿族詩人結社受到京師同僚的同化，在創作和結社方面都取得一定程度的進步。而「宣南詩社」與寶廷「消夏」「消寒」詩社呈現出明顯不同的特徵。從結社地點來説，前者在宣武門以南地區，後者在北京西山一帶，分別代表了懷抱理想的入世情懷和回避政治的出世態度。前者的規模是社事發展到高潮的結果；而後者始終與「消夏會」、「消寒會」相結合，始終沒有展現獨立發展的姿態，甚至沒有固定的社名。至於創作水平，八旗詩人處於不斷模仿、學習的狀態，與「宣南詩社」這些成熟的詩歌作品仍有一定距離。儘管如此，八旗詩社依然是晚清社事不容忽視的一類。

乾隆《欽定八旗通志》卷一百二十《藝文志》記載：「況乎八旗人士風尚原淳，又加以聖朝之教育，故能以篤實之心研乎學問，以雄直之氣發為文章。雖所造深淺不同，而均不博講壇虛偽之名，不涉詩社浮華之習。凡所著述，具有古人之典型，雖天性敦樸，不屑屑與文士爭名，而子孫藏於家，刊刻行於世，傳寫於親戚朋友之手者，班班具在，可以指名而數也。」[36]

---

36 乾隆《欽定八旗通志》卷一百二十《藝文志》，吉林文史出版社2002年12月第1版，第3冊第2042頁。

儘管這段話含有抬高八旗詩人及其詩歌的美意，但也反映了八旗詩人在清初不尚結社，在創作方面比較低調，文學地位也不過爾爾。而在乾隆時期，也鮮有八旗結社的記載。因此，晚清八旗詩社的意義相形之下更顯重要，八旗詩社及其詩歌逐漸獲得一席之地。

（四）清代消夏、消寒集會的發展規律

明清時期尤其是清代，「消夏」「消寒」集會盛況空前，清人的詩文集中有着豐富而詳細的相關記載。「消夏」「消寒」，也作「銷夏」「銷寒」，以此為緣由的集會在詩人的別集、總集和詩話中俯拾即是，不一而足。而偶爾夾雜「消夏」「消寒」活動的另有其名的詩社，更是不計其數。無論是作為一種集會現象，還是作為結社的一種形式，「消夏」「消寒」會都具有自身的發展軌跡和歷史意義。筆者主要着眼於與詩社相結合的「消夏」「消寒」會，即「消夏詩社」、「消寒詩社」，及其詩歌創作。當然，此類集會也與詞社相結合，比如陳作霖《可園詞存》卷一就收錄「消寒」第一會和第四會的詞作[37]，該會舉行於光緒二十五年己亥（1899）冬。「消夏」「消寒」集會，凡是具有較為規律的集會和相對固定的社員，即使主觀上並不命名為詩社，由於具備詩社的屬性，亦可看作詩社。下面，筆者將對這種特殊的集會現象在清代不同時期的分佈進行考察。

37　陳作霖《可園詞存》卷一，《續修四庫全書》第1569冊，第646-647頁。

（1）「消夏」集會

　　與寶廷結社一樣，明確標為「消夏詩社」或「消夏吟社」的有方濬頤江蘇揚州結社。其《二知軒文存》卷二十二《且園消夏圖記》明確記載：「予嘗消夏於題襟館，招同人起詩社，屬汪子研山〔鋆〕作圖。」[38] 又，其《二知軒詩續鈔》卷十一《題襟館「消夏」第一集，用劉芙初前輩〈讀邗上題襟集，遙寄賓谷先生〉韻》[39]，作於同治十年辛未（1871），即該詩社的成立時間。何紹基也是該詩社成員，其《東洲草堂詩集》卷三十也有同題詩作[40]，可以互相印證。

　　而社名暫缺或者未詳的「消夏」集會也相當豐富。查慎行北京結社，其《敬業堂詩集》卷三十六收錄了「銷夏」第一集至第四集的詩歌[41]，作於康熙四十七年戊子（1708）。查嗣瑮為查慎行之弟，也參與其中，其《查浦詩鈔》卷九收錄了「消夏」第二、三、四、五、七次集會的詩歌[42]，可以作為補充。在文化管制嚴厲的康熙年間，這些集會現象也不多見，而查慎行和查嗣瑮最終也因其弟查嗣庭的文字獄受到牽連。

　　程晉芳北京結社，其《勉行堂詩文集·詩集》卷十六收了「銷夏」第二集和第三集的詩歌[43]，作於乾隆二十九年甲申

38　方濬頤《二知軒文存》卷二十二，《續修四庫全書》第1556冊，第617頁。

39　方濬頤《二知軒詩續鈔》卷十一，《續修四庫全書》第1556冊，第203頁。

40　何紹基《東洲草堂詩集》卷三十，上海古籍出版社2012年12月第1版，下冊第839頁。

41　查慎行《敬業堂詩集》卷三十六，上海古籍出版社1986年11月第1版，中冊第992-997頁。

42　查嗣瑮《查浦詩鈔》卷九，《四庫未收書輯刊》第八輯第20冊，第104-105頁。

43　程晉芳《勉行堂詩文集·詩集》卷十六，黃山書社2012年1月第1版，第408-409頁。

（1764）。祝德麟北京結社，其《悅親樓詩集》卷十收錄了「消夏」第六、七、八次集會的詩歌[44]，作於乾隆四十六年辛丑（1781）。吳錫麒江蘇揚州結社，其《有正味齋詩集》卷十五《吳船集》收錄了「消夏」第一集至第四集的詩歌[45]，大概作於嘉慶七年壬戌（1802）。沈學淵福建結社，其《桂留山房詩集》卷十一收錄了「銷夏」第一、二、四次集會的詩歌[46]，大概作於道光七年丁亥（1827）。王闓運湖南結社，《湘綺樓詩文集·詩》卷十三收錄了「銷夏」第三集和第五集的詩歌[47]，作於光緒二十二年丙申（1896）。這些詩集可能還收錄一些沒有標明第某次集會的作品，在深入研究之時應當詳加考察、鑒別。另外，曾燠《賞雨茅屋詩集》、樂鈞《青芝山館詩集》、程恩澤《程侍郎遺集》、戴敦元《戴簡恪公遺集》和楊芳燦《芙蓉山館全集》等[48]，這些詩集中也有這些詩人們參與「消夏」集會的資料。

（2）「消寒」集會

　　清代歷史上明確將「消寒」作為詩社名稱的現象也十分常

44　祝德麟《悅親樓詩集》卷十一，《續修四庫全書》第1462冊，第647-648頁。

45　吳錫麒《有正味齋詩集》卷十五，《續修四庫全書》第1468冊，第512-514頁。

46　沈學淵《桂留山房詩集》卷十一，《續修四庫全書》第1516冊，第391-392頁。

47　王闓運《湘綺樓詩文集·詩》卷十三，岳麓書社1996年9月第1版，第3冊第1585-1586頁。

48　曾燠《賞雨茅屋詩集》卷二十，《續修四庫全書》第1484冊，第197頁。樂鈞《青芝山館詩集》卷二十一，《續修四庫全書》第1490冊，第618頁。程恩澤《程侍郎遺集》卷四，《叢書集成初編》第2213冊，第87-88頁。戴敦元《戴簡恪公遺集》卷四，《四庫未收書輯刊》第十輯第28冊，第434頁。楊芳燦《芙蓉山館詩鈔》補鈔，《續修四庫全書》第1477冊，第110頁。

見。如，胡承珙《求是堂文集》卷四《消寒詩社圖序》：「嘉慶十有九年之冬，董琴南編修始約同人為『消寒詩社』。間旬日一集，集必有詩。嗣是歲率舉行，或春秋佳日，或長夏無事，亦相與命儔嘯侶，陶詠終夕，不獨消寒也。尊酒流連，談噱間作，時復商榷古今上下，其議論足以袪疑蔽而泯異同，不獨詩也。然而必曰『消寒詩社』者，不忘所自始也。」[49]此「消寒詩社」即著名的「宣南詩社」，嘉慶十九年甲戌（1814）冬開始舉行「消寒會」，持續多年。胡承珙《求是堂詩集》卷十四《銷寒集》收錄的正是社集之作，作品涉及的師友即詩社成員[50]。社員有胡承珙（號墨莊）、董國華（琴南其號）、黃安濤（號霽青）、周靄聯（字肖濂）、陳用光（字石士）、劉嗣綰（號芙初）、謝階樹（號向亭）、朱珔（字蘭坡）、陶澍（字雲汀）、梁章鉅（號茝林）、錢儀吉（號衎石）、吳嵩梁（號蘭雪）和李彥章（字蘭卿）等。「宣南詩社」活躍於嘉慶、道光年間，社員之眾多，活動之豐富，在清代詩社中都是空前絕後的。它是詩社與「消寒會」結合的典型。陶澍《陶文毅公全集》卷六十《題黃霽青太史〈消寒詩社圖〉》一詩[51]，指的就是黃安濤的這幅圖。陶澍的題詩和胡承珙的序文都作於嘉慶二十四年己卯（1819）。《陶文毅公全集》卷五十五收錄了「消寒」第一、三、四次集會的詩歌[52]，時間為嘉慶十九年甲戌（1814）。梁章鉅《退庵詩存》卷九也收錄了《題〈消寒詩社圖〉，送黃霽青出守廣信》[53]，以及

49　胡承珙《求是堂文集》卷四，《續修四庫全書》第1500冊，第280頁。
50　胡承珙《求是堂詩集》卷十四，《續修四庫全書》第1500冊，第121頁。
51　陶澍《陶文毅公全集》卷六十，《續修四庫全書》第1504冊，第128頁。
52　陶澍《陶文毅公全集》卷五十五，《續修四庫全書》第1504冊，第20-21頁。
53　梁章鉅《退庵詩存》卷九，《續修四庫全書》第1499冊，第518頁。

其他「消寒」作品。劉嗣綰《尚絅堂詩集》卷四十九《雪泥集》中,《汪均之贈余山水橫幅,余即名之曰〈此中有我圖〉,十月九日「銷寒」第一集,即偕均之、奐之暨石士前輩、琴南、竹友、藺塘、彥聞在小玲瓏館賦此》[54],作於嘉慶二十一年丙子(1816),可知該年汪正鋆(均之其字)、汪正燮(奐之其字)、戴延介(竹友其字)、顧翰(藺塘其字)、方履 (彥聞其字)也曾參與其中。除此之外,劉嗣綰在嘉慶二十年乙亥(1815)、二十二年丁丑(1817)、二十三年戊寅(1818)和二十四年己卯(1819)等年份均結有「消寒會」,《尚絅堂集》中有豐富的社集之作。陳用光《太乙舟詩集》卷二《題芙初編修〈此中有我圖〉(消寒第一集)》[55],也是相關作品。可以說,「消寒會」是「宣南詩社」的重要活動形式,歷年寒冬持續舉辦,且社員不斷變化。而嘉慶末年是該詩社的鼎盛時期。

查嗣瑮結社,其《查浦詩鈔》卷六收錄了「消寒」第一集至第三集的詩歌[56],作於康熙年間,具體時間有待進一步考證。成員還有吳暻(字符朗)、孫致彌(號松坪)、張雲章(字漢瞻)、楊中訥(字耑木)、俞兆曾(字大文)、宮鴻歷(字友鹿)、徐昂發(字大臨)、方辰(字拱樞)、史申義(字蕉飲)、錢名世(字亮功)和蔣廷錫(字揚孫)等人。又,《查浦詩鈔》卷三《洛中懷古十七首(並序)》小序說:「戊辰,與都下諸君為九九銷寒之集。」[57]可知,早在康熙二十七年戊辰(1688),查嗣瑮已

54 劉嗣綰《尚絅堂詩集》卷四十九,《續修四庫全書》第1485冊,第365頁。

55 陳用光《太乙舟詩集》卷二,《續修四庫全書》第1493冊,第54頁。

56 查嗣瑮《查浦詩鈔》卷六,《四庫未收書輯刊》第八輯第20冊,第72頁。

57 查嗣瑮《查浦詩鈔》卷三,《四庫未收書輯刊》第八輯第20冊,第46頁。

與詩友舉行「消寒」集會。而張雲章《樸村詩集》卷七也收錄了幾次「消寒」集會的詩歌[58]，同樣作於康熙年間。

乾隆年間也有一些「消寒會」。如，厲鶚杭州結社，其《樊榭山房集‧續集》卷六收錄了「銷寒」第一會至第三會的詩歌[59]，時間為乾隆十一年丙寅（1746）。又，程晉芳北京結社，其《勉行堂詩文集‧詩集》卷二十四收錄了「銷寒」第一集至第三集的詩歌[60]，時間為乾隆三十六年辛卯（1771）。

洪亮吉在乾嘉時期結社相當活躍。陝西結社，其《卷施閣詩》卷四《官閣圍爐集》收錄了「消寒」第一集至第九集的詩歌[61]，時間為乾隆四十七年壬寅（1782）至四十八年癸卯（1783），洪亮吉參與的「官閣消寒」即本師朱則傑先生《畢沅「官閣消寒會」與嚴長明〈官閣消寒集〉》一文所研究的「官閣消寒會」。文中對其社員、集會、作品等都作了詳細的考證[62]。又，洪亮吉貴州結社，《卷施閣詩》卷十四《黔中持節集》也收錄了「消寒」九次集會的詩歌[63]，時間為乾隆五十七年癸丑（1793）到五十八年甲寅（1794）。又，江蘇結社，洪亮吉《更生齋詩》卷四《滬瀆消寒集》也收錄了「消寒」九次集會的詩

58 張雲章《樸村詩集》卷七，《四庫禁燬書叢刊》集部第168冊，第157-159頁。

59 厲鶚《樊榭山房集‧續集》卷六，上海古籍出版社1992年6月第1版，下冊第1395-1399頁。

60 程晉芳《勉行堂詩文集‧詩集》卷二十四，黃山書社2012年1月第1版，第621-622頁。

61 洪亮吉《洪亮吉集》，中華書局2001年10月第1版，第2冊第538-544頁。

62 朱則傑《畢沅「官閣消寒會」與嚴長明〈官閣消寒集〉》，《甘肅社會科學》2013年第6期，第165-168頁。

63 洪亮吉《洪亮吉集》，中華書局2001年10月第1版，第2冊第770-777頁。

歌[64]，時間為嘉慶六年辛酉（1801）之際。又，蘇松一帶結社，《更生齋詩》卷八《北郊種樹集》也收錄了「消寒」九次集會的詩歌[65]，時間為嘉慶八年癸亥（1803）之際。洪亮吉結社相當頻繁，幾次集會均有完整的記載，但成員整體發生變化。

　　樂鈞北京結社，其《青芝山館詩集》卷二收錄了「消寒」七次集會的詩歌[66]，成員還有宋鳴珂、羅聘、王友亮、甘立猷、周厚轅、陸元鋐、周有聲、胡翔雲、宋鳴琦等，時間為乾隆五十五年庚戌（1790）到五十六年辛亥（1791）。而嘉慶十六年辛未（1811）、十七年壬申（1812）、十八年癸酉（1813），樂鈞又於江蘇揚州舉行「消寒」集會。樂鈞也是清代結社相對頻繁的詩人，與其交遊廣泛也不無關係。

　　嘉慶時期，「消寒會」層出不窮。黃鉞安徽蕪湖結社，其《壹齋集》卷十三收錄了「消寒」第一集至第七集的詩歌[67]，時間為嘉慶二年丁巳（1797）。王汝璧河北結社，其《銅梁山人詩集》卷二十收錄了「消寒」第一集至第九集的詩歌[68]，時間為嘉慶三年戊午（1798）。彭兆蓀江蘇揚州結社，《小謨觴館詩文集‧詩集》卷八收錄了「消寒」第一集至第三集的詩歌[69]，時間為嘉慶十年乙丑（1805）。賀長齡北京結社，其《耐庵詩存》卷

64　洪亮吉《洪亮吉集》，中華書局2001年10月第1版，第3冊第1298-1304頁。

65　洪亮吉《洪亮吉集》，中華書局2001年10月第1版，第3冊第1402-1413頁。

66　樂鈞《青芝山館詩集》卷二，《續修四庫全書》第1490冊，第430-433頁。

67　黃鉞《壹齋集》卷十三，黃山書社1999年9月第1版，上冊第223頁。

68　王汝璧《銅梁山人詩集》卷二十，《續修四庫全書》第1462冊，第20-22頁。

69　彭兆蓀《小謨觴館詩文集‧詩集》卷八，《續修四庫全書》第1492冊，第611頁。

二收錄了「消寒」第一集至第三集的詩歌[70]。劉嗣綰《尚絅堂詩集》卷四十六《雲心集上》中也有類似詩題[71]，應為同年集會。成員有賀長齡（字藕耕）、劉嗣綰、劉榮黼（字矩堂，又字春舲）、周之琦（字稚圭）、何凌漢（字仙槎）、江鳳笙（字韻樓）和董國華等，時間為嘉慶十八年癸酉（1813）。

嘉慶時期的結社高潮一直延續至道光時期。曹楙堅北京結社，其《曇雲閣詩集》卷五收錄了道光十五乙未（1835）、十六年丙申（1836）和二十年庚子（1840）等年份的「消寒」作品[72]，卷六則收錄了二十四年甲辰（1844）和二十五年乙巳（1945）的「消寒」作品[73]。這些集會往往從當年冬季持續到次年春季。祁寯藻江蘇結社，其《𩆚訒亭集》卷二十三收錄了「消寒」第一集至第四集的詩歌[74]，時間為道光十七年丁酉（1837），次年也有社集作品存留。此外，祁寯藻致仕後，咸豐六年丙辰（1856）、七年丁巳（1857）在北京也曾有結「消寒」社的經歷，其詩集中保留了大量的相關作品。

咸豐、同治年間，「消寒會」的勢頭有增無減。季芝昌江蘇結社，其《丹魁堂詩集》卷五收錄了「消寒」第一集至第五集的詩歌[75]，時間為咸豐四年甲寅（1854）。孫衣言北京結社，其《遜學齋詩鈔》卷五「古體詩」收錄了「消寒」第一、二、四、

---

70 賀長齡《耐庵詩存》卷二，《續修四庫全書》第 1511 冊，第 466-467 頁。

71 劉嗣綰《尚絅堂詩集》卷四十六，《續修四庫全書》第 1485 冊，第 346-347 頁。

72 曹楙堅《曇雲閣詩集》卷五，《續修四庫全書》第 1514 冊，第 484-488 頁。

73 曹楙堅《曇雲閣詩集》卷六，《續修四庫全書》第 1514 冊，第 497-504 頁。

74 祁寯藻《𩆚訒亭集》卷二十三，《續修四庫全書》第 1522 冊，第 19-22 頁。

75 季芝昌《丹魁堂詩集》卷五，《續修四庫全書》第 1517 冊，第 674-677 頁。

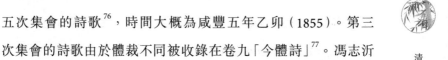

五次集會的詩歌[76]，時間大概為咸豐五年乙卯（1855）。第三次集會的詩歌由於體裁不同被收錄在卷九「今體詩」[77]。馮志沂北京結社，其《微尚齋詩集初編》卷三收錄了「消寒」第一集至第四集的詩歌[78]，時間為咸豐八年戊午（1858）。成員還有許宗衡（字海秋）、葉名澧（字潤臣）、楊傳第（號汀鷺）、李汝鈞（字子衡）、黃雲鵠（字翔雲）、王軒（字霞舉）、譚廷獻（字仲修）等。葉名澧《敦夙好齋詩續編》卷十《待次集》也收錄了該年四次集會作品[79]。此外，葉名澧在咸豐四年甲寅（1854）到七年丁巳（1857），三四年間，每年均結「消寒會」。董文渙北京結社，其《峴嶁山房詩集初編》卷四收錄了「消寒」第一集至第五集的詩歌，卷五收錄了第六集至第九集的詩歌[80]，時間為同治元年壬戌（1862）到二年癸亥（1863）。前文論及方濬頤等人揚州結「消夏吟社」，相應地也結有「消寒吟社」。其《二知軒詩續鈔》卷十二《「消寒」第一集，次叔平〈過清燕堂題襟館，有懷蝯叟吳中、謙齋皖上，用涪翁次晁補之廖正一贈答詩〉韻》[81]，時間也是同治十年辛未（1871）。

光緒年間是「消寒會」的最後一個階段，也是清代詩社發展的重要階段。黎汝謙《夷牢溪廬詩鈔》卷二《辛巳十月，余

76 孫衣言《遜學齋詩鈔》卷五，《續修四庫全書》第1544冊，第180-181頁。

77 孫衣言《遜學齋詩鈔》卷九，《續修四庫全書》第1544冊，第213頁。

78 馮志沂《微尚齋詩集初編》卷三，《續修四庫全書》第1553冊，第187-188頁。

79 葉名澧《敦夙好齋詩續編》卷十，《續修四庫全書》第1536冊，第475-476頁。

80 董文渙《峴嶁山房詩集初編》卷五，《續修四庫全書》第1559冊，第525-526頁。

81 方濬頤《二知軒詩續鈔》卷十二，《續修四庫全書》第1556冊，第226頁。

從西道顏公（培鼎）往威寧草軍檄事甫定，適奉調出使日本，十月廿六日由畢節起程，留別邑中諸子十首》其二，首聯為「未踐消寒約，空勞虛左情」，詩人自注說：「慎齋諸君為『消寒詩社』，邀余主牛耳。」[82]可知楊紱章（慎齋其字，又名汝修）貴州結社，時間大約為光緒七年辛巳（1881）。樊增祥陝西結社，其《樊樊山詩集·樊山集》卷十一《關中後集》收錄了「消寒」第一集至第九集的詩歌[83]，時間為光緒十四年戊子（1888）到十五年己丑（1889）。范當世上海結社，《范伯子詩集》卷十二收錄了「消寒」第一、二、三、六、七次集會的詩歌[84]，時間大概為光緒二十五年己亥（1899）。

除了上述這些集會，還有許多清人也曾參與「消寒」活動。大量詩人都有參與「消寒」集會的經歷，如：李暾、閔華、翟灝、錢維城、全祖望、錢載、潘奕雋、陳昌圖、劉秉恬、張問陶、趙良澍、啓淑、孫原湘、趙懷玉、楊芳燦、吳錫麒、童槐、葉紹本、鄧廷楨、湯貽汾、張祥河、陸繼輅、沈學淵、徐寶善、吳清鵬、彭蘊章、斌良、姚燮、羅汝懷、李慈銘、袁昶、葉昌熾、程頌萬、陳作霖、陳夔龍等。另外，一些詩話如周春《耄餘詩話》，部分總集如王昶《湖海詩傳》和王相《友聲集》等，都有不少相關記載。這些「消寒」集會的舉行，或許存在詩社的驅動，如石韞玉《獨學廬稿》中「消寒會」多是

---

82 黎汝謙《夷牢溪廬詩鈔》卷二，《續修四庫全書》第1567冊，第647頁。

83 樊增祥《樊樊山詩集·樊山集》卷十一，上海古籍出版社2004年4月第1版，上冊第207-222頁。

84 范當世《范伯子詩文集》，上海古籍出版社2003年7月第1版，第240-252頁。

「碧桃詩社」或「問梅詩社」的一項活動，或許只是以「消寒會」的名義聚集，但它們具有類似的約定和相同的性質。

從筆者了解的「消夏」「消寒」集會來看，呈現出以下幾個方面的規律。

一，「消夏會」、「消寒會」換季舉行，而「消寒會」相對更為盛行。舉行過「消夏會」的詩人群體，通常也會在冬季舉行「消寒會」，如上述方濬頤、查嗣瑮、程晉芳、樂鈞、楊芳燦、吳錫麒、沈學淵等人都曾參與兩種集會。當然，這兩種集會的舉行，可能屬於同一年份，也可能集中在一兩年之中或者相隔幾年。通過清代兩種集會的數量對比可以得知，「消寒會」的舉行較為頻繁，這與冬季漫長、寒冷的氣候因素有關，也和清代九九消寒的文化習俗有關。一次「消寒會」的持續時間也相對較長，有利於詩人加強創作和情感交流。

二，從時間上看，從乾隆中後期開始，「消夏會」、「消寒會」出現不斷發展的趨勢。查慎行、查嗣瑮等人在康熙年間集會的情況，並不是普遍現象。雖然這些集會大都是文人之間唱和的文學性集會，沒有社盟之名，但是，禁止文人集會結社的政治背景對集會行為已經具有一定的約束力。而自乾隆中後期開始，集會、結社逐漸興盛，「消夏會」、「消寒會」也相應地出現繁榮局面。而嘉慶時期是清代集會歷史的一段高潮，也是社事的一個頂峰。這種盛況在道、咸、同、光四朝一直不斷延續，而從同治到民國，集會和結社再次掀起高潮。總之，清代晚期，在政治動蕩的局面下，詩會、詩社大量湧現，數量遠遠超過前期，文人之間的聯繫通過集會等形式得到增強。

三，從地域上看，長江以北地區的集會現象更為繁榮。北

方地區的寒冷氣候更適合舉辦「消寒會」，而「消寒會」的盛行直接影響整個集會分佈狀況。上述北京、河北、江蘇、上海、安徽、陝西等地的地理位置都相對偏北。而浙江、福建、湖南、貴州等地也時常出現集會現象，還與這些地區的結社傳統有關，而貴州的社事與官員的外任也有關聯。總的來說，像廣東等省份處於溫暖地帶，儘管具備結社的歷史傳統，甚至存在嶺南詩派的文學土壤，但由於氣候因素，也不大可能出現「消寒會」。

四，「消夏會」、「消寒會」，作為季節性突出的文學集會，與詩社的發展有共性，也有區別。「消夏」「消寒」集會的興盛時間與清代詩社基本一致，甚至也與清代詩歌發展的趨勢、詩人結集付梓的趨勢大致相同。清代，政治背景和文化方向、詩歌流派的分佈、詩人群體的成形，對集會有着深刻的影響。然而「消夏」「消寒」集會的地域分佈，卻不同於清代詩社的地域分佈。詩社主要分佈在文學發達的地區，比如浙江結社的繁榮程度從各個方面來說應當與江蘇不分伯仲。然而，浙江尤其是紹興以南地區「消寒會」的數量卻無法與蘇南一帶相比，原因也主要在於氣候和文化習俗的差異。

因此，「消夏」「消寒」集會，作為一種特殊的結社現象，可以互相參考，共同反映清代社事的狀況。在清代歷史上，一些其他類型的詩會，或與詩社的範疇有所交集，但相對零散，並不形成規律的聚集，比如成員、地點和唱和都缺少穩定性，因此與詩社應當明確劃分界限。而「消夏」「消寒」集會一般舉行數次，甚至比有些詩社活動更為規範和持久，不管其背後是否存在社約推動，作為詩社的一類來研究較為合適。上述清代

「消夏」「消寒」集會的不完全羅列，涉及的詩人及詩集眾多，但其社員名單沒有進行深入探索，其唱和方式和創作傾向也尚未進行系統研究。我們可以想見清代結社及集會的概貌，是歷代所無法比擬的。

三 清代詩社的地域分佈

　　明代胡應麟《詩藪‧續編》説：「國初，吳詩派昉高季迪，越詩派昉劉伯温，閩詩派昉林子羽，嶺南詩派昉於孫蕡仲衍，江右詩派昉於劉崧子高。五家才力，咸足雄據一方，先驅當代，第格不甚高，體不甚大耳。」[1]胡應麟將明初詩歌分為吳詩派、越詩派、閩詩派、嶺南詩派、江右詩派五個詩派，並把高啓、劉基、林鴻、孫蕡、劉崧五位元末明初詩人作為這五個詩派的先驅人物。明代這幾個詩派所在地的文學，到了清代也有一定程度的發展。劉世南先生《清詩流派史》一書論述了河朔詩派、嶺南詩派、虞山詩派、婁東詩派、秀水詩派、浙派、桐城詩派、高密詩派、常州詩派等清代重要詩派的產生、發展、演變及其代表詩人[2]。大多數詩派的產生與地域有關，與一地之重要詩人或詩人群體的努力有着密不可分的關係。詩派在大體上也能代表詩歌的地域分佈。詩派與詩社之間也有着微妙的關聯。幾大重要詩派的產生之地也是詩社的密集地。估摸現有的清代詩社，主要分佈在以下幾大地區。

（一）江蘇

　　江蘇省當之無愧是清代結社最為繁盛的地區之一。王文

1　胡應麟《詩藪‧續編》卷一，中華書局1958年10月第1版，第327頁。
2　參見劉世南《清詩流派史》，人民文學出版社2004年3月第1版。

榮先生的博士學位論文《明清江南文人結社研究》，對江蘇包括現在的上海地區的諸多詩社進行了分析與研究[3]。蘇州和揚州兩地具有優良的結社傳統，在清代成為江蘇最為活躍的結社地。

一是蘇州地區。蘇州地區的大社小社不計其數，其中頗為有趣的就是滄浪系列詩社。滄浪亭，位於蘇州市城南。該亭建於北宋，為蘇舜欽的私人花園，在蘇州現存諸園中歷史最為悠久。歷史上，許多詩人都在滄浪亭留些了優美的詩句。而該亭在清代也成為蘇州結社的一個中心。首先是順治初年「滄浪會」（又稱「滄浪合局」）。根據杜登春《社事始末》記載[4]，他與宋實穎、徐乾學、徐元文等人在滄浪亭結社，社員多為明末「幾社」成員。後「滄浪會」內部發生紛爭，分為「慎交社」、「同聲社」，水火不容。吳偉業試圖消除兩社矛盾，協調之舉以失敗告終。顧師軾《吳梅村先生年譜》卷四順治「十年癸巳四十五歲」條記載：

> 王隨庵（撰）《自訂年譜》：十年上巳，吳中兩社並興，「慎交」則廣平兄弟執牛耳，「同聲」則素文、韓倬、宮聲諸公為之領袖，大會於虎丘，奉梅村先生為宗主。梅翁賦《禊飲社集》四首，同人傳誦。次日復有兩社合盟之舉。山塘畫舫鱗集，冠蓋如雲，亦一時盛舉。拔其尤者集半塘寺訂盟。四月，復會於鴛湖。從中傳達者研德、子偲，兩人專為和合之局。是秋九月，梅翁應召入

3　王文榮《明清江南文人結社研究》，蘇州大學博士學位論文，2009年5月。

4　杜登春《社事始末》，《叢書集成初編》第764冊，第13-14頁。

都，實非本願，而士論多竊議之，未能諒其心也。[5]

這就是當時虎丘集會的情形，「九郡人士至者幾千人」[6]，姑且可以稱之為「九郡大社」，與前文嘉興「十郡大社」一樣，都是吳偉業參與的大型詩社集會。但是好景不長，隨着吳偉業入都，「九郡大社」解散，「慎交」、「同聲」恢復之前的對立狀態，直至二社消亡。葉君遠先生《吳梅村與「兩社大會」》一文探討過此次大會的性質[7]。

又，根據陶澍《陶文毅公全集》卷五十四詩歌《滄浪五老圖詠（有序）》小序說：「滄浪亭既成，與蘇城諸老觴於亭上，林木掩映，水石回環。好事者遂摹繪為《五老圖》。」[8]道光七年丁亥（1827），在陶澍重修滄浪亭之後，五位詩人舉「滄浪五老會」，唱和於此。「滄浪五老」為潘奕雋、韓崶、石韞玉、吳雲和陶澍。潘奕雋《三松堂續集》卷六也有相關詩作《為陶雲汀中丞題滄浪五老圖》[9]。

又，道光九年己丑（1829），陶澍與同年顧蒓、朱珔、朱士奇、吳廷琛、梁章鉅、卓秉恬在滄浪亭舉行集會，稱「滄浪七友」。陶澍《陶文毅公全集》卷六十《題滄浪七友圖》[10]，梁章

5　吳偉業《吳梅村全集》附錄二，上海古籍出版社1990年12月第1版，下冊第1463頁。

6　吳偉業《吳梅村全集》附錄二，上海古籍出版社1990年12月第1版，下冊第1463頁。

7　葉君遠《吳梅村與「兩社大會」》，《甘肅社會科學》2008年第1期，第106-109頁。

8　陶澍《陶文毅公全集》卷五十四，《續修四庫全書》第1503冊，第677頁。

9　潘奕雋《三松堂續集》卷六，《續修四庫全書》第1461冊，第208頁。

10　陶澍《陶文毅公全集》卷六十，《續修四庫全書》第1504冊，第140頁。

鉅《退庵詩存》卷十五《題小滄浪七友圖後》[11]，指的都是「滄浪七友會」。

此外，發生在滄浪亭非結社性質的集會也十分豐富，而僅僅與此亭有關的詩歌也是數不勝數。優美的園林往往是結社、集會的頻發地點，而滄浪亭悠久的文化傳統和怡人的自然環境使之成為蘇州文人的常聚之地。滄浪亭只是蘇州結社的一隅，卻能反映出整個蘇州地區結社的繁榮程度。

筆者曾提到沈德潛「城南詩社」、「北郭詩社」可以作為太湖流域結社的代表。蘇州地區的詩人經常在作品中展現泛舟太湖的閒情雅致，而真正在太湖修禊、雅集的活動並不多見。但是，像「滄浪合局」、「滄浪五老會」、「滄浪七友會」、「問梅詩社」、「紅梨社」等，連同其他大大小小的蘇州詩社，構成「環太湖詩社群」。這些詩社在時間上前後相繼，共同形成清代蘇州地區的文化現象，展現當地詩歌的鼎盛之貌。

二是揚州地區。揚州地區也是江蘇的結社中心。前文提到康熙初年王士禎與諸名士修禊虹橋，包括虹橋在內的瘦西湖是揚州重要的社集地點之一。根據樂鈞《青芝山館詩集》卷十二《三月三日，虹橋修禊，賓谷都轉用前韻示同座諸公，次韻奉呈》一詩[12]，作於嘉慶五年辛酉（1801）。樂鈞與曾燠（賓谷其字）等人也曾在虹橋舉行春禊。從王士禎虹橋雅集之後，揚州的文人名士都在此進行各種唱和活動。而題襟館也是揚州著名的社集之地。方濬頤《二知軒文存》卷二十《儀董軒記》：「揚

---

11 梁章鉅《退庵詩存》卷十五，《續修四庫全書》第1499冊，第572頁。
12 樂鈞《青芝山館詩集》卷十二，《續修四庫全書》第1490冊，第530頁。

州題襟館之名，震於大江南北。」[13]詩人曾於題襟館外修建儀董軒，其「消夏吟社」、「消寒吟社」大多數集會都在題襟館舉行。這是對乾隆、嘉慶年間曾燠題襟館雅集的繼承和模仿。樂鈞、劉嗣綰、陸繼輅、彭兆蓀、王芑孫、張雲璈等詩人都曾與曾燠唱和，在他們各自的詩集中都有大量的題襟館詩歌。

前文提到馬曰琯、馬曰璐結「邗江吟社」是王士禛虹橋雅集之延續。而袁枚《小倉山房詩文集·詩集》卷三十六《邗江雅集詩（有序）》[14]，作於乾隆二十四年己卯（1759），雖然只是集會而非結社行為，但也體現了揚州良好的雅集酬唱傳統。此外，其他地方的詩人來到揚州之後，受到當地風氣的影響，也積極進行創作。杭世駿《道古堂詩集》卷二十二、二十三、二十四分別為《韓江集（上）》、《韓江集（下）》、《韓江續集》，都是詩人在揚州唱和留下的詩歌。其中《立冬前一日，雨中集街南書屋，追悼馬員外（曰琯）》一詩說明杭世駿與馬曰琯也有交遊[15]。又如吳錫麒《有正味齋詩集·續集》卷五至卷八都命名為《韓江酬唱集》[16]，充分展現了詩人在揚州集會、結社的經歷。

（二）浙江

清代，浙江社事之繁榮程度與江蘇可謂並駕齊驅。如果說

---

13 方濬頤《二知軒文存》卷二十，《續修四庫全書》第1556冊，第587頁。

14 袁枚《小倉山房詩文集·詩集》卷三十六，上海古籍出版社1988年3月第1版，上冊第1000頁。

15 杭世駿《道古堂詩集》卷二十三，《續修四庫全書》第1427冊，第190頁。

16 吳錫麒《有正味齋詩集·續集》，《續修四庫全書》第1468，第566-591頁。

太湖一帶是江蘇結社的一個中心，那麼杭州「環西湖詩社群」有過之而無不及，紹興的鑑湖，寧波的日湖、月湖都是浙江結社的幾大中心；如果説揚州虹橋雅集成為一個典型的文化盛事，那麼紹興的蘭亭雅集在清代也有相應的傳承和發展。

一是杭州地區。杭州西湖一帶歷來是結社的勝地。從明代起就是全國結社的中心。厲鶚《樊榭山房集‧續集》卷四《春夜訪巨公於雲林宿面壁軒》一詩，注釋説：「明嘉靖間，西湖有詩社八：曰『紫陽社』，曰『湖心社』，曰『玉岑社』，曰『玉巖社』，曰『南屏社』，曰『紫雲社』，曰『洞霄社』，曰『飛來社』。社友祝九山時泰、高穎湖應冕、王十岳寅、劉望湖子伯、方十洲九敍、童南衡漢臣、沈青門仕分主之。」[17]吳慶坻《蕉廊脞錄》卷三「杭州諸詩社」條記載：

> 吾杭自明季張右民與龍門諸子創「登樓社」，而「西湖八社」、「西泠十子」繼之。其後有「孤山五老會」，則汪然明、李太虛、馮雲將、張卿子、顧林調也；「北門四子」，則陸蓋思、王仲昭、陸升黌、王丹麓也；「驚山盟十六子」，則徐元文、毛馳黃諸人也；「南屏吟社」，則杭、屬諸人也，「湖南詩社」會者凡二十人，茲為最盛。嘉道間，屠琴塢、應叔雅、馬秋藥、陳樹堂、張仲雅諸人有「潛園吟社」，而汪氏「東軒吟社」創於海寧吳子律，小米舍人繼之，前後百集。舍人刊社詩為《清尊集》。戴簡恪寓杭州天后宮，有「秋鴻館詩社」，亦驂靳

---

17 厲鶚《樊榭山房集‧續集》卷四，上海古籍出版社1992年6月第1版，下冊第1235頁。

焉。「潛園」、「東軒」皆有圖。《「東軒吟社」圖》,費曉樓畫,今尚存汪氏;《潛園圖》則不可得見。咸同以後,雅集無聞。光緒戊寅,族伯父筠軒先生創「鐵華吟社」,首尾九年。先生殁,而湖山嘯詠,風流闃寂矣。[18]

吳慶坻回顧了明清時期杭州地區結社的情況,他本人也參與了「鐵花吟社」。「南屏吟社」、「潛園吟社」、「東軒吟社」、「秋鴻館詩社」、「鐵華吟社」等都是清代杭州大社,前文也有所論及。而「瓣香吟會」、「古歡吟會」等都是西湖一帶的詩社,社集地點除了詩人的書齋之外,還有靈隱寺、西泠橋等著名景點。杭州依山傍湖,其自然環境和人文氛圍非常適合舉行集會,吸引了無數文人雅士來此唱和吟詠。詩社的產生、發展都得益於當地的歷史傳統、地理位置等因素。

二是紹興地區。東晉蘭亭雅集,可謂紹興地區結社的濫觴,這種風雅之舉在後世尤其是清代被發揚,被賦予更多的內涵和意義。紹興地區在「泊鷗吟社」之後,湧現出「言社」、「益社」、「皋社」等多個詩社,這些詩社也都受到「鷗社」的影響,時間大致為道光、咸豐年間和同治初年,共同形成「環鑑湖詩社群」。佘德明先生《紹興的文人結社》、《紹興的文人結社 (續)》、《紹興的文人結社 (續二)》和《紹興的文人結社 (續完)》[19],四篇文章對宋末元初到近代紹興地區文人結社的主要

---

18 吳慶坻《蕉廊脞錄》卷三,《中華書局》1990年3月第1版,第96頁。

19 佘德明《紹興的文人結社》,《紹興師專學報》1990年第1期,第22-25頁;《紹興的文人結社 (續)》,《紹興師專學報》1990年第2期,第16-20頁;《紹興的文人結社 (續二)》,《紹興師專學報》1990年第3期,第23-30頁;《紹興的文人結社 (續完)》,《紹興師專學報》1991年第1期,第35-41頁。

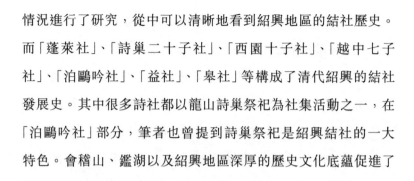

情況進行了研究，從中可以清晰地看到紹興地區的結社歷史。而「蓬萊社」、「詩巢二十子社」、「西園十子社」、「越中七子社」、「泊鷗吟社」、「益社」、「皋社」等構成了清代紹興的結社發展史。其中很多詩社都以龍山詩巢祭祀為社集活動之一，在「泊鷗吟社」部分，筆者也曾提到詩巢祭祀是紹興結社的一大特色。會稽山、鑑湖以及紹興地區深厚的歷史文化底蘊促進了清代詩社的發展與繁榮。

　　紹興地區的詩社在思想上頗具叛逆精神和復古精神。龍山詩巢主要祭祀的是賀知章、秦系、方干、陸游、楊維楨、徐渭六位詩人。如徐渭，雖富有才華卻時運不濟，只能以狂放不羈的個性表現對環境的不滿。這六位詩人皆非聲名顯赫、仕途坦蕩之輩，大都懷才不遇，具有高貴的氣節和抗爭的精神。他們或遁匿山林，或肆意妄行，表達的是一種不與世俗合流的叛逆，對命運的憤怒和對自由的渴望。清代詩人結社，於二月初四徐渭誕辰、十月十七陸游誕辰進行祭祀，學習、傳承這些先賢的品質，體現了高度的文化自豪感和歷史責任感，也體現了紹興文人獨具慧眼的審美以及高尚的精神追求。對古之賢人的追導也體現紹興文人的復古精神。其他地區的詩社多以交遊、唱和為初衷，而紹興文人結社以復興風雅為己任，不慕榮利，旨在恢復文章之道。龍山詩巢這樣大型集會成為定期活動之後，紹興詩社的成員往往達到數十人，社中長幼有序，具有其他詩社不可企及的規模。

　　三是寧波地區。鄞縣是寧波結社最為突出的地區。全祖望《句餘土音序》歷數了寧波地區歷代詩社，其中清代的結社情況如下：

明之詩社……六舉則甲申以後遺老所為：林評事荔堂（時躍）有九人之敍，寓公余生生（焭）有湖上七子之編，高隱君鼓峰（斗魁）有石戶之吟，其中詩稱極盛，而尚未有人輯而彙之者。承平而後，詩盟中振，鄭高州寒村（梁）、周即墨證山（斯盛）、姜編修湛圍（宸英）、董秀才岳堂（道權）、舒廣文後村諸公為一輩，胡京兆鹿亭（德邁）、張大令蕚山（起宗）諸公又為一輩，雖其才力各有所至，未盡足以語古人，然要之高曾之規矩所寓也。

　　數年以來，前輩凋落，珠槃之役，將以歇絕。予自京師歸，連遭茶苦，未能為詩，除服而後，稍理舊業，與諸人有「真率」之約，杯盤隨意，浹月數舉，而有感於鄉先輩之遺事，多標其節目以為題，雖未能該備，然頗有補志乘之所未及者，其敢謂得與於斯文，亦聊以志枌榆之掌故爾。會予有索食之行，未能久豫此會，同社諸公，因裒集四月以來之作，令予弁首，予為述舊聞以貽之，而題之曰「土音」，以志其為里社之言也。乾隆壬戌冬十月，謝山全祖望書。[20]

　　全祖望「真率社」創立於乾隆七年壬戌（1742）。前文說到，全祖望《鮚埼亭集外編》卷六《湖上社老曉山董先生墓版文》中記載的四個遺民詩社「西湖八子」、「南湖九子」、「西湖七子」和「南湖五子」，也都是鄞縣的詩社。

　　寧波和紹興在地域上都屬於浙東，地處寧紹平原，地理條

20　全祖望《全祖望集彙校集注‧鮚埼亭集外編》卷二十五，上海古籍出版社2000年12月第1版，下冊第2314-2315頁。

件優越，人文氣息濃厚。與其他地區的詩社相比，浙東詩社在清初、清末更為活躍，體現浙東文人激進的思想。「清初三大儒」黃宗羲、顧炎武、王夫之的經學、史學思想，都對其家鄉的文人產生了深遠的影響。而遺民詩人的身份，往往能開啟一地結社之風氣，如嶺南的屈大均也是如此。明末，黃宗羲也是結社的活躍分子，與萬泰等人參與復社；清初，黃宗羲在慈溪、紹興、寧波、海寧等地設館講學，其學術思想在浙東地區受到尊崇。萬泰，與黃宗羲一同參加抗清鬥爭；失敗後，二人又都致力於學術。萬泰是鄞縣人，是清代浙東學派甬上支派的創始人。浙東文人對政治的敏銳度高，且自身文化發達，在亂世中通常有所作為或著述。結社不僅需要動機、宗旨，也存在地域的淵源，而先賢前輩的楷模作用更是掀起結社風潮的巨大力量。

此外，溫州等地也有一些詩社，如林增鉤與曾諧等詩人結「針鸝詩社」，是為浙江結社的一隅，不復贅述。

（三）廣東

廣東也是清代結社的一塊重要地區。上文提到張河圖在康熙年間創立了「西園十二堂吟社」，之後又有「後十二堂」。筆者在「西園吟社」部分也提到，譚瑩所結「西園吟社」是對明代孫蕡「南園詩社」和清初屈大均「西園詩社」等的繼承。而馮詢既是譚瑩「西園吟社」的成員，又另外參與「南園詩社」、「西園詩社」。廣東詩人結社喜歡沿用舊名，形成了「南園」、「西園」系列，別具特色。我們在考察這些詩社的時候，應該注意

它們在時間和社員上的區別，否則容易產生混亂。

明代廣東地區社事鼎盛，如「紫霄詩社」、「鳳臺詩社」、「南園詩社」、「越山詩社」、「浮邱詩社」、「西樵詩社」、「四峰詩社」等都是響徹一時的名社。清代，詩社的影響力有所回落，但卻達到前所未有的盛大規模。吳仰賢《小匏庵詩話》卷七記載：「粵東詩社最盛，與會者往往千餘人。予所見僅『西園吟社』刊本一集，為題二，曰『唐荔園』，曰『擘荔亭』，詩各體俱備，主評選者為四明童萼君先生槐。」[21] 此處「與會者往往千餘人」說明了粵東詩社的集會規模，可謂詩人雲集，空前絕後。當然，這種過於龐大的集會一般不容易多次舉行，而固定在二十人以內的詩社才具有定期舉辦的可行性。

道光及以後湧現的一批廣東詩社，也可以稱作「環珠江詩社群」。詩人們經常進行珠江修禊等集會活動。廣東詩社在詩歌創作上體現出當地風俗、名物的特色，即嶺南的地域文化。上文所說唐荔園就是廣東地區的名園。許多文人在園中的擘荔亭集會，品賞荔枝。阮元《揅經室集‧續集》卷六詩歌《唐荔園》「喜從新構得陳跡，社詩千首題園門」，注釋說：「近日民間詩社有《唐荔園》詩，累至千餘首。」[22] 時間是道光四年甲申（1824），阮元當時任職廣州，其《廣東通志》也已完成。又，童槐《今白華堂詩錄》卷三《唐荔園和韻》、《偕同人遊唐荔園》等詩歌[23]，創作年份也是道光四年甲申（1824）左右。荔枝、

21 吳仰賢《小匏庵詩話》卷七，《續修四庫全書》第1707冊，第58頁。

22 阮元《揅經室集‧續集》卷六，中華書局1993年5月第1版，下冊第1098頁。

23 童槐《今白華堂詩錄》卷三，《續修四庫全書》第1498冊，第315-316頁。

龍眼等水果也經常作為吟詠的對象，好篇佳作不斷。而紅梅
驛探梅也是廣東詩人的一項集會活動或唱和內容。「西園吟社」
部分就提到，達三倡導的城西詩社，第一集的題目便是《紅梅
驛探梅》。阮元《揅經室集·續集》卷六《省城詩社之詩有刻
本，見獵心喜，擬作二首，紅梅驛探梅，「十三元」韻》[24]，省
城詩社很有可能指的就是該詩社。而譚瑩《樂志堂文集》卷一
也有《紅梅驛賦（有序）》篇末說道：「曰：驛路經兮迢迢，驛
梅開兮寂寥。看花兮意得，折柳兮魂銷。直衝雪於金臺，豈尋
詩於灞橋。又曰：嶺外兮故山，嶺北兮歧路。春信兮將闌，徵
輈兮誰住。梅子結兮青青，行人往兮如故。」[25]譚瑩對故鄉和
紅梅驛的深情寄託在這篇賦中。而譚瑩結「西園吟社」和「西
堂吟社」之時也有約同人探梅、詠梅的經歷。這些極具嶺南特
色的風物，給嶺南地區的詩社及其社詩增添鮮亮的色彩。

（四）北京

　　北京地區主要是士大夫結社居多，在嘉慶年間出現端倪，
在道光時期達到高潮，士子、文人紛至沓來，將清代結社的局
面推向新的階段。

　　前文「消寒會」一節提到，嘉慶十九年甲戌（1814）冬，
董國華所倡「消寒詩社」是「宣南詩社」的組成部分。社員有胡
承珙、董國華、黃安濤、周藹聯、陳用光、劉嗣綰、謝階樹、

24　阮元《揅經室集·續集》卷六，中華書局1993年5月第1版，下冊第1095
　　頁。

25　譚瑩《樂志堂文集》卷一，《續修四庫全書》第1528冊，第104-105頁。

朱珔、陶澍、梁章鉅、錢儀吉、吳嵩梁和李彥章等。

　　根據陶澍《陶文毅公全集》卷五十四《潘功甫以「宣南詩社」圖屬題，撫今追昔有作》有詩句：「憶昔創此會，其年維甲子。賞菊更憶梅，名以消寒紀。」[26]詩人自注說：「嘉慶九年初舉此會，朱蘭坡齋中以賞菊為題，吳退旉齋中以憶梅為題。」[27]可知，早在嘉慶九年甲子（1804），陶澍已與朱珔、吳椿（退旉其字）開始唱和，結「宣南詩社」。三人都是嘉慶七年壬戌（1802）進士。根據這首詩歌可知，顧蒓（號南雅）、夏修恕（號森圃）、洪占銓（字介亭）也參與集會，均為同年進士，但是第二年秋，詩社即風流雲散。這是「宣南詩社」的初始階段。又，嘉慶二十四年己卯夏（1819），陶澍備兵川東，諸社員於萬柳堂祭祀鄭玄生日，這是一次盛大的社集。胡承珙《求是堂詩集》卷十五《七月五日，同人集萬柳堂，為鄭康成生日致祭》[28]，劉嗣綰《尚絅堂詩集》卷五十二《七月五日，同人於萬柳堂作鄭康成生日》[29]，都是此次集會的作品。陶澍出京後，林則徐（號少穆）、程恩澤（字雲芬）也加入「宣南詩社」，大約是道光二年壬午（1822）四月即林則徐入都的時間以後。此後，潘曾沂（字功甫）、湯儲璠（字茗孫）、張祥河（字詩舲，又作士林）都陸續入會。潘曾沂一度成為「宣南詩社」的領袖人物。梁章鉅《退庵詩存》卷十一《潘功甫舍人（曾沂）屬題「宣南詩會」畫卷》[30]，林則徐《雲左山房詩鈔》卷二《題潘功甫舍

26　陶澍《陶文毅公全集》卷五十四，《續修四庫全書》第1503冊，第673頁。

27　陶澍《陶文毅公全集》卷五十四，《續修四庫全書》第1503冊，第673頁。

28　胡承珙《求是堂詩集》卷十五，《續修四庫全書》第1500冊，第135頁。

29　劉嗣綰《尚絅堂詩集》卷五十二，《續修四庫全書》第1485冊，第379頁。

30　梁章鉅《退庵詩存》卷十一，《續修四庫全書》第1499冊，第534頁。

人（曾沂）「宣南詩社」圖卷》等[31]，都是相關作品。

　　道光六年丙戌（1826）之後，「宣南詩社」逐漸停止集會，最終衰亡。但是，該詩社開啓了京師士大夫結社之風氣，自此以後，宴集、酬唱、修禊不斷舉行，文學、經術與政事成為結社的三股力量。道光時期的北京詩社附庸風雅的因素減少，更傾向於關注民生疾苦，講究經世致用。「宣南詩社」也代表了一種宣南文化，刺激了北京社事的擴大和深入。隨着官員的外任或者致仕，這種文化也傳播到全國，對其他地區的結社各有不同程度的影響。「宣南詩社」成員的身份地位相對較高，在文壇或政壇是舉足輕重的人物，這在清代詩社中較為罕見。

　　顧祠是北京結社的一大中心，是宣南文化的組成部分。何紹基《東洲草堂詩集》卷二十三《憶顧祠》一詩小序說：「祠宇十丈見方，旁有唐井亭。余得開成五年井闌，置亭中。古雙松在祠北，上下斜街，古名上下槐街。近年京師吟社，多在顧祠、長椿寺、松筠庵、壽陽第。」[32]可知北京詩人經常聚集顧祠進行吟詠唱和。

　　通過《東洲草堂詩集》卷十四《顧祠秋祭日，陳頌南、王子懷、苗仙露、馮魯川、潘季玉、楊緗雲、何願船、孔繡山公餞於雲深松老之廬，夜歸得黎月喬送行詩，次韻奉答並留別諸君子》一題[33]，可知咸豐二年（1852），何紹基與陳慶鏞（頌南

31　林則徐《雲左山房詩鈔》卷二，《續修四庫全書》第1512冊，第299頁。

32　何紹基《東洲草堂詩集》卷二十三，上海古籍出版社2012年12月第1版，下冊第639頁。

33　何紹基《東洲草堂詩集》卷十四，上海古籍出版社2012年12月第1版，上冊第371頁。

其號）、王茂蔭（子懷其字）、苗夔（仙露其字，又作仙鹿、仙麓）、馮志沂（魯川其字）、潘曾瑋（季玉其字）、楊寶臣（緗雲其字）、何秋濤（願船其字）、孔憲彝（繡山其號）等人在顧祠舉行秋祭。又，卷十八《題王子梅顧祠聽雨圖》[34]，作於咸豐七年丁巳（1857），可知王鴻（又名王鵠，子梅其字）曾作《顧祠聽雨圖》，他到北京也參與宴集。同卷又有詩歌《丁巳杪春，朱伯韓、葉潤臣、王少鶴、孔繡山觴我於顧祠，賓主共十人，余戲畫蘭，止能作葉，繡山補花，同人誇之，漫題四句，客有符南樵、林穎叔、劉炯甫、宗滌樓、朱眉君；同日，張詩舲宴客於三官廟》[35]，可知何紹基、朱琦（伯韓其字）、葉名澧（潤臣其字）、王拯（少鶴其字）、孔憲彝五人為主人，符葆森（南樵其字）、林壽圖（穎叔其字）、劉存仁（炯甫其字）、宗稷辰（滌樓其字）、朱鑑成（眉君（眉君其字）五人為賓客，共十人集會於顧祠。除此之外，張祥河、范泰亨、李鴻裔、趙樹吉、李榕等人也曾相與唱和。朱琦、葉名澧、王拯等人的集子中都保存了顧祠集會的詩作。

又，祁寯藻《䜱䜪亭後集》卷三《顧祠聽雨圖，為王子楳（鴻）題（並序）》小序說：「亭林先生康熙初年曾寓京師慈仁寺。道光二十三年，何子貞編修（紹基）勾貲建祠於寺西偏，次年落成，同人致祭，自是歲以為常。張石州（穆）重輯年譜刊行於世。」[36]這首詩歌作於咸豐五年乙卯（1855），而從道

34　何紹基《東洲草堂詩集》卷十八，上海古籍出版社2012年12月第1版，下冊第473頁。

35　何紹基《東洲草堂詩集》卷十八，上海古籍出版社2012年12月第1版，下冊第475頁。

36　祁寯藻《䜱䜪亭後集》卷三，《續修四庫全書》第1522冊，第109頁。

光末年開始，何紹基等人便在顧祠進行祭祀。通過張穆《齋詩集》卷四《丁未九日顧祠秋禊圖，分韻得「燕」字，戊申元日補作》[37]，可知道光二十七年丁未（1847）就有秋禊活動。而祁寯藻無疑也是成員之一，其《[糹+曼]翁亭後集》卷九《閏五月二十八日，王子梅（鴻）招集顧祠，何子貞為亭林先生閏生日詩，次韻奉答》一詩[38]，作於咸豐七年丁巳（1857）。

又，李佐賢《石泉書屋詩鈔》卷五《顧祠聽雨圖，王子梅大令屬題》詩序說：「曩在都門，每歲與顧祠雅會，今別來，屢更歲琯矣，披圖振觸前游，不勝今昔之感。」[39]李佐賢也曾參與顧祠雅集。

除了以何紹基為中心的顧祠結社，此後不少詩人也曾在此祭祀顧炎武。孫衣言《遜學齋文鈔》卷二《亭林先生生日會客記》：

> 今年五月二十有八日，亭林先生之生辰，同人集祭於慈仁寺先生祠。會者無錫秦炳文，洪洞王軒、董麟歙、鮑康，壽陽閻汝弼，河間王應孚，樂平汪元慶，丹徒戴燮元，鹽山劉渽焴，仁和王堃，上元端木埰。始與祭者涇陽張師劭、番禺許其光、無錫孫勳烈、洪洞董文燦、天津徐士鑾、瑞安孫衣言，而大農羅公惇衍有事未至，使衣言攝祭事。始顧先生祠初成，余實在京師。予友孔繡山、葉潤臣、朱伯韓屢要予一拜先生，予未敢往

37 張穆《齋詩集》卷四，《續修四庫全書》第1532冊，第384頁。
38 祁寯藻《[糹+曼]翁亭後集》卷九，《續修四庫全書》第1522冊，第161頁。
39 李佐賢《石泉書屋詩鈔》卷五，《續修四庫全書》第1534冊，第596頁。

也。咸豐八年，予自內廷出領郡，先師祁文端公屢召予
與王侍郎茂蔭、王戶部拯、林工部壽圖、蔣府丞達在慈
仁寺飲酒，因得一謁顧祠，然皆未及與祭。今年春，以
選人至京師，則文端公下世已二年，王侍郎、蔣府丞亦
先後亡，工部官秦中，戶部歸桂林，適逢先生之生辰，
得從諸君子後以祭先生。[40]

這篇文章作於同治七年戊辰（1868），即孫衣言顧祠祭祀的年
份，與祁雋藻卒於道光五年丙寅（1825）已下世兩年的說法一
致。通過上述文字，可以了解孫衣言曾與孔憲彝、葉名澧、朱
琦、祁雋藻、王茂蔭、王拯、林壽圖、蔣達等人有過交往，但
在道光、咸豐年間並無參與祭祀活動，而在同治七年得以與諸
君子一起祭祀顧炎武。此次集會參與的文人也非常多，是對
何紹基、祁雋藻等人的一種繼承，也表達了對顧炎武的敬重。
又，楊深秀《雪虛聲堂詩鈔》卷二《祁子禾侍郎招祀顧亭林先
生，因囑繪顧祠雅集圖，慨然有作》[41]，作於光緒初年，可知
祁雋藻之子祁世長（子禾其字）曾招集楊深秀等人在顧祠雅
集，延續了其父的修禊活動。

總而言之，以何紹基、祁雋藻為中心的顧祠祭祀，活躍於
道光末年和咸豐年間，以紀念顧炎武生辰為主要活動內容，平
時也頗多集會、修禊，是北京地區一大結社中心，也是宣南文
化的組成部分。這種大型祭祀活動，一直延續至同治年間和光
緒初年。士大夫精神也以一年一度集會的方式得以傳遞。

---

40 孫衣言《遜學齋文鈔》卷二，《續修四庫全書》第 1544 冊，第 277 頁。
41 楊深秀《雪虛聲堂詩鈔》卷二，《續修四庫全書》第 1567 冊，第 88 頁。

北京地區的詩社，多以士大夫為核心，凝聚力強，具備舉辦大型社集、宴會的實力。宣南地區是北京文化最突出的代表，也是文人交遊、文化碰撞的熱鬧場所。在道光以後，隨着政治時局成為首要話題，詩人結社也多有象徵意義，如顧祠祭祀體現的是在國家存亡之際，士大夫的責任感。北京結社的繁榮說明了文化政策對結社的開放，另一方面也可以解釋為朝廷內憂外患，自顧不暇。宣南一帶社事的興盛是清代詩社發展的必然結果，全國相繼迎來道咸同光時期的結社高潮，也直接刺激了民國詩人結社，開啓了民國詩社林立的新面貌。

（五）其他

　　除了江蘇、浙江、廣東、北京四大結社中心，其他地區在各個階段也出現不少詩社，值得注意，有助於我們全面把握整個清代的結社情況。

　　福建地區也有不少重要的詩社。前文已提到福建女性結社之風氣。黃錫蕃《閩中書畫錄》卷十「林衡」一則記載：「林衡，一名璣，字羲孺，號草廬，侯官人。……康熙癸未、甲申間，嘗與福州郡守顧焯、都督李涵等四十人結詩社於平遠臺。刊有《平遠集》，一時稱盛事。」[42]「平遠臺詩社」始於明清之際，社員眾多，是清初福建的大社。平遠臺是明末清初詩人結社吟詠的地方。陳壽祺《左海文集》卷八《鰲峰里宅記》中有一些平遠臺結社的記載[43]。又，《中國文學大辭典》收錄了一些

42　黃錫蕃《閩中書畫錄》卷十，《續修四庫全書》第 1068 冊，第 410 頁。

43　陳壽祺《左海文集》卷八，《續修四庫全書》第 1496 冊，第 339-340 頁。

福建的詩社如「可社」、「瓊社」、「托社」、「西社」、「源社」和「志社」等[44]，都是清末的福建詩社。這些詩社集會時，每個社員按統一規定作詩一聯，須對仗，即前文所謂詩鐘。

湖南在清代也存在一些詩社。上文所說嚴首昇「東山詩社」即湖南地區的詩社。明代崇禎初，易象清、唐吉會、王岱、郭金臺舉「岸花詩社」，刻有詩集，皆廢於兵火，清代始建岸花亭。「岸花詩社」的性質和詩歌已不可考，但經常作為湖南風流雅集的代表。張九鉞《紫峴山人外集》卷六《重修鳳竹庵募化功德序》：「國朝初年，節中大師苦行募化，四修始成。見邑王了庵先生、節大師傳詩聯尚存庵中。嗣張湘門先生與吾祖南麓公屢偕名流觴詠於此，號『鳳竹詩社』，與城東『岸花亭社』並著。」[45]張璨（湘門其號）與張文炳（南麓其號）在湖南湘潭舉「鳳竹詩社」，與「岸花詩社」齊名。「鳳竹」、「岸花」既是結社的地點，又可用作詩社的名稱。卷九有詩歌《同人集「岸花詩社」修禊，賦五言排律十六韻》[46]，說明張九鉞本人也進行集會唱和，有意繼承「岸花詩社」之遺風。

安徽地區也留下許多結社的記載。方文《方嵞山詩集·嵞山集》卷七《上巳日，社集梅杓司山房，同社者獨濯師，談長益，蔡芹溪，梅季升、幼龍，高夢姞及予共八人》[47]，作於順治七年庚寅（1650），方文、梅磊（杓司其字）等八人在安

44 錢仲聯等《中國文學大辭典》，上海辭書出版社2000年9月第1版，下冊第1430-1431頁。

45 張九鉞《紫峴山人外集》卷六，《續修四庫全書》第1444冊，第193頁。

46 張九鉞《紫峴山人外集》卷九，《續修四庫全書》第1444冊，第236頁。

47 方文《方嵞山詩集·嵞山集》卷七，黃山書社2010年3月第1版，上冊第285頁。

徽宣城結社，具體社名不知。通過《鎛山集》可知，方文結社頻繁，與施閏章也曾有交遊、唱和。胡鳳丹《退補齋詩存二編》卷四《辛巳暮春生日自訟》六首其四「客遊皖公山，騷壇樹一幟」兩句自注説：「同治乙丑在皖，朱久香星使，何小宋方伯，李恕皆廉訪，吳竹莊、陳心泉、李季荃觀察及余七人結詩社，刻成《皖江同聲集》十卷。」[48]可知同治四年乙丑（1865），胡鳳丹與朱蘭（久香其字）、何璟（小宋其字）、李文森（恕皆其字）、吳坤修（竹莊其字）、陳澧（心泉其字）、李鶴章（季荃其字）七人在安徽結詩社，並有總集《皖江同聲集》。

湖北詩社。上文胡鳳丹「客遊皖公山，騷壇樹一幟」其後兩句為「客鄂時最久，聯吟月計二」，詩人自注説：「鄂中彭漁帆、張月卿、何白英、張鹿仙、唐薇階諸公約余在正覺寺聽經閣，每月詩課二次，刊成《鄂渚同聲集》二十四卷。」[49]胡鳳丹與彭崧毓（漁帆其字）、張凱嵩（月卿其號）、何國琛（白英其字）、張炳堃（鹿仙其字）、唐嘉德（薇階其號）等人在湖北結「詩課」，創立時間應該是同治九年庚午（1870）。

山東詩社。蒲松齡曾與同鄉李堯臣（字希梅）、王甡（號鹿瞻）、張篤慶（字歷友）等友人結「郢中詩社」。其《「郢中社」序》一文記載：「余與李子希梅，寓居東郭，與王子鹿瞻、張子歷友諸昆仲，一埤堄之隔，故不時得相晤，晤時淪茗傾談，移晷乃散。因思良朋聚首，不可以清談了之，約以讌集之餘晷，作寄興之生涯，聚固不以時限，詩亦不以格拘，成時共載

48　胡鳳丹《退補齋詩存二編》卷四，《續修四庫全書》第1552冊，第459頁。
49　胡鳳丹《退補齋詩存二編》卷四，《續修四庫全書》第1552冊，第459頁。

一卷,遂以『郘中』名社。」[50]又,道光《濟南府志》卷五十四《人物·十》:「張篤慶,字歷友,號厚齋,緂之子。年十四作《夢遊西湖賦》,十七結『郘中詩社』。」[51]已知張篤慶生於明崇禎十五年壬午(1642),因此「郘中詩社」的創立時間大約是順治十六年己亥(1659)。又,道光《濟南府志》卷五十三《人物·九》:「朱令昭,字次公,緯之子。數歲知聲偶,為詩自闢生奧,往往似李賀。倡『柳莊社』,與淄川張元、膠州高鳳翰、義烏方起英輩為忘形交。」[52]朱令昭曾在山東歷城與張元、高鳳翰、方起英等結「柳莊詩社」,結社時間大致在康熙後期。又,卷五十四《人物·十》:「翟濤,字伯海,淄川人。嘉慶戊午舉人,選觀城訓導。性忼爽,好為詩,嘗與諸名士結社於大明湖,所作蘆花詩,群以比漁洋《秋柳》之作。著有《晚晴樓詩集》。」[53]濟南大明湖也是清代結社的一個中心,眾多名流都聚集在此觴詠。而山東的社事,也受到該省著名詩人王士禎的影響,呈現蓬勃之貌。

此外,如陝西、貴州、雲南等地也常有詩社出現。筆者專門探討的「友聲詩社」就是乾隆年間山西介休地區的詩社,涉及眾多當地詩人。但一般說來,清代中部或偏遠地區的詩社的活躍程度,無論從數量還是集會形式來說,都相對落後。

---

50 蒲松齡《蒲松齡集·聊齋文集》卷三,上海古籍出版社1986年4月第1版,上冊第63-64頁。

51 道光《濟南府志》卷五十四《人物·十》,《中國地方志集成》山東府縣志輯第3冊,第35頁。

52 道光《濟南府志》卷五十三《人物·九》,《中國地方志集成》山東府縣志輯第2冊,第626頁。

53 道光《濟南府志》卷五十四《人物·十》,《中國地方志集成》山東府縣志輯第3冊,第34頁。

　　通過對江蘇、浙江、廣州、北京等地區重要詩社的梳理，可以了解到詩社的產生、發展與地理環境和地域文化有着密切的關係，主要體現在以下兩點。

　　第一，詩社與自然環境之關係。前文所說蘇州「環太湖詩社群」、杭州「環西湖詩社群」、紹興「環鑑湖詩社群」、寧波「環月湖詩社群」、廣州「環珠江詩社群」等都體現了詩社與自然山水的衣帶關係。揚州的瘦西湖、濟南的大明湖都是結社的重要據點。這與流觴曲水的雅集傳統有關，清代王士禎開虹橋修禊之先河，給清代詩人結社提供了最主要的一種形式。這也與自古以來詩歌與山水的親密距離不無關係。美麗的水域可以促進詩人的靈感，創作出一系列文學作品。蘇杭地區的山水多與鬼斧神工的建築園林相結合，更加成為結社的勝地。依附於水的亭榭、橋梁成為詩人集會的駐足之地。北京西山、湖南東山、江西廬山等地，也由於自然環境的清靜幽美，成為詩人讀書、隱居、結社的選擇。西山更是北京詩人舉行「消夏會」的重要去處，山中的寺廟、巖洞等都可能成為集會吟詠的對象。明代嘉靖西湖八社也體現了杭州繁多而秀美的自然風光，這些景點的社事在清代也得到了良好的延續，如杭世駿「南屏詩社」直接沿用明代西湖八社之一「南屏社」的名稱。

　　第二，詩社與人文環境之關係。前文提到的紹興龍山詩巢和北京顧祠，之所以成為大型社集之地，與它們深厚的歷史文化底蘊有關。越中人文薈萃，這種傳統精神值得代代相傳，結社並對傑出詩人進行祭祀，體現了紹興文人對地域文化的高度重視。北京顧祠為紀念顧炎武而修建，在此結社表達了對這位清初大儒的崇仰之情。學術思想和人格氣節的統一，成為詩

社整體成員心中的賢士。顧炎武明道救世的思想正好貼合了晚清社會對文人的要求。晚清,文人的詩歌、仕途等受到時勢政治的左右,具有歷史責任感的士大夫群體成為官場和文壇的風向標,是推動結社的巨大力量。結社與祭祀相結合,先賢成為詩社的精神領袖,賦予詩社某種宗旨,結社的意義因此得以凸顯。這種社集,次數少而人數多,往往引起文壇矚目,成為稱道一時的雅集。以祭拜為中心,詩歌唱和也退而處於次要地位。比起遊山玩水的社集,這種詩社的文學性和娛樂性減弱,文化性和儀式性增強,詩人關注的不是附庸風雅,而是經世致用。

結社的自然環境與人文環境往往相互依存。而詩社的興起與發展,不僅與地理條件、歷史文化等有關,也依賴於經濟的發展,得益於時代變幻提供的機會。詩社的性質在各個階段雖有側重點,但也可能包含政治、文學、文化等多重性質。不管結社吟詠以避世,還是集會唱和以入世,都有助於提升詩人的精神層面,陶冶情操。結社促進詩人群體的形成,依賴於地域文化,反過來也強化文化的地域特點,使詩人個體的研究結合家族、地域等因素的考慮,更有利於把握詩歌創作的背景環境。融入詩社研究的清代詩歌史,也由細線的發展變成粗線的演進。

四　清代詩社的集會活動

　　集會活動是詩社成立的標誌之一，也是考察詩社的重要方面。集會一般具有特定的時間和活動。其實，清代詩社的大部分集會都在非節日舉行，然而，在固定節日舉行的活動更具代表性，確切地說，節日社集更為豐富、隆重。因此，這些集會活動值得專門探討。詩社的集會活動按節日劃分，主要傾向於上巳、下巳、人日、重九等。這些節日對於詩社的重要程度得以凸顯，與傳統習俗及其內蘊有關，也與詩社的活動性質有關。上巳日修禊的傳統悠久，為歷代文人重視，在一些情況下常常作為零散集會的活動，而與詩社結合，成為一大集會。下巳日在一定程度上隨着上巳日的盛行而得到重視。人日、重九等都是適合舉行社集的節日，一般以詩歌或詩話等形式進行記載，而對於單個詩社來說，也是歷史性的一筆。

（一）上巳（春禊）

　　上巳，農曆三月上旬的巳日，後固定為三月初三。舊俗於此日在水濱盥洗祭祖，祓除災釁，叫做祓禊、修禊。後演變成春日在水邊飲宴、遊玩的活動，又稱春禊。這是王羲之「蘭亭雅集」的時間，也成為後代結社、集會的重要節日。清代，詩人進行春禊，有時仍以三月上旬的一個巳日為期，並不局限在三月三日，也有過了上巳日再補禊的情況。

翟灝《無不宜齋未定稿》卷三《金江聲觀察、杭堇浦翰林招入「南屏詩社」，四韻代答》一詩[1]，其後十五題為《閏三月三日，群公約修禊事湖上，雨阻不赴，效賦四言》[2]，可知翟灝曾參與杭世駿「南屏詩社」。杭世駿《道古堂詩集》卷十二《閏三月三日，修禊事於湖上，效蘭亭體賦四言、五言》[3]，厲鶚《樊榭山房集·續集》卷五《閏三月三日，同人集湖上續修禊，效蘭亭詩體二首》[4]，都應當為同年同次集會作品，時間為乾隆十一年丙寅（1746）閏三月初三。根據周京《無悔齋集》卷十三《閏上巳，湖上續修禊，仿蘭亭會體》，詩後附《湖上展修禊事序》[5]，他也參與了本次集會。而丙寅西湖修禊，在清代詩壇的影響也非常深遠。譚瑩《樂志堂文集》卷六《閏上巳，花田修禊序》指的是咸豐十年庚申（1860）花田修禊。其正文提到：「昔厲樊榭徵君續集有《閏三月三日，湖上續修禊》之詩焉，誠以藍尾春光，已越九分之九；艷陽天氣，又經三月之三。百年良不易逢，此日尤為可惜。謔相將以勺藥，誰分別離；志榮辱於牡丹，果占亨泰。所以農山製曲，卻賡文水之詞；祭酒徵詩，仍效蘭亭之體矣。」[6]很顯然，譚瑩花田修禊是對厲鶚、杭世駿等人西湖修禊的模仿，也說明當時的集會在一百多年後仍被詩人稱道。譚瑩結社常在珠江舉行修禊。丙寅

1　翟灝《無不宜齋未定稿》卷三，《清代詩文集彙編》第341冊，第417頁。

2　翟灝《無不宜齋未定稿》卷三，《清代詩文集彙編》第341冊，第420頁。

3　杭世駿《道古堂詩集》卷十二，《續修四庫全書》第1427冊，第95-96頁。

4　厲鶚《樊榭山房集·續集》卷五，上海古籍出版社1992年6月第1版，下冊第1361頁。

5　周京《無悔齋集》卷十三，《四庫全書存目叢書》集部第277冊，第231頁。

6　譚瑩《樂志堂文集》卷六，《續修四庫全書》第1528冊，第163頁。

西湖修禊，由於其組織者名望較高，規模盛大，社詩豐富，成
為清代上巳修禊的一個典型。

　　前文提到吳偉業所倡「九郡大社」，大會於虎丘，時間即
為順治十年癸巳（1653）上巳日。吳偉業《吳梅村全集》卷六
《癸巳春日禊飲，社集虎丘，即事四首》，試錄其中兩首如下：

> 楊柳絲絲逼禁煙，筆床書卷五湖船。
>
> 青溪勝集仍遺老，白袷高談盡少年。
>
> 笋屐鶯花看士女，羽觴冠蓋會神仙。
>
> 茂先往事風流在，重過蘭亭意惘然。（其一）
>
> 絳帷當日重長楊，都講還開舊草堂。
>
> 少弟詩篇標赤幟，故人才筆繼青箱。
>
> 抽毫共集梁園製，布席爭飛曲水觴。
>
> 近得廬陵書信否，寄懷子美在滄浪。（其四）[7]

吳偉業的四首詩歌展現了虎丘修禊的盛況，詩友相會的歡愉，
讚美了眾人的風流才調。詩中也不乏對故國的傷懷之情，詩歌
與時代興衰之關係。基本上，清人上巳修禊都是對蘭亭雅集的
一種延續。吳偉業選擇上巳這一日，意欲融合「慎交社」、「同
聲社」的社員，此舉在結社集會史上具有重大意義，也反映詩
人內心的理想。在經歷了江山易主之後，吳偉業在詩歌方面
更為精進，也熱衷於結社、交遊等舉動。他是婁東詩派的開
創者，成為清初江左地區結社第一人物，奠定了蘇州的文學地

7　吳偉業《吳梅村全集》卷六，上海古籍出版社1990年12月第1版，上冊第
　　174-175頁。

位。吳偉業在順治十年癸巳（1653）秋入都，是他人生的一個轉折點。要注意的是，吳偉業應召出仕，實非本願，估計在社員中也多有竊議，後人應當體諒他的苦衷。對照他此前的行為，吳偉業於政治相對漠然，而一生之用力處盡在詩歌。而他風華綺麗的詩歌，符合他詩壇盟主、社中宗主的實際情況。虎丘修禊的場面非常熱鬧、壯觀，「會日以大船廿餘，橫亘中流，每舟置數十席，中列優倡，明燭如繁星。伶人數部，聲歌競發，達旦而止。散時如奔雷瀉泉，遠望山上，似天際明星，晶瑩圍繞」[8]。總之，由於吳偉業的努力，虎丘上巳修禊也成為文學史上的盛事，儘管這種局面曇花一現，但在多種政治態度、文學思想並存的清朝初年也不足為奇。

至於沒有詩社推動的集會修禊，那就多如星辰了。例如，顧嗣協《依園詩集》卷三《上巳前一日，寅樓四集，兼送馮山公之淮南，得「舍」字》、《上巳日，毅文招集湖舫，得「風」字》、《修禊後一日，小飲六橋花下，同用「橋」字》[9]，作於康熙二十八年己巳（1689），可見詩人在三月三日前後頻繁集會、賦詩。顧嗣協（1663—1711）曾結有「依園七子社」。鄧之誠《清詩紀事初編》卷三「顧嗣協」條說：「顧嗣協，字迂客，號依園，長洲人。風雅好事，年方弱冠，即舉詩社，有《依園七子》之刻。七子者：金侃、潘鏐、黃份、金賁、蔡元翼、曹基

8　吳偉業《吳梅村全集》附錄二，上海古籍出版社1990年12月第1版，下冊第1463頁。

9　顧嗣協《依園詩集》卷三，《四庫未收書輯刊》第八輯第26冊，第472-473頁。

及嗣協也。後與弟嗣立，數為文酒之會。」[10]而在康熙二十八年前後，顧嗣協則與汪文桂（字周士）、張鴻烈（字毅文）、朱載震（字悔人）、沈季友（字客子）等人唱和，但是否結社卻不得而知。《依園詩集》卷三《春夜寓樓雅集，得「莫」字》、《寓樓再集，用范石湖〈贈楊商卿〉韻》、《寓樓三集，襄沈客子歸柘湖，次吳寶崖韻四首》、《上巳前一日，寓樓四集，兼送馮山公之淮南，得「舍」字》[11]，四首詩歌是同一地點的四次集會，可能存在結社行為，有待進一步考證。

王士禎「虹橋修禊」，也是康熙甲辰（1664）上巳日，自此以後，瘦西湖也成為詩人修禊地點。北京的萬柳堂也是文人雅集、修禊的場所。不一一敍述。

（二）下巳（秋禊）

與上巳相對，古人將農曆七月十四日水濱祭祀活動稱為秋禊。秋禊在清代詩社中也非常盛行，成為詩文興會的重大節日。和春禊一樣，秋禊有時也不固定在七月十四日當天舉行。

杭世駿《道古堂詩集》卷十三、卷二十一分別有《寄巢秋禊》和《南屏秋禊》兩首詩歌，說明秋日修禊在乾隆年間也頗受重視。

譚瑩《樂志堂詩集》卷一有社集作品《「西園吟社」第三集，珠江秋禊》[12]，是道光初年具有代表性的珠江修禊。詩中

10　鄧之誠《清詩紀事初編》卷三，上海古籍出版社 2012 年 6 月第 2 版，第 329 頁。

11　顧嗣協《依園詩集》卷三，《四庫未收書輯刊》第八輯第 26 冊，第 472 頁。

12　譚瑩《樂志堂詩集》卷一，《續修四庫全書》第 1528 冊，第 417 頁。

描繪了山明水秀的江景，淺斟低唱的節日氛圍。

曾燠虹橋秋禊也是清代著名的禊事之一。李斗《揚州畫舫錄》卷七《城南錄》：

> 癸丑秋，曾員外燠，轉運兩淮，修禊是圖，為吳穀人翰林錫麒、吳退庵□□煊、詹石琴孝廉肇堂、徐閬齋孝廉嵩、胡香海進士森、吳蘭雪上舍嵩梁、吳白厂明經照。丹徒陸曉山繪圖。轉運序云：「莫春修禊，厥事尚已。若乃魯都作賦，公幹稱二七之袚；曲水侍宴，謝脁有濯流之詞。前代蓋罕聞之，今世無復行者。歲在癸丑，符蘭亭之年；序維上秋，落淮南之葉。下官系出先賢，志希風浴。矧茲淮海之會，兼有林谷之勝。公事方暇，素商屆節。不有嘉集，曷申雅懷？乃以七月朔越三日，會賓客於邗水之上，秋禊是舉。於時水天一色，風露滿衣。羽觴浮而荷氣香，斗槎泛而銀河近。憶仙人之鶴駕，悲帝子之螢光。鮑賦斯成，牧詩載詠。自有禊事以來，未聞盛於此日者也。古用上巳，今行始秋。用陳潔清之義，匪泥祓除之旨。與斯會者，咸繪於圖，凡八人。序之云爾。」[13]

乾隆五十八年癸丑（1793）秋，曾燠與吳錫麒、吳煊、詹肇堂、徐嵩、胡森、吳嵩梁、吳照八人在邗水進行秋禊。曾燠作序說「自有禊事以來，未聞盛於此日者也」，可能是溢美之

---

13 李斗《揚州畫舫錄》卷七，江蘇廣陵古籍刻印社1984年10月第1版，第165頁。

言，但此次秋禊確實響徹一時。吳錫麒《有正味齋詩集》卷九《七月七日，曾賓谷都轉（燠）招同徐朗齋（嵩）、詹石琴、陳理堂（燮）、胡香海（森）、家退庵（煊）、蘭雪（嵩梁）集康山草堂，餞余還京師，用其〈贈別〉原韻》一詩[14]，說明吳錫麒在某段時期與一同秋禊的這幾人有過頻繁唱和，可看作結社行為。吳嵩梁《香蘇山館詩集》卷二《曾賓谷（燠）運使修秋禊於九峰園，圖成屬余補詩》一詩[15]，指的就是癸丑九峰園秋禊。

根據阮元《揅經室集·四集》卷二《蘭亭秋禊詩序》一文[16]，可知嘉慶二年丁巳（1797）秋，阮元在山陰蘭亭約同人進行修禊，逸興不減永和。但是，這類秋禊更傾向於一次性的雅集，而並沒有詩社的約束。

秋禊，始於劉楨《魯都賦》「及其素秋二七，天漢指隅，民胥被禊，國於水嬉」，而在明清時期較為普遍。秋季適合集會的天氣、景色，使得秋禊取得了和春禊一樣重要的地位。明代范景文《文忠集》卷九《和秋禊六首（有序）》小序說：「張濟美於七月望前一日，集同社十有七人，會於日涉園之遠香亭，仿蘭亭故事為秋禊。云於時各有言詠、圖畫成卷，足稱曠遊遐寄矣。乃復韻撿『九佳』體衍六首，高情寄託，泠然善也。予韻其事如數，屬和殊愧，續貂耳。」[17]六首詩歌均以「春禊何如秋禊佳」起句，給予秋禊高度的讚美。張延登（濟美其字）日涉

14 吳錫麒《有正味齋詩集》卷九，《續修四庫全書》第1468冊，第464頁。

15 吳嵩梁《香蘇山館詩集》卷二，《續修四庫全書》第1489冊，第664頁。

16 阮元《揅經室集·四集》卷二，中華書局1993年5月第1版，下冊第736頁。

17 范景文《文忠集》卷九，《景印文淵閣四庫全書》第1295冊，第586頁。

園秋禊，時間大致是明代萬曆四十五年丁巳（1617）以前。這次雅集十分著名，對清代產生了深遠的影響。秋禊在明代奠定了自身的獨立地位，且一直延續至清代，成為和上巳相提並論的節日，在春禊之外開闢了另一種集會形式，豐富了修禊活動的內涵。

（三）人日

人日為農曆正月初七，又叫「人勝日」、「人慶日」，是漢族傳統節日。傳說女媧創造蒼生，於第七天造出人類，因此初七為人的生日。此節在現今的重視程度減退，在古代卻是十分隆重的一個節日。清代詩人延續人日的傳統，相邀飲酒、賦詩，在當天舉行集會。

胡濤「古歡吟會」第十六集的詩題就是《人日，半舫看梅》，當然，有時候在人日組織集會，主要不是慶祝節日，而是憑藉該節日進行聚會、遊賞。

毛師柱《端峰詩選》中七言古詩《人日，寄懷王虹友諸同學（有序）》小序說：「戊午人日，王子虹友首倡文酒之會，同集為費天來、錢梅仙、江位初、顧伊人、周翼微、張慶餘、顧商尹、曹九咸、沈台臣及余共十一人。時趙松一客修武，王弘導客都門，即事寄懷，各成七古一首。後七年乙丑，余與松一同客商尹滎陽署齋，曾有《人日憶舊》之作。今辛未人日，余復客商尹咸陽幕中，慶餘亦客隴州，而虹友、弘導、九咸皆在都下，松一且將入燕。回首昔遊，欻逾一紀，真不啻如雪中鴻爪，散而未易聚也。適際靈辰，復成長句，傷離思遠，情見乎

詞。」[18]詩歌前八句云:「一生久慣逢人日,只有心交拋不得。題詩寄遠卻依然,同是天涯更相憶。人日當年吟社開,王郎倡始集群才。芳筵髮髯登仙會,彩筆繽紛善學齋。」[19]康熙十七年戊午(1678),王攄(虹友其字)開創吟社,社員有費來(天來其字)、錢蝦(梅仙其字)、江龍吉(位初其字)、顧湄(伊人其字)、周裦(翼微其字)、張衍懿(慶餘其字)、顧梅(商尹其字)、曹延懿(九咸其字)、沈受宏(台臣其字)和毛師柱,共十一人。康熙二十四年乙丑(1685),毛師柱有《人日憶舊》;三十年辛未(1691)人日,毛師柱復成長句。這也是康熙時期蘇州地區結社的例子。這個詩社與人日關係緊密,首次集會就發生在人日,此後逢人日又有回憶作品。「文酒之會」也說明了詩人集會的內容即宴飲、賦詩,並無特殊。清代詩人選擇在人日創立詩社的情況,也不只這一例。

石韞玉《獨學廬五稿》卷二《道光戊子人日,同社諸子集五柳園》[20],作於道光八年戊子(1828);卷三《人日,集五柳園,分韻得「人」字》[21],作於道光九年己丑(1829);卷三《人日,集吳棣華廉使池上草堂》[22],作於道光十年庚寅(1830);卷五《人日,同人集五柳園》[23],作於道光十二年壬辰(1832);卷六《人日,招桂馚司寇、棣花廉使、蘭友宮贊暨吳生兼山九

18 毛師柱《端峰詩選》,《四庫未收書輯刊》第八輯第22冊,第633頁。
19 毛師柱《端峰詩選》,《四庫未收書輯刊》第八輯第22冊,第633頁。
20 石韞玉《獨學廬五稿》卷二,《續修四庫全書》第1467冊,第35頁。
21 石韞玉《獨學廬五稿》卷三,《續修四庫全書》第1467冊,第41頁。
22 石韞玉《獨學廬五稿》卷三,《續修四庫全書》第1467冊,第50頁。
23 石韞玉《獨學廬五稿》卷五,《續修四庫全書》第1467冊,第60頁。

生榕疇,集花閒草堂》[24],作於道光十四年甲午（1834）。這些是石韞玉「問梅詩社」歷年在人日的社集,集會相當頻繁。清代人日社集之鼎盛,可見一斑。

前文提到北京顧祠唱和的諸位詩人,在人日也多有招集。咸豐五年乙卯（1855）人日,葉名灃招集諸人唱和。孫衣言《遜學齋詩鈔》卷九《人日,同人集潤臣齋中,分得「朝」字,久而未作,忽忽將浹月矣,病中偶得一首,即簡潤臣並示諸子（乙卯）》[25],王拯《龍壁山房詩草》卷七《人日,集葉潤臣齋中分得「開」字》[26],均為同次集會作品。咸豐八年戊午（1858）人日,孔憲彝招集諸友宴飲酬唱。馮志沂《微尚齋詩集初編》卷三《人日,繡山年丈招同高寄泉大令、吳子貞孝廉及朝鮮吳亦梅安桐齋飲,分韻得「盤」字》[27],孫衣言《遜學齋詩鈔》卷六《人日,集飲繡山齋中,分得「濁」字（時有朝鮮客在坐,戊午）》[28],都是相關作品。此外,其他年份的人日,孔憲彝也多有招飲。人日成為這些北京詩人固定的集會日期。

同樣地,在人日舉行的零散集會數不勝數。即使沒有結社,詩人們也在當天歡聚一堂,進行詩酒唱和。詩人集會,或飲酒,或登山,或遊湖,或觀雪,或賞梅,或賦詩,活動豐富,熱鬧程度不亞於修禊一事。在詩人的作品中,偶有提到人日的意義,但總的來說,人日在清代已經演變為一個普通的節日以供聚集娛樂,不像端午、中秋等具有特殊紀念意義。不同

24 石韞玉《獨學廬五稿》卷六,《續修四庫全書》第1467冊,第69頁。

25 孫衣言《遜學齋詩鈔》卷九《續修四庫全書》第1544冊,第211頁。

26 王拯《龍壁山房詩草》卷七,《續修四庫全書》第1545冊,第49頁。

27 馮志沂《微尚齋詩集初編》卷三,《續修四庫全書》第1553冊,第183頁。

28 孫衣言《遜學齋詩鈔》卷六,《續修四庫全書》第1544冊,第190頁。

於中秋等家人團圓的節日，人日更容易成為師友之間唱和的日子，表達新年的祝福。由於正月初七是新年之始，也會產生物換星移的感傷，進而引發對人生和友誼的珍惜之情。人日不似上巳日、下巳日具有悠久的歷史傳統和文學底蘊，更傾向於民俗一類，但是與詩社相結合，詩人們得以創作出許多優秀的詩歌，人日社集也因此具有非凡的價值。

（四）重九

　　重九即農曆九月九日重陽節，是古代傳統節日之一。重九有佩茱萸、賞菊花的習俗，清代詩人結社也多在此日登高賦詩，形成一種風氣。重九與秋禊一樣是秋日佳節。

　　「問梅詩社」的集會也曾多次在重九日舉行。社員彭蘊章《松風閣詩鈔》卷三《菊塔（有序）》小序説：「琢堂師疊盆菊為七級如浮圖形，重九日招同人為詩社四十一集，因賦。」[29]作於道光七年丁亥（1827）。卷六《重九日，邀詩社諸先生虎阜登高》[30]、《閏重九日，吳紅生舍人（葆晉）招集同人，出所藏陳未齋太史乾隆丙子閏重九楚北山亭晚眺贈其令祖湛山先生詩徵和，時余尚在途，未獲同吟，抵京後補作，次韻》[31]，都作於道光十二年壬辰（1832）。彭蘊章到了北京之後，仍然積極與同僚結社。其《松風閣詩鈔》卷七《重九日，黃樹齋師暨汪孟慈比部（喜荀）招集城南龍樹禪寺》[32]，作於道光十六年丙申

29　彭蘊章《松風閣詩鈔》卷二，《續修四庫全書》第1518冊，第358頁。
30　彭蘊章《松風閣詩鈔》卷六，《續修四庫全書》第1518冊，第378頁。
31　彭蘊章《松風閣詩鈔》卷六，《續修四庫全書》第1518冊，第379頁。
32　彭蘊章《松風閣詩鈔》卷七，《續修四庫全書》第1518冊，第385頁。

（1836）；同卷《重九日，招陶鳧薌觀察（梁）、何一山舍人、盧立峰侍御（毓嵩）、吳崧甫侍讀（鍾駿）、馬吉人比部（學易）、曹艮甫比部、吳清如舍人齋中玩菊，鳧薌、艮甫兩君先成詩餘一闋，以詩奉酬》[33]，作於道光二十一年辛丑（1841）；同卷《壬寅重九，偕吳補之比部（光業）、陳子鶴囧卿、程容伯比部（恭壽）、聶雨帆儀部（澐）、朱鐵琴銓部（憲曾）遊西山寶藏寺，為登高之會》[34]，作於道光二十二年壬寅（1842）。這些年份的重九日，彭蘊章均有集會。

又，魏燮均《九梅村詩集》卷十九《九日，小南招飲，初開詩社，即呈同社諸君子》：「幸喜重陽風雨無，登高復擾藕鄉廚（『藕鄉』，詩社名也，小南因卜居小河堰，稱為藕鄉主人）。社中又得新詩友（謂王夢琴副車、寶會卿孝廉、王上之秀才、高馨竹太學、李湘浦處士），座上難招舊酒徒（是日，招王雪樵，不至）。此會明年應共健，大家今日且相娛。狂吟半是青年輩，慚愧袁安與魏扶（社中惟余與甘泉年最長）。」[35]魏燮均曾參與李大鵬「藕鄉詩社」，時間是同治十二年癸酉（1873）左右，而這次重九集會，也成為魏燮均次年重陽時節懷舊的對象。

又，王永命《有懷堂筆》卷四《重九九友「茰社」行》記載：「九月晴雲日度九，菊花槽底漉新酒。酒清花發節氣高，亟向澹園招我友。……君不見，乙巳旦，重九聯吟壁彩爛。八公時號八詩人，屈指流光景物換。願君珍重醉霞身，遮莫有酒歌泮

33 彭蘊章《松風閣詩鈔》卷七，《續修四庫全書》第1518冊，第390頁。

34 彭蘊章《松風閣詩鈔》卷七，《續修四庫全書》第1518冊，第391頁。

35 魏燮均《九梅村詩集》卷十九，《續修四庫全書》第1539冊，第158-159頁。

奐。」[36]可知，康熙四年乙巳（1665）九月九日，王永命招八位詩人進行「蒐社」集會。王永命在澹園也曾有其他集會唱和，相關作品非常豐富，在此不作贅述。

重九在清代是詩友登高暢望、宴集賦詩的節日。而在清以前，重陽節的詩歌也多包含懷念故人的內容，寓意深遠。文人對此節相當鍾情，留下了大量的名作。清代詩人在重九日，或開創詩社，或舉行集會，排場隆重而盛大，增添了這個節日的文學氣息。重九社集與賞菊、和陶詩創作等活動結合在一起，更顯高雅，體現了文人的品位。重陽集會並不一定在九月九日如期舉行。延遲的重九雅集，稱作「展重九會」、「展重陽會」之類，在清代非常普遍，甚至超越「展上巳」（「展禊」）的活躍程度。這也反映出詩人對該節日的重視。重陽節本身悠久的歷史、開放的主體，使之成為一年中之大節盛會，得到詩人的無限青睞。重陽節在清朝統治階級中也相當盛行，在平民百姓中更是老少皆宜。重陽又稱「踏秋」，與三月三日「踏春」相對應，良辰美景，無疑是集會、交遊的絕佳時節。

（五）其他

除了上巳、下巳、人日、重九之外，清代詩人結社也在以下的節日舉行集會。

一是花朝。花朝是百花之生日。花朝節由來已久，始在農曆二月十五日，後逐漸改為二月十二日。清代的花朝一般也是

36　王永命《有懷堂筆》卷四，《四庫未收書輯刊》第五輯第30冊，第369頁。

指二月十二。人們結伴出遊賞花,剪彩條為幡,繫在花樹上,叫「賞紅」。花朝是一個具有詩意的傳統節日,與八月十五中秋,分別稱為「花朝」與「月夕」。清代詩人結社,在花朝日舉行集會活動,成為一個習俗。

陳恭尹《獨漉堂集·詩集·唱和集》有《珠江春汛(花朝社集,同用「陽」韻)》、《花朝,梁藥亭招集六瑩堂,送姚東郊歸桐城,同王蒲衣、姚非熊》[37],都是花朝日的作品。在屈大均《屈翁山詩集》中也有較多花朝集會的詩歌。花朝的傳統在清代廣州地區也較為盛行。

而晚清寶廷結社,其《偶齋詩草》中也有豐富的花朝集會。《偶齋詩草·內次集》卷六《花朝,同芷亭、子嘉二道士,育又章,師心竹,增韻清、增偉人昆仲,宗子右遊昆明湖》[38],《偶齋詩草·外次集》卷十《花朝,偕同人遊西湖,晚歸飲酒家,補「消寒」第九會,序齒分韻得「三」字》[39],都是花朝日的集體出遊活動。前一首出遊昆明湖的詩歌如下:

高橋俯空曠,乘醉一攀登。

山遠煙如雪,湖平水似冰。

尋春詩思愜,感舊隱憂增。

莫歎兵難弭,皇清運中興。

昆明韶景好,結伴且遊觀。

佳節慮拋易,故人常聚難。

37 陳恭尹《獨漉堂集·詩集·唱和集》,中山大學1988年8月第1版,第386、607頁。

38 寶廷《偶齋詩草》,上海古籍出版社2012年12月第1版,上冊第276頁。

39 寶廷《偶齋詩草》,上海古籍出版社2012年12月第1版,下冊第890頁。

水聲知凍解，柳色驗春寒。

漫説花朝到，芳菲未一看。[40]

這首詩歌描寫了昆明湖初春的景象，遠山、平湖煙波渺茫的畫面。水聲和柳色告知詩人春意漸濃的訊息。而時代戰亂仍然是寶廷心頭隱隱的憂患，但昆明湖美好的景致又給了詩人一些樂觀的情緒，加倍珍惜故人相聚的機會。與春禊一樣，花朝也是春季的節日，消磨慢慢寒冬之後，詩人之間的社集呈現明顯增多的趨勢。

二是寒食。寒食節在清明的前一天，當日禁煙火，吃冷食，故稱「寒食」。唐宋時期增加了祭掃、踏青、鞦韆等風俗。之後寒食節逐漸式微，祭掃活動為清明節所併。但是在清代，寒食日依舊是文人創作詩歌，舉行社集的一個節日。陶煦《周莊鎮志》卷二《第宅》「棠巢吟館」記載：「在西市貞豐橋東，煦之姊婿戴其章暨其弟其相讀書處也。庭有鐵幹蓮花海棠一株，高出檐表，每歲花開極盛，輒邀同人宴賞。道光丙午春，其章、其相並其兄子肇晉，與煦及家弟燾、兄子甄，奉韓先生來潮為領袖，結詩社於花下名曰『棠巢吟社』。自是七人迭為賓主，互相倡和，積數年，得詩六百餘首。」[41]可知，道光二十六年丙午（1846），戴其章、戴其相、戴肇晉、陶煦、陶燾、陶甄、韓來潮七人結「棠巢吟社」。其後，又收錄了韓來潮棠巢吟館社集詩歌：「寒食連朝雨，尋芳莫問津。好花對名友，式燕互嘉賓。有色非空相，無香不媚人。高華西府舊，常

---

40 寶廷《偶齋詩草》，上海古籍出版社2012年12月第1版，上冊第276頁。

41 陶煦《周莊鎮志》卷二，《續修四庫全書》第717冊，第43頁。

與德為鄰。」[42]這次集會正值寒食,應為該詩社的首次集會。寒食日前後,氣候溫宜,海棠盛放,是結社和集會的高峰期。

三是端午。農曆五月初五是紀念詩人屈原的傳統節日,清代詩社在這一日也多有集會。何紹基《東洲草堂詩集》卷十二《閏端午日,韓小亭招集龍樹寺,作圖紀事》[43],作於道光二十六年丙午(1846),記的就是端午日的集會。曹楙堅《曇雲閣詩集》卷七《閏五月五日,劉侍御(位坦)、韓農部(泰華)招集城南龍樹寺,同坐陳給諫(慶鏞)、梅郎中(曾亮)、戴侍御(絅孫)、趙宮贊(振祚)、何編修(紹基)、張明經(穆),江陰吳冠英為之圖,賦此紀事》[44],指的就是這次集會。陳慶鏞《籀經堂類稿》卷八《丙午閏端午,韓小亭(泰華)招同曹艮甫(楙堅)、戴雲帆(絅孫)、張石州(穆)、劉寬夫(位坦)、何子貞(紹基)、趙伯厚(振祚)、梅伯言(曾亮)集龍樹寺,屬畫師吳冠英為圖,沈朗亭(兆霖)以事不至》[45],可以互為證明。與前文顧祠一樣,龍樹寺也是道光、咸豐年間北京結社的地點。方濬師《蕉軒隨錄》卷二《龍樹寺》記載:

> 京師宣武門外龍爪槐古剎為文人遊讌之地。道光初,月亭上人重加修葺,復構小樓,曰「蒹葭閣」。鮑覺生先生詩所謂「野闊青三面,天空碧四垂」也。湯文端公(金釗)曾題一聯云:「何處菩提,莫錯認庭前槐樹;

42 陶煦《周莊鎮志》卷二,《續修四庫全書》第717冊,第43頁。

43 何紹基《東洲草堂詩集》卷十二,上海古籍出版社2012年12月第1版,上冊第317頁。

44 曹楙堅《曇雲閣詩集》卷七,《續修四庫全書》第1514冊,第505頁。

45 陳慶鏞《籀經堂類稿》卷八,《續修四庫全書》第1522冊,第605頁。

無邊法藏,且笑拈閣外蘆花。」壬戌〔同治元年,1862〕
夏間,偕沈寶臣比部、薛淮生侍御、黃孝侯編修、孫稼
生儀部、燮臣修撰公讌先師李文恪公(菡)於此。酒罷,
公攜予散步,親指文端楹帖,謂予曰:「措詞灑脫,用
筆飛舞,此聯、此書、此人,可稱三絕矣。」偶憶公語,
謹錄識之。[46]

可見,龍樹寺也是宣南文化的組成部分。道咸同光時期,眾多
詩人在此宴飲集會。不少詩作也與重五遊龍樹寺有關。總之,
端午也是京師士大夫結社的重要節日。

四是中秋。中秋,又稱「月夕」、「玩月節」,為每年農曆
八月十五,是中國傳統節日之一,象徵團圓。陳瑚《頑潭詩話》
卷上《中秋,諸同社舉鼎甫五十觴,兼玩月賦詩並序》[47],時間
是順治四年丁亥(1647);陸世儀《桴亭先生詩集》卷二《中秋
夜,諸同社泛舟蓮渚,為諸鼎甫舉五十觴》[48],說的也是這次
中秋社集。據朱則傑等先生《陳瑚「蓮社」與〈頑潭詩話〉》一
文[49],這次中秋雅集是陳瑚所結「蓮社」的第一次集會。又,
陳瑚《頑潭詩話·補遺》有《癸巳中秋文會》一詩[50],同時還
收錄了毛晉、張溯顏、錢毀、馮長武、毛天回、陸煥、劉嚴
御、許焜、張履祥、周士樞、吳遷、王孝持、瞿有仲、毛褒、

46　方濬師《蕉軒隨錄》卷二,中華書局1995年2月第1版,第39頁。
47　陳瑚《頑潭詩話》卷上,《續修四庫全書》第1697冊,第511頁。
48　陸世儀《桴亭先生詩集》卷二,《續修四庫全書》第1398冊,第550頁。
49　參見朱則傑、黃治國《陳瑚「蓮社」與〈頑潭詩話〉》,《浙江大學學報》網
　　絡版,2012年7月。
50　陳瑚《頑潭詩話·補遺》,《續修四庫全書》第1697冊,第561頁。

毛袞、費來、顧湄、陳遜等人的詩歌，時間是順治十年癸巳（1653）。時間和社員都證明這次集會不是「蓮社」的活動。其中，錢龶、費來、顧湄三人，也是前文提到的康熙年間王攄、毛師柱結社的成員。陳瑚癸巳中秋文會的社員非常多，可以想見其盛況。

五是冬至。冬至，又稱「冬節」，是中國農曆中的一個節氣，也是古代傳統節日。在寶廷的詩集中，就有多處提到冬至社集。其《偶齋詩草·內次集》卷五《冬至，用杜少陵韻》[51]，作於光緒九年癸未（1883）；《內次集》卷六《冬至夜，復與鏡寰、壽富飲酒聯句》、《外次集》卷六《冬至，與鏡寰、芷亭、靜山飲酒聯句》[52]，都作於光緒十年甲申（1884）；《外次集》卷七《冬至日，偶齋作「消寒會」，醉後偶成》[53]，作於光緒十一年乙酉（1885）。可見，寶廷連續三年都舉行「消寒會」，且在冬至日與社員進行唱和。冬至社集往往成為「九九消寒會」的組成部分。如，祁寯藻《馤訒亭集》卷二十三《冬至日，西園水榭消寒初集，分韻得「不」字》[54]，作於道光十七年丁酉（1837），這個「消寒會」的首創日就是冬至；《馤訒亭後集》卷十二《仲冬七日，孚吉齋「消寒」初集，以「冬至日見雲送迎來歲大美」分韻，得「日」字》[55]，作於咸豐七年丁巳（1857）。道光、咸豐這兩次「消寒會」分別是祁寯藻江蘇結社和北京結

---

51 寶廷《偶齋詩草》，上海古籍出版社2012年12月第1版，上冊第269頁。

52 寶廷《偶齋詩草》，上海古籍出版社2012年12月第1版，下冊第296、803頁。

53 寶廷《偶齋詩草》，上海古籍出版社2012年12月第1版，下冊第827頁。

54 祁寯藻《馤訒亭集》卷二十三，《續修四庫全書》第1522冊，第19頁。

55 祁寯藻《馤訒亭後集》卷十二，《續修四庫全書》第1522冊，第176-177頁。

社的記載。又如，何紹基《東洲草堂詩集》卷二十五《癸亥冬至日，曠寄園「消寒」初集，主人恕堂老兄有詩，次韻奉和，時望雪未得》[56]，作於同治二年癸亥（1863），可知胡興仁（恕堂其字）曠寄園「消寒會」第一集也在冬至日舉行。由於從冬至起，進入「九」，共九九八十一天，所以「消寒會」的初次集會往往在冬至日，且一般舉行九次。而不以「消寒」為名義的詩社，在冬至日也常有集會，以宴飲、賡唱等形式過節。

　　此外，上元、除夕、社日等也是詩人經常進行集會的節日。在這些節日裏，詩人一般輪流做東，招集社友宴飲、出遊等，互相唱和。一般詩社的舉行日期較為隨意，只要大部分社員有閒暇時間就可以組織社集。而「消寒會」則需要根據氣候變化，完成九次集會，因此對結社的時間間隔有所要求。筆者在論述寶廷「消夏」「消寒」詩社部分，也曾推測，該「消夏社」應該經歷孟夏（農曆四月）、仲夏（農曆五月）、季夏（農曆六月）三個月，共六次集會。相對應的節氣分別是立夏、小滿、芒種、夏至、小暑、大暑。社集可能始於立夏左右，止於立秋之前。但是，許多「消夏會」的舉辦時間也較為隨意，不似「消寒會」循序漸進。詩社的活動地點也一般以社員的屋宅和附近的景點為主。社集時間和地點都考慮社員的便利和集體活動的可能性。上述那些重要的節日，具有集會的傳統，更容易成為社集的緣由和機會。而社員之間的深情厚誼也促使他們在重大節日相聚，進行詩酒唱和。前文也提到紹興龍山詩巢的社事，

56　何紹基《東洲草堂詩集》卷二十五，上海古籍出版社2012年12月第1版，下冊第723頁。

社員也常在著名詩人的誕辰進行紀念活動。像蘇軾生日為農曆十二月十九日，清代詩人在當天的集會及其詩歌非常之多。師友唱和是情人結社的主題，而修褉與祭祀往往是詩社的副題，作為活動形式而存在。無論以何種因由和形式舉行社集，詩歌創作是結社的最終歸宿，是我們考察詩社的核心。

五 清代詩社的唱和形式

　　清代詩社在集會時，總要遵循一定的規則來進行詩歌創作。而這些唱和形式也是詩社固有的特徵，不同於一般的交遊詩歌，是集會創作的規則。唱和形式在詩社中的位置，相當於社約、社規，是具有約定性的。而在一些社約、社規中對唱和形式也多有書面規定。但是，唱和形式不是單純的外在形式，與社員構成、集會地點等不同，它與文學作品直接關聯，決定了集會詩歌的形態。並且，唱和形式是結詩社的趣味所在，與集會活動一樣，是詩社娛樂性的直接來源。清代詩社的唱和形式主要有分體、分題、分韻、聯句等四種。

（一）分體

　　分體，指的是詩人在社集時，按照不同的詩歌體裁進行創作。詩歌的體裁包括古詩（五言和七言）、絕句（五言和七言）、律詩（五言和七言）、排律（五言和七言）、樂府詩等。詩人也偶有分得三言、四言、九言的情況。

　　茹綸常《容齋詩集》卷十六《冬日述懷，分體得五言律四首（友聲十集）》[1]，就是其「友聲詩社」第十次集會，詩人按不同的體裁進行創作。

1　茹綸常《容齋詩集》卷十六，《續修四庫全書》第1457冊，第277頁。

曾燠《賞雨茅屋詩集》卷五《魏文帝賦詩臺(「消夏會」分
體得七律、五排二首)》、《宋院本宮人鬥草圖(「銷夏會」分體
得七古、七絕二首)》[2]，分別賦得七言律詩與五言排律，七言
古詩與七言絕句。

　　王相《友聲集》中《白醉題襟集》四卷記載了王相舉行十次
「消寒會」的詳細資料(實際上是十二次集會，因為存在「閏二
會」、「閏六會」，即第二集、第六集各舉行了兩回。會約規定
如果社員有興致，可以增設一次集會)。《白醉題襟集》卷一收
錄「消寒會」第一集六位社員創作的詩歌：

　　　　卓筆峰《長至日，集白醉閒窗，分體得五絕》；
　　　　嚴鍔《前題，分體得七律》；
　　　　成儁《前題，分體得七古》；
　　　　陸從星《前題，分體得七絕》；
　　　　王相《前題，分體得五古，效曹子建〈贈白馬王〉篇
　　　體，以「白醉閒窗」四字為韻四首》；
　　　　王炯《諸前輩命學賦五律》。[3]

　　這六位詩人分別賦得五言絕句、七言律詩、七言古詩、七
言絕句、五言古詩、五言律詩等六種不同的體裁。根據卷首
卓筆峰《白醉閒窗序》[4]，這次「消寒會」的時間為道光六年丙
戌(1826)冬，第一次集會的日期也是冬至。此後的集會基本
上也是這些社員，增加了郝玉光、蔡瑞芝。「消寒會」的集會

2　曾燠《賞雨茅屋詩集》卷五，《續修四庫全書》第1484冊，第52頁。
3　王相《友聲集‧白醉題襟集》卷一，《續修四庫全書》第1627冊，第244-
　　245頁。
4　王相《友聲集‧白醉題襟集》卷首，《續修四庫全書》第1627冊，第241頁。

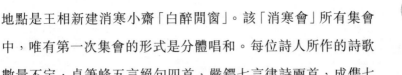

地點是王相新建消寒小齋「白醉閒窗」。該「消寒會」所有集會中，唯有第一次集會的形式是分體唱和。每位詩人所作的詩歌數量不定，卓筆峰五言絕句四首，嚴鍔七言律詩兩首，成儁七言古詩一首，陸從星七言絕句兩首，王相五言古詩四首，王炯五言律詩一首。由於王相是此次「消寒會」的主人，所以他創作的詩歌最多，含有引發諸位詩人積極唱和的意思；五言絕句的體制較小，因而卓筆峰也作了四首；王炯還處於向前輩學習作詩的階段，因此只有一首，也沒有再參加此後的社集。王相的四首詩歌，其中兩首如下：

> 負背抱紅情，拓胸漱寒碧。
>
> 盎然見於面，如消酒一石。
>
> 公等勝公榮，分諸座上客。
>
> 走報歡小奚，梅蕊枝頭白。（其一）
>
> 南枝梅欲吐，可記調羹事。
>
> 共我老山中，爾豈有塵累。
>
> 世上酸鹹殊，無復堪位置。
>
> 何如紅兩顴，陶然高士醉。（其二）[5]

這兩首詩歌以「白」、「醉」為韻，描繪了社集的情形及詩人的心境。王相《友聲集》收錄了他與諸詩友唱和的詩歌，還原了結社聯吟的畫面，也展現了寄情詩酒的人生。這兩首五言古詩也表達了王相超然脫俗的情操和胸懷。曹植的《贈白馬王彪》充滿悲憤情緒，而王相的詩歌只是仿效其形式，在基調上較為

---

5 王相《友聲集‧白醉題襟集》卷一，《續修四庫全書》第 1627 冊，第 245 頁。

樂觀，頗有鄴下宴集活動的風範。分體賦詩的唱和形式，有利於社員選擇自己擅長的體裁進行創作，也可以增添集會創作的娛樂性，增加社詩總集的豐富性。

除了上述這些體裁，詩人在集會之時也別出心裁，分詠特殊的詩歌體裁，如「柏梁體」。金兆燕《棕亭詩鈔》卷十二《乙未三月晦日，招集同人於「冶春詩社」送春，分得柏梁體》一詩[6]，作於乾隆四十年乙未（1775），就是社集分體唱和的情形。這首詩的前四句為：「三月三十風日酣，遊人不減三月三。冶春詩社紅橋南，森森萬木屯朝嵐。」[7]此處，「冶春詩社」也是金兆燕結社的地點，是揚州的著名景點，位於虹橋南岸。金兆燕於乾隆年間在揚州虹橋積極結社聯吟，提倡風雅，是對康熙年間王士禎結社的一種延續。「柏梁體」，又稱「柏梁臺體」、「柏梁臺詩」，是七言古詩的一種。一般古體詩只要求偶句押韻，而「柏梁體」則要求句句押韻，一韻到底。相傳漢武帝在柏梁臺上和群臣共賦七言詩，因此得名。「柏梁體」是七言詩的先河。上引金兆燕四句詩歌就是每句押韻。又，洪亮吉《更生齋詩》卷四《「消寒」第二會，汪庶子學金趣園座上，追賦嘉慶戊午四月編輯〈婁東詩派〉成，為諸詩老設供，建水陸道場，用瑜伽薦度法並考生平行誼，分上、中、下三壇，別設閨秀一壇，七日乃竣，分賦得柏梁體一首》[8]，洪亮吉江蘇結「消寒會」，第二集就是分得「柏梁體」這種題材。

無論是上述基本詩歌體裁，還是特殊體裁，都是社集的一

6　金兆燕《棕亭詩鈔》卷十二，《續修四庫全書》第1442冊，第208頁。

7　金兆燕《棕亭詩鈔》卷十二，《續修四庫全書》第1442冊，第208頁。

8　洪亮吉《洪亮吉集》，中華書局2001年10月第1版，第1299頁。

種唱和形式。詩人之間的普通招集宴飲對唱和形式沒有特別的要求，一般是同題唱和等，而詩社尤其是集會頻繁、有序的詩社，往往對每次集會的唱和、創作作出一些具體的規定，這種形式有利於刺激詩人與會的積極性。像上述王相「消寒會」的九次唱和形式都有所不同，且設定會約，刊刻總集，是各個方面都較為完備的消寒詩社。

（二）分題

分題，也稱探題，也是集會唱和形式的一種。古人分題賦詩，往往以「某人分題得某物」為題。清代詩人結社，很多情況下都是選擇分題的形式。廣義的分題，有時也包括分韻，但這裏的分題只是指分賦詩題。

王相「消寒會」第二集，六位社員的詩題如下：

> 嚴鍔《風簾》、《火炕》、《唐花》；
> 卓筆峰《風簾》、《唐花》；
> 陸從星《風簾》、《火炕》；
> 郝玉光《風簾》、《唐花》；
> 成僬《火炕》、《炙硯》；
> 王相《火炕》、《炙硯》、《唐花》。[9]

這次集會只有四個詩題，即《風簾》、《火炕》、《唐花》和《炙硯》。六位詩人分詠二到三題，因此有部分重合的詩題。這組

9　王相《友聲集·白醉題襟集》卷一，《續修四庫全書》第1627冊，第246-248頁。

詩歌是詠物詩，也是清代詩人集會經常題詠的對象。

又如「消寒會」第四集：

> 卓筆峰《西王母進嶫山甜雪》、《裴度平淮西擬凱歌》；
>
> 郝玉光《東郭先生履穿》；
>
> 陸從星《蘇武嚙氈》、《孫康映字》；
>
> 成儁《袁安閉戶》、《王子猷放船》、《王維畫芭蕉》；
>
> 王相《王恭披鶴氅》、《謝莊集衣》；
>
> 嚴鍔《謝道韞詠絮》。[10]

六位社員分賦的是歷史典故，這個主題在其他詩社也相當常見，體現出結社的組織性和約定性。因為在普通的宴飲酬唱中，詩歌內容一般與環境有關，歷史題材不大適合。詩社選擇歷史典故進行分詠，有意發揮社員的詩才，突出集會創作的特徵，創作一系列共同主題的詩歌。

「消寒」第七集，社員分詠的是歷史古蹟：

> 郝玉光《揚子雲草元亭》；
>
> 陸從星《諸葛公南陽草廬》、《李謫仙桃李園》；
>
> 成儁《王右軍蘭亭》、《桑民懌獨坐軒》；
>
> 卓筆峰《裴晉公綠野堂》；
>
> 王相《邵康節安樂窩》、《陸放翁書巢》。[11]

---

10 王相《友聲集・白醉題襟集》卷二，《續修四庫全書》第1627冊，第252-254頁。

11 王相《友聲集・白醉題襟集》卷四，《續修四庫全書》第1627冊，第260-262頁。

在清人結社分詠的題目中，歷史典故、歷史古蹟、琴棋書畫、風花雪月等都是常見對象。當然，這些歷史古蹟與歷史名人相關，能夠反映社員的歷史觀和文化修養。這些對象也不是真正的歷史古蹟，屬於歷史人物的居所，社員甚至未曾到訪，只是敍寫、讚揚某種不朽之精神。

又如第九次集會，社員吟詠的都是竹子，但卻是不同的品種，具體詩題如下：

> 卓筆峰《紫竹》、《斑竹》、《方竹》；
> 成僎《朱竹》、《白竹》、《斑竹》、《方竹》；
> 陸從星《朱竹》、《白竹》、《斑竹》；
> 王相《朱竹》、《白竹》、《紫竹》、《斑竹》、《方竹》；
> 嚴鍔《紫竹》；
> 郝玉光《朱竹》、《白竹》、《紫竹》、《方竹》；
> 蔡瑞芝《朱竹》、《方竹》。[12]

紫竹、斑竹、方竹、朱竹、白竹稱為五君子，「消寒」第九集的主題便是五君詠。王相「消寒會」每次社集都設定主題，且撰有社啓，社員較為固定，大部分詩人吟詠不止一題，是詩社發展到成熟階段的表現，也是道光初年結社的典型。

杭世駿《道古堂集外詩》中《梅花百詠》詩序說：「丙辰長夏，『竹西吟社』分題詠梅，得如干首，裁冰翦雪，殊愧未工。」[13]可知乾隆元年丙辰（1736），杭世駿在揚州結社，分題

---

12 王相《友聲集・白醉題襟集》卷四，《續修四庫全書》第1627冊，第264-266頁。

13 杭世駿《道古堂集外詩》，《續修四庫全書》第1427冊，第247頁。

詠梅。杭世駿的詠梅詩共一百首,有「早梅」、「古梅」、「寒梅」等。《梅花百詠》其後一題為《全韻梅花詩》[14],共一百零六首,杭世駿以一百零六部平水韻詠唱梅花,可見其對梅花之鍾情。但是,這不是詩社分詠的作品,而是詩人在閒暇時間所寫。《梅花百詠》確是詩社分題唱和的形式,與上文王相「消寒會」分詠五君子有異曲同工之妙。像百首社詩這樣的恢宏巨製在詩社中也非常罕見。

張問陶也曾參與「消寒會」,且不止一年。其《船山詩草‧補遺》卷五《戴金溪齋中「消寒」一集,分題得雪山》、《壽民齋中「消寒」二集,分題糟鵝蛋》[15],可知張問陶與戴敦元(金溪其字)、邵葆祺(壽民其字)等人結「消寒會」並分題賦詩,時間應為嘉慶丁巳二年(1797)。社員可能還有胡穮(夢湘其字)等人。這兩次集會,張問陶分得「雪山」和「糟鵝蛋」,基本上是對主人齋中所見之物進行吟詠。

張謇《張季子詩錄》卷一《「西亭詩社」,分賦杏林春燕》、《「西亭詩社」,分賦閨怨》[16],時間是同治三年甲子(1864)或稍後。張謇曾參與「西亭詩社」,但是這個詩社的具體情況不詳。這兩次集會也是分題賦詩的形式。

一些帶有詩課性質的詩社,往往對詩作的水平進行評定,常選擇分題這種唱和形式。陸以湉《冷廬雜識》卷六《鴛水聯吟》記載:「道光戊戌秋,嘉興岳餘三茂才鴻慶與其友數輩結

14 杭世駿《道古堂集外詩》,《續修四庫全書》第1427冊,第249頁。

15 張問陶《船山詩草‧補遺》卷五,中華書局1986年1月第1版,下冊第682、683頁。

16 張謇《張季子詩錄》卷一,《續修四庫全書》第1575冊,第613頁。

『鴛湖詩社』，每歲四集，分題後限期收卷，乞名流評定甲乙，前五名皆有酬贈。事歷三秋，編成十集，擇其尤者付梓，名曰《鴛水聯吟》。」[17] 道光十八年戊戌（1838），岳鴻慶結「鴛湖詩社」，每年四次集會，分題賦詩，限期收卷，評定優次。下面筆者將簡單梳理下該詩社的成員。根據陸以湉《鴛水聯吟》文中注釋，黃憲清、黃松孫、孫瀜、于源、賈敦艮、吳廷燮等人也是社員。《兩浙輶軒續錄》卷三十二張惠昌名下說：「字硯溪，嘉興人，著《小停雲館詩稿》。《白岳庵詩話》：硯溪曾入『鴛水吟社』。」[18] 可知張惠昌也是該詩社的成員。《兩浙輶軒續錄》卷三十三嚴人壽名下說：「字伯年，號松圃，秀水人。著《讀易堂初稿》。《鐙窗瑣話》：伯年所居回溪草堂，為罍石翁讀書處。伯年揚扢風騷，結『鴛水聯吟社』，雅興正復不淺。」[19] 嚴人壽也是社員。徐世昌《晚晴簃詩匯》卷一百四十八楊韻名下引詩話說：「小鐵棄舉子業，專力於詩，嘗結『鴛水聯吟社』，刻社中詩二十集。」[20] 楊韻（小鐵其號）也是社員。王慶勳也是「鴛湖詩社」的成員之一，其《詒安堂二集》卷一，收錄了「鴛水聯吟詩課」的詩歌：《伍子胥簫》、《高漸離筑》、《禰正平鼓》、《戴安道琴》、《劉越石笳》、《桓子野笛》、《陳子昂胡琴》、《王摩詰琵琶》等[21]。其後有「鴛水聯吟再詩課」：《野塘》、《野廟》、

17　陸以湉《冷廬雜識》卷六，中華書局1984年1月第1版，第347頁。

18　潘衍桐《兩浙輶軒續錄》卷三十二，《續修四庫全書》第1686冊，第221頁。

19　潘衍桐《兩浙輶軒續錄》卷三十三，《續修四庫全書》第1686冊，第264頁。

20　徐世昌《晚晴簃詩匯》卷一百四十八，中華書局1990年10月第1版，第3冊第803頁。

21　王慶勳《詒安堂二集》卷一，《續修四庫全書》第1544冊，第584頁。

《野園》、《野航》等[22]。這兩次聯吟的時間正是在道光十八年戊戌（1838）到二十一年辛卯（1841）之間。詩課也採取分賦詩題的唱和形式。王慶勳第一次參與聯吟，詩題都是名人及其樂器；第二次，則是以「野」為特徵的詩題。分題唱和，最突出的一點就是所詠對象的共性，比分體、分韻等其他形式都更為直接地反映共同創作的特徵。

（三）分韻

詩人結社，選擇若干字為韻，各人分拈，依拈得之韻作詩，即分韻。分韻賦詩是最為常見的唱和形式。

「問梅詩社」也有相關的唱和形式。彭蘊章《松風閣詩鈔》卷三《葦間叔父新居懸橋巷，庭有花石，乙酉四月既望，招石琢堂師、張蒔塘、黃薲圃、尤春樊三先生集汲雅山館，為「問梅詩社」第二十六集，分韻得「安」字》[23]，作於道光五年乙酉（1825），是「問梅詩社」第二十六次集會的作品。這次集會採取的正是分韻的形式。

前文曾提到方文（字爾止）上巳日結社。方文的詩集還收錄了其他結社資料。其《方嵞山詩集·嵞山續集·北游草》中《六月望日，陳階六黃門社集分韻》一詩小序說：「同集者關中韓聖秋，閩中許天玉，粵東程周量，湖南趙友沂，浙東倪玉純、陳胤倩，雲間張友鴻、吳六益、朱韶九，淮上靳茶坡，廣

22　王慶勳《詒安堂二集》卷一，《續修四庫全書》第1544冊，第586頁。

23　彭蘊章《松風閣詩鈔》卷三，《續修四庫全書》第1518冊，第352頁。

陵吳園次、劉玉少，金陵白仲調，宛城徐次李。」[24]可知，順治十五年戊戌（1658），方文與陳台孫（階六其字）、韓詩（聖秋其字）、許珌（天玉其字）、程可則（周量其字）、趙而忭（友沂其字）、倪昶齡（玉純其字）、陳祚明（胤倩其字）、張一鵠（友鴻其字）、吳懋謙（六益其字）、朱軒（韶九其字）、靳應昇（茶坡其號）、吳綺（字園次）、劉梁嵩（玉少其字）、白夢鼐（仲調其字）等人舉行社集，唱和形式是分韻。又，陳祚明《稽留山人集》卷三《六月望日，偕韓聖秋、方爾止、靳茶坡、許天玉、白仲調、徐次履、吳六益、張友鴻、程周量、吳蘭次、趙友沂、劉六皆、朱紹九集陳階六給諫雙槐軒，分韻同賦二首，得「十五刪」、「十五咸」》[25]，指的也是同次集會，陳祚明分得「刪」、「咸」二韻。又，吳懋謙《苐庵二集》卷八《陳階六黃門分韻，韓聖秋、許天玉、程周量、趙友沂、倪玉純、陳胤倩、靳茶坡、劉玉少、白仲調、園次》[26]，可以進一步補充這次集會的資料。

方文《方嵞山詩集·嵞山續集·北游草》中《丘季貞西軒社集，分韻》一詩小序說：「同集者劉阮仙學士、姜真源御史、姚山期、魯仲展、張祖望、何蓀音、諸駿男、宋份臣、張伯玉、胡天放、張虞山、閻再彭、程維東、婁東。」[27]這也是順治十五年戊戌（1658）的社集，參與者為方文、邱象隨

---

24 方文《方嵞山詩集·嵞山續集·北游草》，黃山書社2010年3月第1版，下冊第468頁。

25 陳祚明《稽留山人集》卷三，《四庫全書存目叢書》集部第233冊，第485頁。

26 吳懋謙《苐庵二集》卷八，《四庫全書存目叢書》集部第207冊，第778頁。

27 方文《方嵞山詩集·嵞山續集·北游草》，黃山書社2010年3月第1版，下冊第471頁。

（季貞其字）、劉肇國（阮仙其字）、姜圖南（真源其字）、姚佺
（山期其字）、魯「仲展」、張丹（初名綱孫，祖望其字）、何元
英（字蕤音）、諸九鼎（駿男其字）、宋曹（份臣其字）、張璵若
（伯玉其字）、胡從中（天放其號）、張養重（虞山其字）、閻修
齡（再彭其字）、程淶（維東其字）、程淞（婁東其字）等。這
次集會也是分韻的唱和形式。方文《方嵞山詩集·嵞山續集·
徐杭遊草》中《丘季貞社集西軒，分韻》小序說：「同集者潘江
如、張伯玉、靳茶坡、張虞山、程婁東、趙天醉、范眉生、
倪天章。」[28] 作於順治十六年己亥（1659），成員除了方文、邱
象隨，還有潘陸（江如其字）、張璵若、靳應昇、張養重、程
淞、趙時朗（天醉其字）、倪之煌（天章其字）。邱象隨西軒的
這兩次社集，都是進行分韻賦詩。

　　陳台孫、邱象隨組織，方文參與的這三次集會，時間在順
治年間，與靳應昇、閻修齡在淮安地區所創「望社」的時間和
成員大致相同。根據李庚元先生《望社姓氏考》[29]，張璵若、胡
從中、陳台孫、程淶、張養重、程淞、倪之煌、邱象隨等為
「望社」中人。「望社」一般在每月望日舉行社事，上文「六月
望日」社集與之符合。因此，這三次「社集」應當是「望社」之
集。而上文涉及的一些詩人如方文，應當屬於臨時性社員，
在社中不佔重要地位，也可能是逐漸增加的社員。「望社」人
數眾多，一次社集可以達到十餘人，因此分韻的唱和形式較
為容易分配創作任務。分韻賦詩，可以滿足十餘人分韻唱和

28　方文《方嵞山詩集·嵞山續集·徐杭遊草》，黃山書社 2010 年 3 月第 1 版，
　　下冊第 497 頁。

29　參見李元庚《望社姓氏考》，《國粹學報》第 71 期，1910 年。

的情況。

　　陸羲賓（字鴻逸）的春星草堂是清初蘇州地區結社雅集的地點。陸羲賓與陳瑚、陸世儀等人唱和甚密。前文已提到陳瑚與陸世儀等人曾結「含綠堂吟社」。而發生於春星草堂的一系列唱和活動，有固定社員和定期集會，也屬於結社行為。陳瑚《頑潭詩話》是一部唱和總集，其卷下「春星草堂雅集詩」收錄了桴亭、石隱、雪堂、碻庵、藥園和鴻逸六人的詩歌[30]，對應的詩人為陸世儀、王育、曹秉鈞、陳瑚、江士韶、陸羲賓（各以字號為稱），時間為順治七年庚寅（1650）寒食後一日。其後「又雅集詩」收錄了一系列春星草堂的社集之作，相與唱和的詩人有王育、陸世儀、盛敬、顧士璉、宋龍、郁法、李梅、朱日章、吳隆、顧翔等人。其中部分分韻唱和的詩歌如下：

　　　　陳瑚《春星草堂看梅，分得「來」字》；

　　　　王育《戊申二月六日，同人集素老道兄春星草堂看梅，主賓七人，因用高季迪「月明林下美人來」句各拈一字為韻，（育）得「林」字，請正》；

　　　　王育《辛亥孟夏，同崑山歸玄恭、李蕚青，暨存齋、菊齋、寒溪、桴亭過鴻逸道兄春星草堂，飲梅樹下，分得「寒」字》；

　　　　陸世儀《戊申春仲，同石隱、存齋、樊村、寒溪、碻庵集鴻逸道兄村園看梅，得「人」字，賦呈教正》；

　　　　陸世儀《辛亥孟夏，同崑山歸玄恭、李蕚青暨諸老友集鴻逸草堂，飲梅樹下，分得「高」字》；

30　陳瑚《頑潭詩話》卷下，《續修四庫全書》第1697冊，第539-540頁。

盛敬《春仲，同諸公過鴻逸長兄春星草堂看梅，分得「月」字，賦呈郢正》；

盛敬《清和二日，集春星草堂，分得「元」字，似鴻逸長兄博粲》；

宋龍《初夏，同人集鴻逸道兄春星草堂，即席得「齋」字》；

郁法《春星草堂觀梅之作，呈鴻老道兄正，分得「下」字》；

李梅《分得「存」字》；

朱日章《清和節，鴻翁先生招同社集春星草堂，分得「三江」韻，賦呈郢正》；

吳隆《初夏，集鴻翁老伯春星草堂，分得「支」韻》。[31]

可知康熙七年戊申（1668）、十年辛亥（1671）均有社集。康熙七年，主賓七人唱和的情況下，用高啟的七言詩句進行分韻，體裁依據分得的字而定，在社集中非常具有代表性。王育分得「林」字，但是吟興未盡，取餘下的六字各成一首，分別是《七言絕（「月」字）》、《五言律（「明」字）》、《五言絕（「下」字）》、《七言古（「美」字）》、《五言古（「人」字）》、《調寄滿庭芳（「來」字）》[32]。這就是體裁視詩韻而定的證明。一般情況下，詩人分賦平聲韻，創作律詩等，若分到仄聲韻，要更換成古詩體裁。

31 陳瑚《頑潭詩話》卷下，《續修四庫全書》第1697冊，第540-544頁。

32 陳瑚《頑潭詩話》卷下，《續修四庫全書》第1697冊，第541頁。

筆者專門探討的茹綸常「友聲詩社」，其二十餘次集會中，就有七次選擇分韻的形式：

《抗懷草堂「友聲」第一集，以「斂翮閒止，好聲相和」為韻（得「斂」字）》；

《夏杪集蓮花洞，即事分韻（「友聲」六集）》；

《望雪（分得「先」韻，「友聲」十二集）》；

《春日雜詩六首，分得「蒸」韻（「友聲」十三集）》；

《初秋集金魚溝修真庵，送竹泉南遊，分得「蕪」字二首（「友聲」十九集）》；

《秋日靜觀園即事分韻（得「山」字，「友聲」二十集）》；

《孟冬集西郊盧受堂，懷竹泉姑蘇、芝田都門，以「臨觴念佳期，泛瑟動離聲」為韻，得「佳」字二首（「友聲」二十二集）》。[33]

除了分韻，還有限韻、和韻等形式。對比同韻詩歌可以分出創作水平，但容易造成作品內容的雷同和表達的局促。體裁、詩題也畢竟有限，而韻腳相對豐富，創作受到較少拘束，因此「分韻」能夠成為清代結社最主要的唱和形式，也是詩人之間交遊最為常用的唱和形式。

（四）聯句

聯句是古代作詩的一種方式，由兩人或多人共同創作一首

33　茹綸常《容齋詩集》，《續修四庫全書》第1457冊，第267-287頁。

詩歌,每人一句、一聯或更多,聯結成篇。聯句起源較早,在清代結社風氣益然的環境中頗為盛行。聯句偏於遊戲之作,難得佳篇。聯句這種唱和形式對詩社研究的貢獻,在於幫助確定詩社成員。而聯句本身也能增加社集的趣味性。

寶廷「消夏」「消寒」詩社經常採取聯句的方式進行唱和,其《偶齋詩草》中有豐富的相關詩歌,包括社集和非社集作品。

趙懷玉《亦有生齋集・文》卷四《息養齋詩序》記載:

124

> 毗陵夙稱詩國。國初,鄒、董諸君互張旗鼓,時則有「穀詒社」。繼此則宗少陵者為「浣花社」,宗東坡者為「峨眉社」,遇二公生日,集社之人祀之,頗極一時之盛。厥後,壇坫闃寂,詩道弗振者久之。乾隆壬寅、癸卯間,里中六人共舉吟社,太守蔣君辛仲先生其一也,其五人則程學博命三、莊文學勉餘、大令蜚英、進士皋直及余而已。自餘聞風入社,時有增加,而此六人未嘗更易。每決旬必一舉,拈題賦詩,徵經史作新令,往往流連達旦,惜乎僅及二年而止。乙巳,余自京師歸,光景已不可復得。[34]

乾隆四十七年壬寅(1782)、四十八年癸卯(1783),趙懷玉與程景傅(命三其字)、莊勇成(勉餘其字)、莊繩祖(蜚英其字)、莊選宸(皋直其字)等六人創立詩社,以繼風雅。乾隆五十年乙巳(1785)的時候,詩社已經零落,昔日的光景不復存在。《亦有生齋集・詩》卷八《艤舟亭探梅聯句》,作於乾隆

---

34 趙懷玉《亦有生齋集・文》卷四,《續修四庫全書》第1470冊,第55頁。

四十八年,是社集之作,節錄如下:

> 春到蘇亭早(程景傅命三),群聯阮屐探。賦詩剛七子(莊勇成勉餘),攜酒及雙柑。枝北寒香逗(莊繩祖蜚英),城東逸興湛。艤舟人自古(蔣熊昌辛仲),洗研跡猶諳。略彴通幽徑(崔龍見翹英),招提傍小嵐。一番風料峭(懷玉億孫),六出雪差參。銀海晨曦眩(莊選宸皋直),瑤臺夜色涵。嚼英供道士(命三),臥帳羨瞿曇。離垢光思梵(勉餘),昇天氣望聃。冰姿嬈綽約(蜚英),虯幹郁藍鬖。雨潤肥逾好(辛仲),霜嚴瘦亦堪。黃蜂猶寂寂(翹英),翠羽已喃喃。芳襲旃檀樹(億孫),根依彌勒龕。倚檐疑共笑(皋直)……[35]

這次集會增加了蔣熊昌(辛仲其字)一人。艤舟亭探梅就是採取聯句的形式進行唱和,由七位詩人按次序輪流作詩,綴聯而成。程景傅起一句,其他詩人接兩句,用的是下平十三「覃」韻。

趙懷玉、莊炘、崔龍見、龔際美、樊雄楚五人又結有「五老會」,創立時間是嘉慶二十一年丙子(1816)。趙懷玉《亦有生齋集‧詩》卷三十二《「五老會」第二集,詠臘八粥》,「篇章近取瓶花齋」一句自注說:「厲太鴻集有《瓶花齋詠臘八粥聯句》。」[36]厲鶚瓶花齋聯句是清代詩壇非常著名的一次集會。厲鶚《樊榭山房集‧續集》卷六《十二月八日,敦復招集瓶花齋,

35 趙懷玉《亦有生齋集‧詩》卷八,《續修四庫全書》第1469冊,第353頁。
36 趙懷玉《亦有生齋集‧詩》卷三十二,《續修四庫全書》第1469冊,第644頁。

食臘八粥，聯句（「銷寒」第三會）》[37]，乾隆十一年丙寅（1746）
「消寒會」的社集作品。這次「消寒會」與前文杭、厲閏上巳西
湖修禊的年份一致，也應當屬於「南屏詩社」的活動。杭世駿
《道古堂詩集》卷十五《十二月八日集瓶花齋，主人以臘八粥供
客，聯句》[38]，汪啓淑《訒庵詩存》卷二《飛鴻堂初稿》中《吳甌
亭招集瓶花齋，食臘八粥，聯句》[39]，這兩首詩歌與厲鶚詩集
所收的內容一樣，都是同次集會的詩作。除了厲鶚、杭世駿、
汪啓淑三人，社員還有周京、金志章、梁啓心、丁敬、全祖
望、顧之麟、吳城和丁健八人。這些人都是「南屏詩社」的成
員。這種聯句的詩歌，往往篇幅較長，風格較雜。聯句的形式
有助於促進結社的氛圍，發揮詩人之間的合作，刺激創作的靈
感，得到奇絕的效果。

　　聯句，一般與「消夏會」、「消寒會」結合在一起，別具特
色。組織或參與過「消夏」「消寒」詩社的詩人集子中往往含
有豐富的聯句作品。前文論及同治十年辛未（1871），方濬頤
結「消寒會」。次年同治十一年壬申（1872），他再結「消寒
會」，其《二知軒詩續鈔》卷十四《寶米齋雪霽，消寒聯句》即
社詩[40]。齊學裘（號玉溪）《劫餘詩選》卷十二《題襟館雪霽，
消寒聯句》[41]，與《寶米齋雪霽，消寒聯句》一詩內容相同，也
是該年社集之作。通過詩中注釋可知，社員還有管樂（字才

37　厲鶚《樊榭山房集·續集》卷六，上海古籍出版社1992年6月第1版，下
　　冊第1399頁。

38　杭世駿《道古堂詩集》卷十五，《續修四庫全書》第1427冊，第115頁。

39　汪啓淑《訒庵詩存》卷二，《續修四庫全書》第1446冊，第248頁。

40　方濬頤《二知軒詩續鈔》卷十四，《續修四庫全書》第1556冊，第257頁。

41　齊學裘《劫餘詩選》卷十二，《續修四庫全書》第1531冊，第482頁。

叔)、許奉恩(字叔平)、湯世厚(字敦之)等人。又,齊學裘《劫餘詩選》卷十六《「消寒」第七集,聯句》[42],作於光緒元年乙亥(1875),該年「消寒會」第七集也採取聯句的唱和方式,社員有齊學裘、管樂、許奉恩、方濬頤、王之佐、朱銘盤等。而在同治十三年甲戌(1874),齊學裘等人也結有「消寒會」,這些詩會基本上都延續到第二年初。這些集會多採取聯句的形式,且較為注重詩體和作品本身。《題襟館雪霽,消寒聯句》是一組五言詩歌(四首),與上述那些長篇聯句詩歌不同。《「消寒」第七集,聯句》也是一組五言詩歌(六首),每位詩人在每首詩歌中創作兩句。這種短小的體制,緩解了聯句難出佳篇的問題,能夠將詩人的構思融合在一首作品中,不至於篇幅冗長、敍述繁瑣,更為巧妙地運用了聯句的唱和形式。

聯句與分體、分題、分韻等唱和形式不同,不僅在於其作者為多位社員,也在於其娛樂性。聯句詩歌在思想、風格上難以達到完全統一,又不屬於個人創作,因此部分詩人也不將其收入詩集。但是聯句的唱和形式卻十分能夠體現結社的特徵,無論是創作主題的群體性,還是宴集文化特徵,都從不同方面印證了詩社是文學與娛樂功能齊具的集體活動。分體、分題、分韻、聯句,這幾種形式在結社唱和的過程中不是完全割裂的,比如「分體」可以與「分韻」相結合,既「分題」又「分韻」也不衝突。

清代詩社的階段特徵與地域分佈,在一定程度上是對清代文學時間、空間特徵的側面反映,是從時代環境方面考察詩社

42　齊學裘《劫餘詩選》卷十六,《續修四庫全書》第1531冊,第516頁。

的變化發展。而詩社的集會活動與唱和形式,則是聚焦在詩社本身,落實到結社的具體操作細節,對於詩社研究來說,是一個新的視角,即從唱和文學、集會創作等角度來剖析詩社的存在形式。

六　清代詩社的歷史地位

　　清代詩社繼明代詩社而來，直接帶動民國結社的浪潮，在不同的發展階段呈現出不同的特徵。詩社與詩人群體、詩歌流派的關係，都從不同方面體現結社的意義。結社，必然涉及詩人群體，但其中存在先有詩人群體還是先有結社行為的問題。即詩人群體是否被公認，詩人之間的一致性如何。如果已經事先存在詩人群體，再進行結社，一般不再添加社員，詩社的開放性和容納量都相對較小，而詩社的總體風格較為整齊；如果在結社之後形成詩人群體，就體現出詩社在聯絡感情、鞏固交遊群體等方面有着關鍵的作用。而詩社與詩歌流派的關係可近可遠。詩歌流派的形成依賴於重要詩人的貢獻，與地域十分密切，而詩社即使不屬於某個詩歌流派，但也很有可能受到該詩派的潛移默化，取決於結社主體對詩社的定位和責任感。清代詩社的歷史地位，具體表現在以下幾個方面。

（一）詩社與詩人群體之關係

　　前文論及乾隆後期，張允滋、張芬、陸煐等十位蘇州女詩人結「清溪吟社」，號「吳中十子」，就是詩社與詩人群體相結合的例子。又，紹興地區的「詩巢二十子」、「西園十子」、「越中七子」等詩社的名稱也概括了社員的數量。李慈銘《越縵堂詩文集 · 越縵堂文集》卷十二《越中先賢祠目序例 (光緒十一

年十一月）》記載：「吾越郡城龍山西麓舊有詩巢，傳為東維遺址。國朝康熙初，先天山府君與郡中名士重建詩巢於偏門之壺觴村，稱『詩巢二十子』。其地湖山秀絕，亭榭映帶，蔚然花竹，傳為畫圖，日久漸圮。」[1]康熙初年，李登瀛（天山其字）結「詩巢二十子社」。其後又記載：「乾隆中商先生寶意等復建於龍山之麓，結社唱和，稱『西園十子』，而追奉賀季真、秦公緒、方雄飛、陸務觀及廉夫、文長，於中盦肖像祀之。其左龕則祀康熙初二十子，自後右龕即祀西園十子及道光中『泊鷗社』諸子。歲月滋多，不免羼雜。粵匪之亂，遂為廢墟。」[2]乾隆時期，商盤（寶意其號）結「西園十子社」。同時期，童鈺與劉文蔚、沈翼天、姚大源、劉鳴玉、茅逸、陳芝圖等人結社聯吟，稱「越中七子」。可見紹興地區的結社往往具有固定的成員。首先是鄰近的地域，其次是歷代的傳統，再次是在詩歌和詩學方面的相似性，共同促進紹興地區詩人群體和詩社的產生。除此之外，清代歷史上還存在一系列「五子社」、「六子社」、「七子社」、「九子社」、「十子社」、「十五子社」等等。

老人會也是清代詩社的一種類型，有「二老會」到「十老會」等多種形式，命名視與會人數而定。其中，「五老會」、「七老會」、「九老會」、「十老會」較為普遍。

下面以「五老會」為例，試析老人會與詩人群體結社之關係。前文提到嘉慶二十一年丙子（1816），趙懷玉、莊炘、崔

---

1 李慈銘《越縵堂詩文集・越縵堂文集》卷十二，上海古籍出版社2012年12月第1版，中冊第1024頁。

2 李慈銘《越縵堂詩文集・越縵堂文集》卷十二，上海古籍出版社2012年12月第1版，中冊第1024頁。

龍見、龔際美和樊雄楚五人結社，即「五老會」的代表。前文
也提到道光七年丁亥（1827），潘奕雋、韓崶、石韞玉、吳雲
和陶澍在滄浪亭舉「滄浪五老會」。朱珪《知足齋詩續集》卷一
有《改歲，劉石庵相公（八十六）、紀曉嵐宗伯（八十二）、王惺
園相公（八十一）、徐樹峰宗丞（八十）、磐陀居士（七十五），
共四百四歲，訂於正月四日作「五老會」，先紀以詩》，卷二有
《正月六日，剪蔬煮茗，約紀曉嵐宗伯、王惺園相公、徐樹峰
宗丞、德潤齋冢宰小集知足齋，作「五老會」，再賦五詩》[3]。
通過這兩首詩歌可知，朱珪（磐陀居士其號）曾與劉墉（石庵
其號）、紀昀（曉嵐其字）、王傑（惺園其號）、徐績（樹峰其
字）約定舉「五老會」，可惜劉墉不幸於農曆十二月去世。嘉慶
十年乙丑（1805）正月六日，德瑛（潤齋其號）補之。又，戴
敦元《戴簡恪公遺集》卷五《題彭暢園（信）「五老會」圖》小序
說：「圖為辛巳年作。彭，年七十九，溧陽人。其四人曰：連
平顏德峻西村，年八十；常州高柱曰巖，年七十五；楊標貴
瑞廬，年七十三；長沙豐玉璞庵，年七十四。」[4]可知道光元
年辛巳（1821），彭信、顏德峻、高柱、楊標貴、豐玉五人結
「五老會」。又，震鈞《天咫偶聞》卷七記載：「道光、咸豐之
間，陶鳧薌少宗伯為『五老會』，後又益以潘木君、張詩舲為
『七老』。」[5]道光、咸豐年間，陶梁（鳧薌其號）、顧汝壽、李
光庭、林秀儒、興澤結「五老會」，後潘鐸、張祥河加入，為

3　朱珪《知足齋詩續集》卷二，《續修四庫全書》第1452冊，第212、213頁。

4　戴敦元《戴簡恪公遺集》卷五，《四庫未收書輯刊》第十輯第28冊，第463
　　頁。

5　震鈞《天咫偶聞》卷七，北京古籍出版社1982年9月第1版，第176頁。

「七老」。彭蘊章《松風閣詩鈔》卷二十五《重五後一日，潘木君中丞邀入「五老會」作》詩後注釋說：「五老者：雲間張尚書祥河，年七十七。商城曹給諫宗瀚，年七十六。滿洲鄂中丞順安，錢塘許尚書乃普，年俱七十五。上元潘中丞鐸，年七十。而余與潘中丞同庚，惟寶坻李侍郎菡年未七十。」[6] 這首詩歌作於咸豐十一年辛酉（1861）。張祥河、曹宗瀚、鄂順安、許乃普、彭蘊章、潘鐸、李菡年結「五老會」，社員不止五人，部分社員如潘鐸也是後來加入。

從上述例子可以總結出：第一，老人會對社員的年齡有所要求。社員通常在六、七或八十歲以上，偶有破例入會的情況，但鮮有低於五十歲者。第二，老人會的社員數量一般不超過十人，以九老會和十老會居多。老人會的規模相對較小，社員固定，但也存在「十九老人會」等較為大型的詩會。第三，老人會社員的身份地位相對整齊。一般的詩社，假如社員達到一定數量，身份地位必然出現懸殊的差別。而一般老人會將社員控制在十人以內，保證了結社初期社員身份的一致性。在其他方面，老人會與普通詩社大同小異，從「翦蔬煮茗」等社集活動似乎可以反映老人會的社員整體較為清心寡慾，當然一些具備遺民性質的老人會除外。

數子社與數老會，都是「先有詩人群體，後有結社行為」的詩社。若干詩人結社之後，一般不再增添社員，具有穩定的詩人群體。很多情況下，數位詩人結社，沒有具體社名，但有明顯的詩人群體，我們便以詩人群體來命名詩社，如前文吳

6　彭蘊章《松風閣詩鈔》卷二十五，《續修四庫全書》第1518冊，第536頁。

樸、應讓、鮑文達、張學仁、顧鶴慶、錢之鼎和王豫所結「京江七子社」。這個詩社刻有總集《京江七子集》。咸豐、同治年間，鎮江又有「京江後七子社」繼之，輯有《京江後七子詩鈔》。這些詩人並稱群體結社，往往刊刻總集，以記錄集會唱和。我們通過詩社，進而了解詩人並稱群體，能夠更深入地發掘結社集會的時代背景，以及詩歌創作的整體風格之形成。詩人並稱群體的成型，得益於地域、經歷、詩歌、思想等多重因素，提到結社層面，自然更具備可行性和凝聚力。這個類型詩社的詩歌在一定程度上更體現出集體唱和的共性。但是，這種類型的詩社在清代不是多數，大部分詩社的創立並沒有並稱群體的推動。其實，詩社與詩人群體之關係，主要體現在詩社對於詩人群體研究的意義，而不是既定詩人群體對詩社的作用。一個詩社，必定對應一個詩人群體。不同詩社的差異，歸根結底即不同詩人群體及其詩歌的差異。即使我們從個別社員入手，最終也要歸結到整體社員的集體唱和活動。詩社的社約、社規，集會活動、唱和形式，詩學思想、詩歌風格，都是我們考察詩人群體的着眼點。結社對詩人群體的影響，滲入詩人的各個階段和各個方面，成為詩人思想變化的重要轉折點。因此，我們對詩人群體及其作品的研究，不妨從詩社入手。不同時期的結社行為，對應不同的交遊群體，是詩人思想發展、創作提升的關鍵。

（二）詩社與詩歌流派之關係

筆者在譚瑩「西園吟社」部分曾指出，清初屈大均結社和

道光時期譚瑩結社都是對明代孫蕡「南園詩社」的繼承，代表了嶺南詩派在清代的復興。廣州地區一系列詩社在精神上和形式上都仿效明末清初的著名詩社。詩社和詩派之間存在相輔相成的關聯。

清代浙江杭州也是結社的重要中心。乾隆時期，杭世駿、厲鶚結「南屏詩社」，金志章、張炳、翟灝、方塘、汪啓淑、鄭江、周京、梁啓心、丁敬、全祖望、顧之麟、吳城和丁健等人均相與唱和。本師朱則傑先生《清詩史》第十章第三節「厲鶚和浙派」闡明了浙派的定義，指出是厲鶚是浙派的代表人物並推動浙派的發展。與厲鶚齊名的杭世駿、金農，以及符曾、丁敬、全祖望、吳穎芳、汪沆、吳錫麒等人都是浙派成員[7]。因此，厲鶚、杭世駿結社，無疑擴大了浙派成員和影響，對浙派的形成和發展有重大幫助。而這些成員的詩歌理論和風格也受到浙派詩風的影響，在創作方面也呈現出「專法宋代詩人」和「好用宋代典故」等特點[8]。而乾隆後期的「古歡吟會」，社員有胡濤、孫晉寧、項墉、項朝棻、朱文藻、何琪、汪沆和吳穎芳等。汪沆、吳穎芳明確是浙派的成員，項朝棻著有《樊榭詩摘錄》，何琪詩宗厲鶚，這個詩社的成員與浙派有着絲縷關係。這個時期，厲鶚在詩壇的地位已經確立，「古歡吟會」的整體詩歌風格受到浙派的影響，流露出對寫景的專注和對宗宋的偏好。

但是，在多數情況下，結社與詩歌流派並無直接關係。朱

7　朱則傑《清詩史》，江蘇古籍出版社2000年5月第1版，第226-231頁。

8　朱則傑《清詩史》，江蘇古籍出版社2000年5月第1版，第227頁。

彝尊是秀水詩派的源頭，而錢載是該詩派的代表。朱彝尊曾赴
嘉興「十郡大社」，錢載也舉行過「消寒會」，但是這些詩社以
及此後的嘉慶詩社受「秀水詩派」的影響不大。然而，先賢結
社，卻能成為一種傳統，刺激當地文學的發展。

　　清代詩社與詩歌流派最為密切的例子是蘇州一帶詩社與
婁東詩派的關係。婁東詩派又稱太倉詩派、梅村詩派，是明
末清初蘇州地區的詩歌流派。婁東詩派的主要成員是「太倉十
子」，即周肇、王揆、許旭、黃與堅、王撰、王昊、王抃、王
曜升、顧湄和王攄十位詩人。順治年間，十子結課賦詩，吳
偉業選刻《太倉十子詩》。吳偉業《吳梅村全集》卷三十《太倉
十子詩序》就是十子總集的序言[9]。前文提到康熙十七年戊午
（1678），王攄開創吟社，社員有費來、錢䫒、江龍吉、顧湄、
周襞、張衍懿、顧梅、曹延懿、沈受宏和毛師柱等。其中只有
顧湄是「太倉十子」之一，這個吟社是不同於「太倉十子社」的
新詩社，但在結社行為上是一脈相承的。又，陳瑚與同里陸世
儀、江士韶、盛敬合稱為「太倉四先生」。根據朱則傑、黃治
國先生《陳瑚「蓮社」與〈頑潭詩話〉》[10]，陳瑚結「蓮社」的時
間是順治四年丁亥（1647）八月十五日到順治六年己丑（1649）
七月，「太倉四先生」就是其中的社員。上文提到順治七年庚
寅（1650）春星草堂雅集，本師朱則傑先生認為是「蓮社」的餘
響，社員也包括「太倉四先生」。康熙十年辛亥（1671），陳瑚

9　吳偉業《吳梅村全集》卷三十，上海古籍出版社1990年12月第1版，中冊
　　第693-694頁。

10　參見朱則傑、黃治國《陳瑚「蓮社」與〈頑潭詩話〉》，《浙江大學學報》
　　2013年第6期，第155-163頁。

又舉「婁東十老會」，社員為陳瑚、宋龍、陸世儀、郁法、顧士璉、盛敬、王撰、陸義賓、王育和江士韶十人，與春星草堂雅集的成員多有重合。詩人錢瞉、費來、顧湄既與陳瑚唱和，又與王摅、毛師柱等人唱和。這些層出不窮的詩社構成了順治、康熙年間蘇州一帶的結社局面。汪學金《婁東詩派》收錄了上述除顧梅外所有婁東詩人的部分作品，且收錄了吳偉業、陳瑚等人一百多首詩歌。在汪學金看來，這些詩人共同構成和發展了婁東詩派。而汪學金本人在乾嘉時期也結有詩社。乾隆年間，毛上炱與王瑜、陸元邁、朱璿、金聚奎、陸宏緒等人結社唱和，也是婁東地區詩社的代表。明末復社的領袖張溥、張采都是太倉人，稱為「婁東二張」，説明當地具有良好的結社傳統。明末詩壇的結社風氣直接影響到清初，帶來順治、康熙時期的繁榮社事。吳偉業曾參與復社，四處奔走，清初在結社方面也相當活躍，對婁東詩派的形成及其詩歌風格產生重要的影響。此後，當地詩人附庸而至，積極結社，增大了這個詩歌流派的聲勢。不難發現，清初蘇州地區的詩人並稱群體、詩社都非常豐富，與詩歌流派的確立有密切的關係。詩歌流派可以促進一地之社事，不僅發揮着歷史傳統的作用，也施展着精神指導的功能。詩派將當地的詩人及其詩歌標誌化，自樹一幟。錢謙益「虞山詩派」也為此後蘇州地區詩人結社開闢了道路，詩人不斷結社也是瓣香之意。反之，一個詩歌流派的鞏固不僅依賴詩壇盟主的號召力，詩人隊伍及詩歌的蓬勃發展，也得益於詩社集會的長期舉行。

清代前期各地詩派的湧現為當地詩人結社打下了堅實的基礎。像清初的一些大家，極具歷史責任感，可謂一派文學之先

鋒。詩歌流派是地域文化的體現，而當地詩人往往對此持讚賞態度。結社行為暗合了詩人對詩派的肯定與發展，詩人通過詩社和詩歌為該派貢獻自己的一份力量。詩人們結社之時，常常引前輩結社之先例，表達自己的文學觀點，將結社唱和視為怡情明志的一種途徑。我們不能夠將詩社完全等同於詩人群體、詩歌流派，畢竟一個詩派結社或者詩人群體結社的情況並不常見，詩派對詩社的影響更多是潛在的，詩社對詩派的推崇很大程度是一種文化自尊心理。到了清代末葉，詩派的影響漸漸減弱，詩社普遍，詩人結社較少強調是對前人的蹈襲，也不再將結社推至一定高度，結社唱和成為極其自然的交遊活動。但是，清代詩人結社行為，仍然可能是詩歌流派在不同時期的演變、復興。許多社員論詩、作詩十分重視源流，我們應當注意他們的師承與門派，這也是了解詩社宗旨、創作的一切切入點。清代詩社研究與詩派研究之間，若能建立默契的合作，能夠據以揣摩詩社的詩學理論、詩歌風格，甚至洞悉詩派的發展、分化。

（三）詩社在清詩史中的地位

　　無論清代詩人、詩歌，還是詩人群體、詩歌流派，都得到相應的重視和研究，或宏觀，或微觀。而清代詩社本身尚未得到獨立的研究，偶有個別詩社的考證，但缺乏整體性研究。結社作為一種文學活動，常作為詩人研究的附屬，以增補其交遊群體。詩社是獨立的文學現象，詩社本身、詩社之間存在豐富的內涵。無論是遺民詩社、女性詩社、八旗詩社，還是士大夫

詩社、僧寮詩社，是清代不同詩人群體結社的象徵，是詩社在清代發展完善的結果。

　　清代詩社不同的階段呈現出不同的特徵。從數量上看，清代初葉和清代末葉詩社較多，尤其是順治、康熙時期和道光、咸豐、同治、光緒時期。在清代初葉，遺民詩社雲集，志士仁人積極奔走，相與結社唱和，共談國事。相應地，這個時期的非遺民詩社也大量湧現。但從整個清朝來看，清初詩社的政治因素濃厚，純文學詩社的地位不甚重要。遺民詩人及遺民詩社在當時最具影響力。遺民詩社主要活躍於沿海地區，配合江蘇、浙江、廣東等地詩人的政治抗爭運動。由於康熙、乾隆的文化高壓，詩人們謹言慎行的心態直接影響到社事。文壇舉足輕重的詩人皆如履薄冰，即使是民間普通詩人結社，其聲勢和規模也不如明末清初。乾隆後期，結社又開始呈現發展的姿態，並且在社約、社員、集會等各個方面都規則化、制度化，逐漸完善。嘉慶相對寬鬆的文化環境，進一步打開了結社的門禁。而乾隆時期女性詩社的發展，不僅是文學高度發展的結果，也是詩社經過醞釀期開始走向全面繁榮的象徵。女性詩社一般都是純文學詩社，對政權毫無威懾力，與理學的衝突也不強烈。袁枚招收女弟子等行為，也證明女性文學受到矚目。而袁枚的行為所受到的評論褒貶不一，主要是觸犯了根深蒂固的傳統。乾嘉之際的文人，即使在結社唱和方面沒有明顯的舉動，在思想上也蠢蠢欲動，對文化自由的渴望達到一個頂峰。此後迎來嘉慶時期結社的小高潮，尤其是京城士大夫結社，在嘉道時期日漸升溫，廣泛盛行。道光、咸豐、同治、光緒是清代詩社的高潮期，這個階段的詩社，文學性和現實性並存，數

量和類型都空前豐富。而八旗詩社在清代晚期也相對活躍，滿族詩人開始爭取政治和文學上的一席之地。「消夏會」、「消寒會」，作為一種特殊的詩社，具有自己的發展軌跡，與一般詩社的歷史規律相比，既有相似，也有差別。

清代詩社主要分佈在江蘇、浙江、廣東、北京等省份。江蘇在清代初期湧現出大量的詩社，與明末社事關係密切。蘇州和揚州地區的詩社最為突出，分別與滄浪亭、虹橋等社集地點相結合，表現出獨特的面貌。浙江杭州、紹興、寧波等地都是清代結社的中心。乾隆時期以杭世駿、厲鶚為代表的杭州詩社也十分引人注意。這些地區紛紛出現詩社群。杭州「環西湖詩社群」、紹興「環鑑湖詩社群」、寧波「環月湖詩社群」都極具特色，或在時間上一脈相承，或在空間上比鄰分佈，掀起一股結社的風潮，促進詩社地域文化的形成。廣東地區的詩社在清代初期和晚期較為耀眼，尤其是屈大均等人西園唱和，成為整個清代風雅之楷模。如王士禎結社，其盛名來自於重大的集會活動即「虹橋修禊」，而屈大均「西園詩社」，真正作為一個詩社被廣為稱道，眾多詩人仿效結社，欲與之齊名。北京士大夫結社，始於嘉道時期，是推動道咸同光全國結社高潮的巨大力量。宣南地區是北京結社的聚集點，也是文化交流、匯合的重要場所。此外，其他地區如福建、山東等也出現不少詩社，展現出自己的地域特徵。這些地區的詩社之間並不是割裂的狀態，幾大結社中心往往互相影響。出仕、致仕等是詩人們參與多個詩社的重要原因，而詩人暫居、遊走別處，也可能成為某個詩社的臨時成員。考察詩人在不同階段參與的詩社，可以了解詩人的生平軌跡和思想變化。

清代詩社在時間和空間上的獨特性，足以成為學界研究的獨立對象。詩社又能成為詩人群體研究的參照。而詩社在清詩史中的地位，更多地表現為集體唱和的價值。筆者在前面已經提到詩社的作品是唱和詩歌，無論是分體、分題、分韻還是聯句，都依賴於一次集會的特定主題，形成一個創作系列，詩作水平雖有參差，但不阻礙整體詩風的醞釀。而某些社員的唱和創作和單獨創作可能存在差異。如果說單獨創作側重於內心，那麼，唱和創作則傾向於外界。唱和詩歌涉及交遊對象、出遊經歷等，展示更為豐滿的清代詩人形象。因此，也為交遊唱和詩歌的研究提供更為詳盡的資料。

　　清代詩社及其創作的特徵和價值，構成在清詩史中的重要地位，主要表現在以下兩個方面。

　　一是對明代詩社的繼承。明代文人結社的情況在何宗美先生《文人結社與明代文學的演進》一書中得到詳細的介紹和全面的研究[11]。何先生將明代文人結社分為六個時期，分章論述，沒有按詩社類型設置章節。筆者考察的對象是清代詩社或以作詩為主的詩文社，不包括純粹的詞社、文社等，因此在表現特徵更具連貫性，在集會形式上更具統一性。清代尤其是清初詩社是對明末詩社的繼承，主要體現在政治因素在詩社中的凸顯。何先生在「崇禎初期的文人結社」一節中說到：「與萬曆時期相比，有兩種基本趨勢尤值得關注：一是晚明思潮的主流已由性靈思潮轉向經世思潮；二是性靈思潮與以士人運動為

11　參見何宗美《文人結社與明代文學的演進》，人民出版社2011年3月第1版。

標誌的明末社會思潮產生了部分的融合，後者在南京體現得最突出，『文戰與黨爭一體』是明末文學思潮與社會思潮合流的形象概括。」[12]清初雖無黨爭的矛盾，但是存在漢族對清朝統治的強烈抗爭，出現了遺民詩社這一清代獨有的詩社類型，以文學的名義抒發對故國的思念，排遣心中的遺恨。一些著名遺民詩人的經世思想如顧炎武，也對當時其他詩人的選擇產生過重大影響。遺民詩社中大部分都為遺民或具有遺民思想，繼續明末的抗爭，對清政府採取不合作的態度。思想上升到文學之上，唱和詩歌中包含的氣節、精神超出藝術作品本身。在朝代更替、社會動盪之際，詩社的政治特徵往往掩蓋其文學特徵。晚明的這些趨勢放在晚清同樣適用，士大夫經世致用的思想直接反映在社詩的現實主義色彩上。清初結社波及地域廣闊，社員鬆散、自由，以詩歌彰顯品格與個性，也是對明末社事的沿襲和發展。遺民詩社，一方面是明末經世思潮影響的結果，激烈黨爭的遺產；另一方面是改朝換代導致遺民詩人群體的產生，詩人對舊朝的忠誠決定了對清政府的排斥。遺民詩社是清初最有價值的詩社類型，在整個結社史中都空前絕後，生命短暫卻異常璀璨。

二是對民國詩社的影響。光緒年間的某些詩社活動一直延續至民國時期，也促進了民國結社的繁榮。如陳去病、柳亞子、高旭發起的「南社」，成立於宣統元年（1909），民國十二年（1923）舊「南社」終結，之後又創立新社。「南社」性質較

---

12 何宗美《文人結社與明代文學的演進》，人民出版社2011年3月第1版，上冊第449頁。

為複雜，社員作家眾多，是民國詩文社的代表。又，程頌萬《石巢詩集》卷九《閒山社詩》收錄了「閒山詩社」的唱和詩歌。卷九序言記載：「宣統二年，中秋後三日，集約庵遠山𥟇，與節庵、印伯、喆甫各鈔所為詩竟夕成冊，屬汪鷗客製《桐館鈔詩圖》，限『閒山』五韻同賦，一時和者數十家。俄，節庵還粵，約庵去宜昌，社事遂闋；然寄箋賡續未已。今第錄原作，以著社始。丁巳二月晦，十髮居士記。」[13] 社員有梁鼎芬（節庵其號）、顧印愚（印伯其字）、楊覲圭（喆甫其號）和李孺（約庵其號）等人。該社於宣統二年（1910）成立，不久梁鼎芬回廣東，李孺去宜昌，詩社停止，但是紙上的唱和仍然繼續。這些清末民初的詩社，進行舊體詩的創作與唱和，結社集會形式也是承襲清代而來。顯然，像「南社」已經受到新時期的詩歌、戲劇、刊物等因素的影響而呈現多元化的社集內容，在宗旨上也是國學與新潮相提並論，指導精神關乎人類氣節、民族精神等。民國時期的詩社，是清代詩社在改良時期不斷演變的產物。

　　清代詩社的產生、發展、演變，具有不同於前朝的特點。相比明代，清代結社的盛況有過之而無不及。清代詩社的特徵和意義，體現在不同時期不同地域的結社行為中，也體現在承前啟後的歷史任務中。漫長的清代結社歷史，由於古典文學的積澱和詩人群體的努力，呈現波瀾壯闊、連綿起伏的面貌，蔚為大觀。

13　程頌萬《石巢詩集》卷九，《續修四庫全書》第 1577 冊，第 301 頁。

清代詩社叢考

一　城南詩社

　　「城南詩社」又稱「葑南詩課」，是指清代康熙年間沈德潛參加過的一個詩歌社團。與杭州相似，蘇州也是清代結社的一個中心，而「城南詩社」可謂太湖一帶詩社的代表。該社影響廣泛，與社員沈德潛的顯著詩名也不無關係。沈德潛（1673-1769），字確士，號歸愚，謚文愨，江蘇長洲（今蘇州）人。乾隆元年丙辰（1736）薦舉博學鴻詞科報罷，四年己未（1739）六十七歲始中進士。官至內閣學士兼禮部侍郎。著有《沈歸愚詩文全集》，選有《古詩源》、《唐詩別裁集》、《明詩別裁集》和《清詩別裁集》等。目前，學界對這個詩社的研究不多，通常只在研究沈德潛詩學思想的同時提及此社，比如王玉媛先生的《清代格調派研究》將它作為格調派的雛形來敘述[1]。本章將對「城南詩社」進行系統的梳理和全面的論述。

（一）結社概況

　　關於「城南詩社」的創立時間，沈德潛《沈歸愚自訂年譜》「〔康熙〕四十六年丁亥，年三十五」條有明確的記載：

> 予與張子岳未、徐子龍友、陳子匡九睿思、張子永夫禓祚結「城南詩社」，每課五題，古體五言、七言各

1　參見王玉媛《清代格調派研究》，蘇州大學博士學位論文，2011年3月。

一，律體五言、七言各一，絕句一，或五言或七言，面
成一詩，餘俱補成。一月一舉。社中序齒批閱。[2]

另外，沈德潛所作《徐龍友遺詩序》提到「余年二十三，與徐
子龍友定交。又十有二年，共結『城南詩社』。又十有七年，
龍友歿於廣南學使者署。又二十年至今，始得序其遺詩」[3]。明
確可知，沈德潛於三十五歲即康熙四十六年丁亥（1707）結此
詩社。

關於「城南詩社」的終止時間，《徐龍友遺詩序》提到「當
得意時，縱橫呼嘯，賞詩以酒，凡三四年無間。後各以事牽，
乃散去」[4]。該詩社由於詩社成員各有事務纏身，在康熙四十九
年庚寅（1710）至康熙五十年辛卯（1711）之間開始衰落。但
詩社活動並非就此終止，在康熙五十五年丙申（1716）仍有唱
和，見下文。

《沈歸愚自訂年譜》提到詩社的成員有沈德潛、張景崧
（岳未其字）、徐夔（龍友其字）、陳睿思（匡九其字，一字有
九）和張裼祚（永夫其字）五人。張景崧，江蘇吳縣人，康熙
四十八年己丑（1709）進士，官河北樂亭知縣，著有《鍛亭詩
稿》，嘗以詩呈王士禎，士禎比之於韓門張籍。徐夔，江蘇
長洲人，廩生，著有《西堂集》、《凌雪軒詩鈔》，詩集中與張

2　沈德潛《沈德潛詩文集》附錄二，人民文學出版社2011年10月第1版，第
　　4冊第2102頁。
3　沈德潛《沈德潛詩文集·歸愚文鈔》卷十二，人民文學出版社2011年10月
　　第1版，第3冊第1322頁。
4　沈德潛《沈德潛詩文集·歸愚文鈔》卷十二，人民文學出版社2011年10月
　　第1版，第3冊第1322頁。

錫祚唱和頗多。陳睿思，康熙四十一年壬午（1702）舉人。
張錫祚，江蘇吳縣人，著有《啖蔗軒詩》、《鋤茅遺稿》，康熙
三十七年戊寅（1698）從葉燮學詩。沈德潛和張景崧也都是葉
燮弟子。

《徐龍友遺詩序》一文中，成員有所增加：

> 方其結詩社於城南也，龍友始其事。入社者張子
> 岳未、永夫，顧子嗣宗，陳子有九，吳子蘊山，尤子少
> 逸，丁子樹芳，余亦追隨其後。月一舉，古今體凡五
> 題，每舉必面課二詩。[5]

社員增加顧紹敏（嗣宗其字）、吳「蘊山」、尤「少逸」和丁「樹
芳」四人。徐燮為「城南詩社」的創始人無疑。吳、尤、丁三
人，其名未詳。

此外，沈德潛《清詩別裁集》卷二十九記載：「張進，字翼
庭，江南吳縣人。乾隆壬戌〔1742〕進士，官翰林院庶吉士，
著有《綠野園詩》。予與徐子龍友諸人結『葑南詩課』，翼庭與
焉。許其清不染塵。選貢入都後，規模台閣體，不復唱渭城
矣。今所錄者，皆結詩課時作。」[6]可見，張進也是「葑南詩課」
的成員之一。

根據彭啓豐《芝庭續稿自序》所載：「予少好為詩。自為諸
生，即入『城南詩社』，與沈歸愚先生及徐龍友、陸學起諸子

---

5 沈德潛《沈德潛詩文集・歸愚文鈔》卷十二，人民文學出版社2011年10月
   第1版，第3冊第1322頁。
6 沈德潛《清詩別裁集》卷二十九，上海古籍出版社1984年8月第1版，下
   冊第1208頁。

比切宮商、寄傲風月，誠樂之。」[7]「城南詩社」的成員還應增補彭啓豐（芝庭其號）和陸蒼培（學起其字）二人。又，彭啓豐之子彭紹升《二林居集》卷十八《書諸名公事狀後二則》云：「府君……年十六，補諸生。十九，侍講公即世。二十一，娶宋夫人。治舉業，暇好為詩，從『城南詩社』沈確士、徐龍友、陸學起諸耆宿切劘講習，作述懷詩，慨然以復古為己任。雍正四年，舉鄉試。明年，會試第一。時年二十七矣。殿試卷列第三，世宗親擢第一，授翰林院修撰。」[8]兩處可相互證明。沈德潛的《歸愚詩鈔》亦有詩作記錄與彭啓豐的交遊，如卷六《過海淀，訪彭芝庭宮允，即送之江右》等[9]，他還為彭啓豐作《〈使滇集〉序》[10]。彭啓豐（1701—1804），彭定求之孫，康熙五十五年丙申（1716）十六歲補為諸生，雍正五年丁未（1727）狀元，著有《芝庭詩文稿》等。彭啓豐自為諸生便入「城南詩社」，可見該詩社在康熙五十五年丙申（1716）仍有活動，但應該沒有每月一舉如此頻繁。陸蒼培，與彭啓豐友善，著有《蓬虆集》、《玉圃詩稿》等。

總而言之，「城南詩社」的成員，目前所知的有徐虁、沈德潛、張景崧、張錫祚、顧紹敏、陳睿思、吳「蘊山」、尤「少逸」、丁「樹芳」、張進、彭啓豐和陸蒼培等計十二人。

7　彭啓豐《芝庭先生集》，《清代詩文集彙編》第296冊，第526頁。

8　彭紹升《二林居集》卷十八，《清代詩文集彙編》第397冊，第524頁。

9　沈德潛《沈德潛詩文集·歸愚詩鈔》卷六，人民文學出版社2011年10月第1版，第1冊第98頁。

10　沈德潛《沈德潛詩文集·歸愚文鈔》卷十二，人民文學出版社2011年10月第1版，第3冊第1320頁。

（二）創作傾向

沈德潛《清詩別裁集》收錄的部分社員詩歌數量，如下表：

詩人	詩歌
顧紹敏	19首（卷22）
張錫祚	15首（卷25）
徐夔	9首（卷26）
張景崧	5首（卷22）
陳睿思	3首（卷19）
張進	3首（卷29）
陸蒼培	2首（卷29）

《清詩別裁集》於乾隆二十六年辛巳（1761）刻成，沈德潛晚年的詩學思想未必與其結社時完全相同，但「溫柔敦厚」的詩論和尊唐傾向早已形成，《清詩別裁集》的選定標準和審美取向仍有一定的借鑒意義。需要注意的是，《清詩別裁集》所收「城南詩社」成員的詩歌未必是結社期間的作品，雖不能以此概括各個社員的個人風格，但在分析和判定的基礎上能夠了解社員的創作和心態，甚至能觀察社員詩風的轉變和發展。

《清詩別裁集》所收社員張進的詩歌都是結社時所作，深得沈德潛讚許，也能代表張進早期的詩風。三首如下：

> 出谷山路轉，松深餘落暉。
>
> 隔林聞語響，始知人采薇。
>
> 歸鳥引前路，澗花點客衣。
>
> 倚笻憩梵宇，鐘鳴自掩扉。（《由空谷至中峰》）

客居常苦寒，況復積深雪。

　　夜明山鳥驚，清響寒柯折。

　　遙知池上園，盧白人蹤絕。(《雪中憶家園池上草堂》)

　　意氣偶然激，成名竟殺身。

　　空山餘落日，古木出青燐。

　　地近要離墓，雲連胥水濱。

　　匹夫能就義，嗟爾附炎人。(《五人墓》)[11]

張進五言詩歌有王維山水詩的清空之氣，詩中意象空靜且不染纖塵，山水之樂中隱藏着寂寞之感，與其進入仕途之後的館閣詩風迥異。

　　徐燨作為「城南詩社」的發起人，其詩歌具有一定代表性的。王玉媛先生的博士論文提到：「可惜，徐燨去世較早，詩集遺失。《清詩別裁集》收其詩9首。因此，他雖為格調派前期代表之一，卻因資料缺乏，無從研究。」[12]此處王先生或有失察，因浙江圖書館和蘇州圖書館等均藏有徐燨的詩集《凌雪軒詩》。徐燨的詩集中有許多和社員交往的作品，如《宿永夫山齋》、《移居贈永夫》、《得嗣宗書》、《坐雨懷永夫》、《書翼庭綠野園詩稿後》等。《凌雪軒詩》卷四有詩《歲暮書懷五首》，其四曰：

11　沈德潛《清詩別裁集》卷二十九，上海古籍出版社1984年8月第1版，下冊第1208-1209頁。

12　王玉媛《清代格調派研究》，蘇州大學博士學位論文，2011年3月，第82頁。

平生同學者，相知四五人。各各天一涯，落落星當晨。痴顧去長沙（嗣宗），瘦沈京江津（礁士）。仲子得一官，設教西河濱（匡九）。昔如驅與蛋，今若越與秦。所憂學殖荒，非為風雨親。不見雲中雁，哀鳴求其群。[13]

該詩集內部按體裁分類，再編年排序。同卷前八題有《春暮漫興四首（癸巳作）》[14]，因此《歲暮書懷五首》應作於乾隆五十二年癸巳（1713）暮春之後，正是「城南詩社」衰落之時。「各各天一涯」等詩句也印證了沈德潛序中所提到的「各以事牽」。徐夔初學韓愈，後學李商隱與沈德潛唱和，詩派相近。

《清詩別裁集》卷二十五張錫祚名下詩話說：「詩初以生新為宗，能盤硬語，後一歸平淡，在韋左司、柳柳州之間。」[15]由此可知，張錫祚的詩風經歷了生新到平淡的變化，與韋應物、柳宗元的風格相近。王豫《江蘇詩徵》卷五十八也收錄了張錫祚的詩歌，並引用了沈德潛的這段評價[16]。

儘管《沈歸愚自訂年譜》提到各個社員詩風不同，但仍然具有共同的時代背景。沈德潛《歸愚詩鈔》所收詩歌有一部分是與社員的唱和詩作，但無法判斷是否為「城南詩社」結社時所作。沈德潛結「城南詩社」時，已有詩名。觀察沈德潛早期的詩學思想，他比較支持詩歌的復古，當然是指對唐詩神韻的

13 徐夔《凌雪軒詩》卷四，乾隆刻本，第13a頁。

14 徐夔《凌雪軒詩》卷四，乾隆刻本，第9b頁。

15 沈德潛《清詩別裁集》卷二十五，上海古籍出版社1984年8月第1版，下冊第1030頁。

16 王豫《江蘇詩徵》卷五十八，道光元年辛巳（1821）焦山海西庵詩徵閣刻本，第1a頁。

回歸。沈德潛讚賞明代前、後七子所提倡的格調,主張模擬漢魏盛唐的詩歌。《清詩別裁集》凡例曰:「愚未嘗貶斥宋詩,而趣向舊在唐詩。」[17]可見,其厚唐薄宋的傾向十分明顯。詩社其他成員的詩作,也是較為注重詩歌的情韻,較多模仿唐代詩人的風格。沈德潛早年的境遇不佳,但其詩歌保持中正平和的風貌,秉承「溫柔敦厚」之旨,這與穩定的時代背景也有密切的關係。清初的政治局面給詩人和詩歌帶來的強烈衝擊已經消失,取代的是一種康乾盛世的文治。雖然沈德潛屢試不中,大器晚成,但對科舉功名的熱衷一直不減,也不斷追求在文學方面的造詣,論詩頗有原則和系統,制定了許多作詩的規則。而「城南詩社」其他成員的聲名雖不如沈德潛顯赫,但詩風方面亦如沈德潛風雅正宗,其社員的復古傾向明顯,對唐詩的揣摩和學習畢現於作品之中。

(三) 詩學葉燮

「城南詩社」成員張景崧、張錫祚與沈德潛一樣都曾學詩葉燮,因此葉燮詩論對「城南詩社」的詩學思想和整體創作應當有間接的影響。沈德潛的詩歌理論著作《說詩晬語》對葉燮《原詩》的觀點有多處沿襲。

《原詩‧內篇(上)》主要探討詩歌的源流正變等,《原詩‧內篇(下)》主要探討詩歌的創作,外篇則是對詩歌的具體評論。《原詩》云:「詩必有源流,有本必達末;又有因流而溯

---

17 沈德潛《清詩別裁集》凡例,上海古籍出版社 1984 年 8 月第 1 版,上冊第 2 頁。

源，循末以返本。其學無窮，其理日出。乃知詩之為道，未有一日不相續相禪而或息也。」[18]沈德潛繼承葉燮，說詩也強調因流溯源，其《說詩晬語》云：「學者但知尊唐而不上窮其源，猶望海者指魚背為海岸，而不自悟其見之小也。今雖不能竟越三唐之格，然必優柔漸漬，仰溯風雅，詩道始尊。」[19]又，《原詩》在論述詩歌正變的同時尊崇「溫柔敦厚」，而沈德潛將詩教作為其論詩宗旨。不同的是沈德潛和葉燮對明七子的態度。葉燮側重求新和除弊，對一些詩人的評定也有失公允，而沈德潛主張復古和格調。「城南詩社」其他成員詩風各異，詩作也有一定的復古、宗唐的傾向，但對待唐詩、宋詩的具體態度不得而知。因資料不詳，全部成員結社唱和時的作品總貌已無法得知，但能夠根據其師其友的理論構想和創作實踐推知一二。不過可以肯定的是，張景崧和張錫祚既學詩葉燮，在創作方面必然頗得其詩法，這些具體的創作方法比抽象的詩歌理論更容易傳授和習得，實用性更強。

　　沈德潛、張景崧與王士禎也都有所交往。王士禎為清初文壇盟主，論詩推崇神韻，沈德潛的格調說汲取、融匯了清初一些學說的長處，也有所排斥和糾正。如果說罷官退隱的葉燮對政治仍然較為失望的話，王士禎追求清逸淡遠的詩歌境界可視為文人心態與清朝政治環境融合的一種過渡，而沈德潛的格調說則是清朝統治地位穩定的側面體現，文人的詩歌理論也嚴格遵守儒家之道。

18　葉燮《原詩·內篇（上）》，人民文學出版社1979年9月第1版，第3頁。

19　沈德潛《沈德潛詩文集·說詩晬語》卷上，人民文學出版社2011年10月第1版，第4冊第1908頁。

沈德潛為社中詩友詩集所作的序言中經常探討詩人如何處窮、處達等安身立命的儒家學說，沒有葉燮詩論的標異之態和激烈之氣。「城南詩社」是一個文學性較強的詩歌社團，其社員大多為窮困的儒生，走宦遊的道路，在科舉之外苦心追求詩歌方面的造詣。沈德潛聲名大噪也是相去「城南詩社」多年的事情。總之，「城南詩社」成員繼承了葉燮的一些詩學精神，摒除葉燮詩論的偏激一面，在模擬和創作中體現其具體規則和方法，與當時的歷史背景有着不可脫離的關係。

（四）釋宗渭與葑南之招

康熙年間，詩僧釋宗渭的詩歌中出現過「葑南之招」，此「葑南」是否為沈德潛「葑南詩課」，釋宗渭是否參加過該詩社？值得考辨。釋宗渭是清初江南僧人，字紺池，生卒年不詳，著有《芋香詩鈔》，與尤侗、尤珍、彭定求、汪立名等交遊，大致活躍在康熙、雍正年間。《清詩別裁集》卷三十二收錄其詩九首，與收錄的其他詩僧作品數量相比較，算是多的。釋宗渭詩中多禪理。其《芋香詩鈔》卷四有詩《立秋前一日，赴葑南之招，次韻五首》，如下：

芒鞋破夏愧浮生，得向風亭趁曉晴。
入社但教機慮盡，溪花山鳥笑相迎。（其一）

秋風起處飽湖蓴，獨羨門庭少雜賓。
此日毗耶方杜口，筌蹄不落證三身。（其二）

未須逃暑思河朔，靜捲湘簾對畹蘭。

坐久自然除熱惱，逆風香送白栴檀。（其三）

追涼漫待炎威撤，金井明朝葉墜時。

六逸高蹤猶未遠，碧鮮深處共題詩。（其四）

綠滿良苗水繞門，平田三徑接波痕。

扶疏老樹濃如畫，誰補邽南雨後村。（其五）[20]

這些詩歌均為邽南招集所寫。然而，《四庫未收書輯刊》中所收《芋香詩鈔》是康熙四十三年甲申（1704）影印本，在沈德潛「邽南詩課」結社時間康熙四十六年丁亥（1707）之前，因此釋宗渭不可能參與「城南詩社」。

那麼，這些詩作的寫作時間具體為哪年，這個「邽南之招」指的是甚麼，需進一步考證。僅根據《芋香詩鈔》較難判斷這些詩歌的創作時間，然而尤珍與釋宗渭唱和頗為頻繁，其《滄湄詩鈔》有明確的編年，可以互為參考。《立秋前一日，赴邽南之招，次韻五首》其後一題為《是日，復限得「夏」字為韻》：「出門畏炎氛，微雨恰徂夏。主人愛素心，解衣共清暇。取暢不在遠，悠然邽南舍。竹翠捎雲根，蟬聲噪林罅。名理愜許支，新詩擬陶謝。感時盼庭柯，明朝一葉下。會合安可常，良時天實假。餘興待高秋，西山同命駕。」[21]《滄湄詩鈔》卷二有古體詩《南畇草堂齋集，限「夏」字韻》，其後第二題為《南畇齋集分得陶詩，和劉柴桑一首》[22]，都明確作於康熙三十四

---

20 釋宗渭《芋香詩鈔》卷四，《四庫未收書輯刊》第八輯第23冊，第764頁。
21 釋宗渭《芋香詩鈔》卷四，《四庫未收書輯刊》第八輯第23冊，第764頁。
22 尤珍《滄湄詩鈔》卷二，《四庫未收書輯刊》第八輯第23冊，第499-500頁。

年乙亥（1695）。而釋宗渭《是日，復限得「夏」字為韻》後第四題為《飯彭太史南畇草堂，歷繭園、滄湄諸勝，同和陶詩，分得聯句韻》[23]。可推知，《是日，復限得「夏」字為韻》與《南畇草堂齋集，限「夏」字韻》，《飯彭太史南畇草堂，歷繭園、滄湄諸勝，同和陶詩，分得聯句韻》與《南畇齋集分得陶詩，和劉柴桑一首》分別為同年同次集會所作。因此，《立秋前一日，赴葑南之招，次韻五首》的寫作時間應為康熙三十四年乙亥（1695）立秋前一日。「葑南之招」指的是舉行於彭宅草堂的集會無疑。彭宅草堂在當時成為「葑門第一家」，宅內園池精緻、清幽。彭定求的南畇草堂和繭園有諸多集會唱和，在當時應該也頗有影響力，是否有固定的社名、集會時間和成員等則有待深入考證。目前看來，彭定求結社時間和次數都較為零散，而沈德潛「葑南詩課」具有約定的規範，便於詩社和詩人群體的考察和研究。總之，釋宗渭並無參加「葑南詩課」，並非該詩社成員。

（五）北郭詩社

「城南詩社」衰落之後，沈德潛於康熙六十一年壬寅（1722）三月結「北郭詩社」，主持社事。根據沈德潛《歸愚詩鈔》卷十《北郭詩人歌》[24]，主要社員有張畹、張�、周準、尤怡、毛樹杞、洪鈞、朱玉蛟、朱受新、陳魁、沈用濟和方朝

23　釋宗渭《芋香詩鈔》卷四，《四庫未收書輯刊》第八輯第23冊，第765頁。

24　沈德潛《沈德潛詩文集‧歸愚詩鈔》卷十，人民文學出版社2011年10月第1版，第1冊第194-195頁。

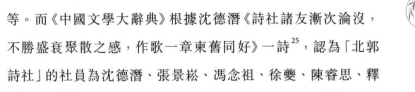

等。而《中國文學大辭典》根據沈德潛《詩社諸友漸次淪沒，不勝盛衰聚散之感，作歌一章柬舊同好》一詩[25]，認為「北郭詩社」的社員為沈德潛、張景崧、馮念祖、徐煐、陳睿思、釋岑霈、張錫祚、方還、沈用濟、顧紹敏、陳培脈等人，是不準確的。此詩云「當年結詩課，素心聚南村。後來聯北郭，十子追前民」，感歎的是「城南」和「北郭」兩個詩社的衰落，所以詩中提到的包含了兩個詩社的社員，其中釋岑霈、方還、沈用濟、陳培脈等人應為「北郭詩社」成員。此外，《歸愚詩鈔餘集》卷一《哭周迂村》詩云：「昔年泛西湖，邂逅逢迂村。以詩為針引，道合如弟昆。吟社聯北郭，劘刃俱斷斷。」[26]說明周準（迂村其號）是「北郭詩社」的成員。《江蘇詩徵》卷七十六彭啟豐名下詩話說：「先生少與沈文慤同學，與文慤同輯《古詩源》行世。嘗結『北郭詩社』，與徐龍友、盛青嶁、陸學起輩唱和無間。」[27]可見，彭啟豐、徐煐、盛錦（青嶁其字）、陸蒼培等人也是「北郭」社員。不一一增補。

「北郭詩社」是「城南詩社」的延續，也是沈德潛思想和創作的再發展。但「城南詩社」和「北郭詩社」代表的都是沈德潛詩學思想的孕育以至成熟階段。通過結社唱和的方式來消磨時間，抒發志向、情感，聯絡詩友情誼，是蘇州詩人的風雅之舉。沈德潛中年仍屢試不第，起結詩社既有助於個人創作水平

25 沈德潛《沈德潛詩文集·歸愚詩鈔》卷九，人民文學出版社 2011 年 10 月第 1 版，第 1 冊第 183 頁。

26 沈德潛《沈德潛詩文集·歸愚詩鈔餘集》卷一，人民文學出版社 2011 年 10 月第 1 版，第 2 冊第 439 頁。

27 王豫《江蘇詩徵》卷七十六，道光元年辛巳（1821）焦山海西庵詩徵閣刻本，第 14b 頁。

的提高，也是詩人之間交遊的一種方式。「城南詩社」成員蘇州詩人居多，除地域性較強外，整體風格並不十分突出，也沒有總集存留，儘管詩社因沈德潛的詩名而享有聲譽，但是其他詩人大都為布衣或早逝，在創作方面無法像某些詩社形成一定的風格和派別。

「城南詩社」作為康熙年間蘇州地區的一個詩歌社團，其結社形式和起止盛衰等仍具有代表性。清代蘇州一帶社事繁榮，沈德潛友人侯銓、陳祖範、汪沈琇、王應奎四人曾結「海虞詩課」。「城南詩社」無疑是當地層出不窮的詩社中的典型。而「城南詩社」衰落，直至「北郭詩社」興起，這其中的轉化、蛻變，更是詩社從幼稚走向成熟的必經之路。沈德潛對詩社的領導和組織間接影響社員的審美和創作，而「城南詩社」的成員多為沈德潛的摯友，他們的境遇對沈德潛的人生觀、詩學觀等的形成亦有不容小覷的作用。對於「城南詩社」和「北郭詩社」的內部區別，沈德潛在短期內的思想變化，兩個詩社的詩風對比等，都值得深入探討。

二　友聲詩社

「友聲詩社」，指的是清代乾隆年間山西介休地區茹綸常參加的一個詩社。茹綸常生於雍正十二年甲寅（1734），卒年不詳，字文靜，號容齋，又號簇罿、山樵，山西介休人，早有詩名，屢試不第，遂棄舉從文，著有《容齋詩集》和《容齋文鈔》。在茹綸常的集子中，有不少關於「友聲詩社」的資料和作品，也收錄了其他社員的部分詩歌。下面擬對該詩社進行系統的梳理和研究。

（一）結社概況

「友聲詩社」的基本情況，在茹綸常的《容齋詩集》中有所記載。其卷十六《友聲集》序言說：「丁酉歲，同人有『友聲』之集，蓋以繼前『樂與詩社』也。與者任君西郊，張君蘭谷暨其弟松畹、孫其彙，李君曉園暨其小阮思白，高君竹泉，梁君麓溪，王君芝田。王，靈石人，寓介，少而颿，有志風雅，實倡斯舉。而余亦得附諸君子之末，故是歲之詩並以附焉。」[1]可知，該詩社的成員有任大廩（西郊其號）、張聖訓（蘭谷其號）、張聖詔（松畹其號）、張泰初（其彙其字）、李日普（曉園其號）、李堉（思白其字）、高助（竹泉其號）、梁本榮（麓溪其

---

[1] 茹綸常《容齋詩集》卷十六，《續修四庫全書》第1457冊，第266頁。下引《容齋詩集》和《容齋文鈔》均為該版本同冊，從略。

號）、王賡風（芝田其號）和茹綸常等十人。張聖詔、張泰初分別是張聖訓的弟弟和孫子；李塏是李日普的侄子。王賡風是該詩社的發起人。除茹綸常外，這些社員的詩集大都不存。

　　由上述記載可知，「友聲詩社」的成立時間為乾隆四十二年丁酉（1777）。《容齋詩集》卷十六《友聲集》收錄茹綸常社集詩作《抗懷草堂「友聲」第一集，以「斂翮閒止，好聲相和」為韻（得「斂」字）》：「鶯語澀未調，柳色淡如染。白髮感蹉跎，年華惜荏苒。學植將就荒，虓闞未少貶。所欣君子交，求友略繩檢。文苑昔濫廁，詩壇茲復忝。早謝溫李艷，頗懾韓孟險。揮毫春興酣，傾杯酒波灩。阿誰第七成（時松畹未與，同集者七人），夕照已西斂。」[2] 可知第一次集會發生在該年春季。

　　關於「友聲詩社」的結束時間，《容齋詩集》卷十七《秦樹集》有所記載。其最後一題《和陶有會而作（並序，「友聲」二十四集）》，小序說：「歲云暮矣，穀價翔踴，食指繁眾，仰給於市，既用自虞，行念鄉邑，慨然有會，遂和陶作。」[3] 本卷所收，都是乾隆四十三年戊戌（1778）的作品。整部《容齋詩集》，明確標出「友聲詩社」的最後一次社集就是這第二十四次集會，時間為該年年底。而在卷十八《歸與集》，一方面仍有記載社員之間的唱和、交往，另一方面又沒有標明為第某次社集，如《秋日簡諸同志》、《重陽後五日，曉園擁書軒落成，招集諸同人看菊》[4]。這兩首詩歌的創作時間都在乾隆四十四年

<hr />

2　茹綸常《容齋詩集》卷十六，第267頁。

3　茹綸常《容齋詩集》卷十七，第288頁。

4　茹綸常《容齋詩集》卷十八，第291、293頁。

己亥（1779）。「友聲詩社」在該年應當仍有一些零散的集會活動，只不過已是詩社的餘波。

　　總而言之，「友聲詩社」創立於乾隆四十二年丁酉（1777）春季，大約結束於四十四年己亥（1779），歷時兩年多。茹綸常的唱和作品主要收錄於卷十六《友聲集》、卷十七《秦樹集》。而卷十九《獨吟集》，其命名也從側面表明了該詩社不再舉行而徹底結束，詩人孑然獨吟。

　　至於「友聲詩社」的衰落原因，我們也可透過《容齋詩集》探知一二。卷十九《獨吟集》序言說：「己亥冬，芝田既遊山左，西郊復歸道山。庚子春，松畹以謁選北上。一時騷壇，風流雲散矣。辛丑，遭炊臼之戚，吟詠益廢。癸卯，蘭谷又歿。故首尾四年，所得詩止如干首。取白傅『詩成止作獨吟人』之句，曰《獨吟集》，聊紀歲月，無足存也。」[5]乾隆四十四年己亥（1779），王贄風遊歷山東，任大廩逝世；四十五年庚子（1780），張聖詔北上；四十六年辛丑（1781），茹綸常又遭受喪妻之痛；四十八年癸卯（1783），張聖訓逝世。該卷同時收錄了《哭西郊二首》、《送松畹北上二首，用留別韻》、《悼亡詩八首（有序）》和《哭蘭谷二首》[6]。這些詩作既勾勒出詩人的經歷，也說明了茹綸常一度廢棄詩歌創作的原因，即「友聲詩社」在己亥年漸漸衰落以至消亡的原因。社員的離世與變遷通常是導致詩社沒落的直接原因。

5　茹綸常《容齋詩集》卷十九，第296頁。

6　茹綸常《容齋詩集》卷十九，第296、296、298、301頁。

（二）歷次集會

前文已經提及《容齋詩集》卷十六、卷十七記載了「友聲詩社」歷次集會。茹綸常所作各集詩歌，體裁和題目如下：

五古，《抗懷草堂「友聲」第一集，以「斂翩閒止，好聲相和」為韻（得「斂」字）》；

七律，《留春（限「春」字，「友聲」二集）》；

五古，《南村雜詠二十首，為曉園賦（「友聲」三集）》；

五古，《詠古八首（「友聲」四集）》；

七古，《題文湖州畫竹（「友聲」五集）》；

七絕，《夏杪集蓮花洞，即事分韻（「友聲」六集）》；

七律，《七月七日，集佳興園，用工部〈題張氏隱居〉韻（「友聲」七集）》；

五律，《分詠秋卉四首（「友聲」八集）》；

五古，《分詠菊送芝田，得鶴頂紅（「友聲」九集）》；

五律，《冬日述懷，分體得五言律四首（「友聲」十集）》；

五律，《聲影詩十二首（「友聲」十一集）》；

五排，《望雪（分得「先」韻，「友聲」十二集）》；

七絕，《春日雜詩六首，分得「蒸」韻（「友聲」十三集）》；

樂府，《詠史樂府，分用漁洋山人原題五首（「友聲」十四集）》；

五古，《佳興園雜詠十首，為蘭谷賦（「友聲」十五集）》；

五律，《言息盧雜詠，分得棕拂（「友聲」十六集）》；

七絕，《分題晚唐人詩集，得飛卿金荃集（「友聲」十七集）》；

五古，《一畝園雜詠十首，為麓溪賦（「友聲」十八集）》；

五律，《初秋集金魚溝修真庵，送竹泉南遊，分得「蕉」字二首（「友聲」十九集）》；

七律，《秋日靜觀園即事分韻（得「山」字，「友聲」二十集）》；

五律，《孟冬集西郊盧受堂，懷竹泉姑蘇、芝田都門，以「臨觴念佳期，泛瑟動離聲」為韻，得「佳」字二首（「友聲」二十二集）》；

七古，《對酒二首（「友聲」二十三集）》；

五古，《和陶有會而作（並序，「友聲」二十四集）》。[7]

「友聲」二十一集在該詩集中缺乏記載，上述總共二十三次集會。從詩題的季節性可以看出，大約記錄了兩年期間的唱和吟詠。集會內容有詠古、詠史、詠物、述懷、題畫等。集會地點有抗懷草堂、南村別墅、蓮花洞、佳興園、言息盧、一畝園、修真庵、靜觀園、盧受堂等。可見，該詩社活動主要集中在社員宅第舉行，較少出遊。清代詩社大多以宅第、山水等為社集之地，主要分為室內居所和室外自然兩種不同性質的聚集地。很顯然，「友聲詩社」屬於前者。聯繫《容齋詩集》的其

7　茹綸常《容齋詩集》，第267-288頁。

他詩篇,這裏的南村別墅,是李日普的別業;佳興園,是張聖訓的園林;言息廬,是茹綸常的書齋;一畝園,是梁本榮的家舍;虛受堂,是任大廩的堂屋。而抗懷草堂的主人在詩集中卻沒有記載。既然王賡風首先發起社集,那麼第一次集會的地點抗懷草堂,應當就是其住宅。這樣輪流做東的形式,在古代乃至近代詩社活動中十分常見,也是相對規範和合理的一種集會方式。

關於「友聲詩社」各集的體裁,上文主要是以茹綸常的詩作為準。但不可否認,存在某次集會中各個社員創作體裁不同的情況。如:根據《容齋詩集》,第九次集會,茹綸常所作《分詠菊送芝田,得鶴頂紅(「友聲」九集)》是五言古詩;高助所作《得朱盤捧桂》是樂府詩;張泰初所作《得紫蝴蝶》則是五言律詩。大抵各位社員選擇了適合自己發揮的體裁進行創作。第二十二次集會《孟冬集西郊虛受堂,懷竹泉姑蘇、芝田都門,以「臨觴念佳期,泛瑟動離聲」為韻,得「佳」字二首(「友聲」二十二集)》,茹綸常所作兩首均為五言律詩,而其他社員在分到仄聲韻的情況下,詩作卻只能為古詩。又如第一次集會,茹綸常分得「斂」字,梁本榮分得「翻」字,都作五言古詩,而其他社員也有作近體詩的可能。但是,一般來說,每次集會的體裁大都相同,各人分賦各體的情況雖存在卻不多。以茹綸常的作品為例,可知該詩社二十三次集會的體裁運用情況,如下表:

體裁	次數
五古	7
七古	2

五律	7
七律	2
七絕	3
五排	1
樂府	1

由上表可知，該詩社運用五言古詩、五言律詩、七言絕句和七言律詩的次數相對較多，存留的五言詩比七言詩豐富。

165

除了茹綸常本人的社集存詩，《容齋詩集》還收錄了其他九名社員的詩作。詩題如下：

第一集，梁本榮《得「翩」字》；

第四集，任大廩《阮孚屐》，梁本榮《徐景山酒鎗》；

第五集，張聖詔《題文湖州畫竹》，任大廩、張聖訓《題唐六如〈香山九老圖〉》，梁本榮、王賡風《為容齋題馬遠〈山水〉》，李日普、李堉《題周東村〈三顧草廬圖〉》；

第六集，王賡風《同賦》；

第七集，張聖訓、梁本榮、李日普同題詩作；

第八集，高助《得朱盤捧桂》，張泰初《得紫蝴蝶》；

第十三集，高助《分得「青」韻》；

第十四集，任大廩《卿曹拜》；

第十五集，張聖詔《香林橋》；

第十六集，梁本榮《得沉香硯山》；

第十七集，李日普《得玉溪生集》，李堉《得天隨子集》，張泰初《得韓冬郎集》；

第二十集，張聖訓《得「風」字》，張聖詔《得「雷」字》。[8]

《容齋詩集》總共收錄其他社員十二次次集會的二十五題詩歌。所錄各個社員詩歌題數如下表：

社員	題數
梁本榮	5
任大廩	3
張聖詔	3
張聖訓	3
李日普	3
王賡風	2
李堉	2
高助	2
張泰初	2

結合這二十五題詩歌，可以更為全面地看待「友聲詩社」的詩歌創作。從這個表格也可以確定，該詩社的社員只有十人，表格中前面幾位社員與茹綸常的交往相對更為頻繁。

(三) 創作傾向

「友聲詩社」的創作情況可以通過現存的詩歌進行分析。該詩社的作品主要反映出以下三個藝術特色。

8　茹綸常《容齋詩集》，第267-285頁。

一是淡泊的心態。例如第七次集會《七月七日,集佳興園,用工部〈題張氏隱居〉韻(「友聲」七集)》,部分社員詩作如下:

別墅南村羨隱求,曝衣時節興偏幽。
清秋招我過三徑,白髮輸君占一邱。
泥飲纏從蓮社醉,感懷更繼竹林遊。
年年河漢增惆悵,往事徒勞記刻舟。(茹綸常)

雨餘同氣又相求,此日園林景倍幽。
幾處蟬聲聞竹樹,一灣流水繞山邱。
期將吟興酣佳節,莫便言歸好夜遊。
卻笑今宵同乞巧,吾生空惜膠杯舟。(張聖訓)

良辰有酒復何求,又值名園景物幽。
天上佳期隔河漢,人間真樂在山邱。
碧梧翠竹參差見,水榭風亭散漫遊。
三百杯傾吾已醉,何須秉燭更浮舟。(梁本榮)

欣逢佳節得招求,別墅新秋景更幽。
竹裏流泉通窈窕,座中塵榻接墳邱。
憑誰犢鼻猶思曝,共我杯湖且泛遊。
卻笑眼花同賀老,醉歸騎馬似乘舟。(李日普)[9]

這四首同題詩歌,用杜甫《題張氏隱居》韻,原詩為:「春山無伴獨相求,伐木丁丁山更幽。澗道餘寒歷冰雪,石門斜日到林

---

9 茹綸常《容齋詩集》卷十六,第273-274頁。

丘。不貪夜識金銀氣，遠害朝看麋鹿遊。乘興杳然迷出處，對君疑是泛虛舟。」[10]「友聲詩社」社員的作品和杜甫的詩歌一樣，描述的都是清幽的景致和嚮往隱退的淡泊志向。他們與茹綸常一樣為當地詩壇的活躍詩人，精於詩文創作，愛好交遊，具有傳統詩人的文化情懷，注重提升藝術造詣。據筆者推測，這些社員的社會地位應該不十分顯赫，可以說是一個讀書人的群體。

第二十四次集會《和陶有會而作（並序，「友聲」二十四集）》和第一次集會，都用陶淵明詩句為韻，也再次反映社員整體的淡泊心態。當然，和陶詩等並不足以完全說明該詩社的傾向和趣味。因為，清代多數詩人和詩社，無論是否追求功名利祿，大都進行和陶詩的創作，或轉移科舉的失意，或掩飾官場的慾望，附庸風雅。而「友聲詩社」對於藝術的強烈追求，則可充分反映社員的情志。如：第五次集會，各社員分題名畫；第十七次集會，各社員分題晚唐人詩集。這類作品在《容齋詩集》中也頗為常見。生活的心態和重心可能使詩人將大部分時間投向文學、藝術。因此，詩社是社員共同審美、志向、格調的體現，也是淡泊的心態所驅。而詩社反過來也鞏固了詩人群體的心態和價值觀。清代一些詩社存在凌亂、分散的現象，缺乏凝聚力，與其社員參差的經歷和心態密不可分。社員開始出現不同的探索和追求，往往是詩社趨向瓦解的端倪。

二是詩學的修養。賞花、飲酒、望雪等是一般詩社的基本活動內容，而題畫、論詩等對社員文學程度的要求相對較高。

---

10 仇兆鰲《杜詩詳注》卷一，中華書局1979年10月第1版，第1冊第8頁。

例如第十七次集會，分題晚唐人詩集，作品如下：

> 披卷閒吟播捫詞，就中風骨幾人知。
> 浣花流麗香奩媚，誰與金荃鬥色絲。（茹綸常）
>
> 錦瑟由來著解難，八叉綺麗豈能先。
> 石林長孺工摸索，安在無人作鄭箋。（李日普）
>
> 潦倒江湖竟陸沉，松陵唱和有同心。
> 更將漁具殷勤詠，惆悵無人繼好音。（李堉）
>
> 鳳蠟燒殘未忍看，香奩詩格獨登壇。
> 後人莫便輕訾議，細膩風光正自難。（張泰初）[11]

茹綸常題的是溫庭筠《金荃集》，李日普題的是李商隱《玉溪生集》，李堉題的是陸龜蒙《天隨子集》，張泰初題的是韓偓《香奩集》。從以上四首作品可以看出，茹綸常表達了對溫庭筠作品的喜愛，高度評價了其纖巧穠麗的風格；李日普肯定了李商隱詩歌的鮮明特色，認為朱鶴齡的箋注使得李詩不再晦澀難懂；李堉讚美了陸龜蒙與皮日休的松陵唱和，感歎陸龜蒙詠物詩後繼無人；張泰初為韓偓細膩、香艷的詩風正名，韓偓詩歌歷來褒貶不一，張泰初認為他的作品具有獨特的詩壇地位。「友聲」社員通過文學作品的閱讀和鑒賞，表現出整齊的文學修養，而詩社的創作實踐促進了社員的詩論水平。

三是深厚的情誼。前文提及《容齋詩集》中與社員互相唱和的詩作非常多，尤其是卷十六《友聲集》、卷十七《秦樹集》

---

11 茹綸常《容齋詩集》卷十七，第283頁。

等。社集作品中流露出詩人之間的深情厚誼，如《初秋集金魚溝修真庵，送竹泉南遊，分得「蕪」字二首（「友聲」十九集）》：

> 琳宇署新徂，巖阿暗碧蕪。
> 開樽傾綠蟻，共客唱驪駒。
> 星野遙看斗，秋風漸入吳。
> 倘逢遊興劇，更泛莫愁湖。（其一）
>
> 老作南州客，歡場聊與娛。
> 如花看越女，對酒聽吳歈。
> 風勁要離家，煙橫賀監湖。
> 何時理歸櫂，莫使故園蕪。（其二）[12]

這首詩描寫了「友聲詩社」眾社員送別高助的場面，詩句間充滿了依依惜別之情。感情基調沒有過分的哀傷。詩中流露出對南遊經歷的欣羨，對繁華之地的嚮往，也表達了希望友人早日回歸故園的期盼。

除了社集作品，茹綸常與社友也有較多日常酬唱，一些贈謝詩也能反映他們之間的密切關係，如《謝松畹惠桂樹》、《李曉園餉水鮮》、《張松畹餉黃柑》和《蘭谷餉桃釀乳液》等[13]。又如《送芝田之都門二首》：

> 嘹唳歸鴻百感生，西風無那送君行。
> 天連古戍吹笳急，地擁離亭落照橫。

---

12 茹綸常《容齋詩集》卷十七，第285頁。

13 茹綸常《容齋詩集》卷十八，第283-294頁。

去國青山縈遠夢，開樽黃菊勸初程。

從茲角詠分箋日，更許何人繼友聲。（其一）

攜手河梁挽莫留，蕭蕭衰柳曳殘秋。

酒人牢落過燕市，銅馬蒼茫吊薊邱。

狂比次公無忤俗，詩如平子漫言愁。

相期別有關心處，好折梅花寄隴頭。（其二）[14]

這兩首詩雖然不是社集作品，但可以從側面反映社員間的交遊和情感。這首送別王虞風的詩歌，情調較為感傷，用了較多送別的典故和意象，通過季節、景物的描繪營造了一種悲涼的氣氛。「從茲角詠分箋日，更許何人繼友聲」，更是表達了詩人相與結社唱和的情誼。

淡泊的心態、詩學的修養和深厚的情誼這三個方面是「友聲詩社」的創作所反映出來的基本特徵，與其處於乾隆時期有密切的關係。在「友聲詩社」之前，茹綸常還曾結過「樂與詩社」。穩定的時代背景能促進詩社的不斷發展，詩社的繁榮也依賴於結社的普遍風氣。當然，詩社的總體特徵與社員的身份、志向、性格也有莫大的關係。至於該詩社的地域性，則沒有明顯的表現。一般說來，江南地區的詩社，其集會活動和詩作內容會受到自然山水的影響或限制。「友聲詩社」主要是山西介休地區的詩社，除了社員幾乎是當地人之外，並無大量展現介休獨特的自然與人文環境，在一定程度上缺少了地域文化方面的特性。

14　茹綸常《容齋詩集》卷十六，第276頁。

（四）相關詩社

前文提及茹綸常等人在「友聲詩社」之前曾結過「樂與詩社」，下面擬對「樂與詩社」進行一番簡單的梳理。

茹綸常《容齋文鈔》卷三《文學王田夫先生墓誌銘》記載：「甲申，〔王佑〕復偕帷園、西郊、蘭谷、汾陽魏書巢進士及予為『樂與詩社』。」[15] 又，卷五《奉直大夫直隸保定府安州知州前任江南鳳陽府宿州知州鄉飲大賓董公行狀》：「甲申，〔董柴〕復與余輩舉『樂與詩社』。」[16] 可知，「樂與詩社」的成立時間為乾隆二十九年甲申（1764），比「友聲詩社」的成立時間乾隆四十二年丁酉（1777）早了十多年。

《容齋詩集》卷四《樂與集》也標明為甲申年的作品，與「樂與詩社」的成立時間一致，其收錄的部分詩歌為社集作品。該卷序言記載：「孫晉源先生既宦游，秋稼復物故，一時騷壇殊為減色。甲申歲，董帷園刺史首修『樂與』社事，與者王君田夫、任君西郊、張君蘭谷、魏君書巢暨余，六人而已。女為、紀于二王子及文望林，亦時或一至。撚髭刻燭，素心晨夕，信樂事也，因即以『樂與』名吾集。」[17] 由此可知，「樂與詩社」的主要成員為董柴（帷園其號）、王佑（田夫其字）、任大廩、張聖訓、魏國正（書巢其號）和茹綸常六人。這六人即詩社的固定社員。而王儒（女為其字）、王書常（紀于其字，號素亭）和文企泰（望林其字）三人也偶爾參與社集，即詩社的臨時社

---

15 茹綸常《容齋文鈔》卷三，第413頁。

16 茹綸常《容齋文鈔》卷五，第432頁。

17 茹綸常《容齋詩集》卷四，第181頁。

員。王儒為王佑之弟。而孫榮前（晉源其字）、浦鎧（秋稼其號）二人沒有參與該詩社。又，《容齋文鈔》卷四《中憲大夫張君墓誌銘》：「帷園刺史之舉『樂與詩社』也，以君與田夫皆『味外』集中人，故復招任茂才西郊、汾陽魏進士書巢暨余同集。前則太原孫進士晉源先生、嘉善浦上舍秋稼，後則王明經素亭、王處士女為，亦時闌入。一時分箋擊缽，詩筒往復，幾無虛日，文采風流，稱極盛焉。」[18] 可知，孫榮前、浦鎧參與的應是「味外詩社」。《容齋詩集》卷二《都門集》有輓詩《輓浦秋稼》[19]，該卷作於乾隆二十七年壬午（1762），即浦鎧的卒年。

　　關於「樂與詩社」的結束時間，茹綸常詩文中沒有明確的記載。《容齋詩集》卷六《菊隱小草》內《悼魏書巢》一詩：「聞君化去已兼旬，回首那堪淚滿巾。丹旐祇書前進士，青山猶憶舊詩人。一時頓覺風流盡，比歲空驚哀挽頻（秋稼、望林皆先君歿）。不待黃公罏下過，始因往事暗傷神。」[20] 該卷為乾隆三十一丙戌（1766）、三十二年丁亥（1767）兩年的作品。《悼魏書巢》前六題為《冬夜述懷》，前一題為《立夏日，詠齋中芭蕉二首》[21]，可推知《悼魏書巢》是丁亥年的作品。魏國正卒於丁亥，而浦鎧、文企泰在此之前已經離世。又，該卷《初秋遣懷，有懷同學諸公四首》，其四云：「似昔元卿徑，相將觸熱過（癸未、甲申歲，每偕諸同人過半壁山房）。明燈張綺宴，驟雨落秋荷。同社人誰在（文茂才望林、魏進士書巢皆『樂與』社

18　茹綸常《容齋文鈔》卷四，第420-421頁。
19　茹綸常《容齋詩集》卷二，第174頁。
20　茹綸常《容齋詩集》卷六，第200頁。
21　茹綸常《容齋詩集》卷六，第199、200頁。

中人,今並下世),清音和女多(予于半壁山房屢和西郊《早秋即事》諸詩)。那堪回憶處,惆悵視星河。」[22]這首詩也說明乾隆三十二年丁亥(1767),「樂與詩社」由於社員相繼過世,已經衰亡。

通過茹綸常《容齋詩集》卷四《樂與集》收錄的社員詩歌,可以了解「樂與詩社」的社集情況。《雪中杏花》,後附任大廩、董柴和魏國正三人的同題作品;《甲申仲夏,半壁山房文讌,以「聞多素心人,樂與數晨夕」為韻(得「聞」字)》,後附梁青鸑和文企泰兩人的作品;《題無喧廬三首,為帷園賦,即次其韻》,後附董柴的原韻以及黃有恆、王佑、任大廩、魏國正和朱錦昌的作品;《酬田夫雨夜見懷二首》,後附王佑的原韻;《寄呈晉源夫子長寧二首》,後附董柴、王佑、任大廩和魏國正四人的作品;《一笑山房同田夫、西郊兩先生夜坐》,後附董柴、王佑和任大廩三人的作品;《白菊二首》,後附董柴、王佑、任大廩、梁璠、魏國正、魯習之和李培根七人的作品;《題閒雲老人畫石》,後附董柴、王佑、任大廩和魏國正四人的作品;《詠物二首(分賦)》,後附王佑、任大廩的詠物詩各兩首[23]。「樂與詩社」沒有明確標示某次社集,但以上唱和均屬於社員之間的集會、交遊,應當歸為「樂與」的社集活動。因此,梁青鸑、黃有恆、朱錦昌、梁璠、魯習之和李培根六人也很有可能是詩社的臨時成員。

《容齋詩集》卷十五《秋蛩集》有《十月七日,蘭谷招集常樂別墅,余以事未赴,次日再集曉園南村園,西郊不至,繼復

22 茹綸常《容齋詩集》卷六,第201頁。

23 茹綸常《容齋詩集》卷四,第182-190頁。

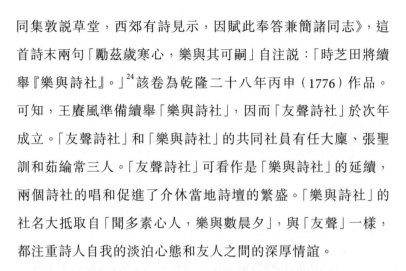

同集敦説草堂，西郊有詩見示，因賦此奉答兼簡諸同志》，這首詩末兩句「勵茲歲寒心，樂與其可嗣」自注説：「時芝田將續舉『樂與詩社』。」[24]該卷為乾隆二十八年丙申（1776）作品。可知，王賡風準備續舉「樂與詩社」，因而「友聲詩社」於次年成立。「友聲詩社」和「樂與詩社」的共同社員有任大廩、張聖訓和茹綸常三人。「友聲詩社」可看作是「樂與詩社」的延續，兩個詩社的唱和促進了介休當地詩壇的繁盛。「樂與詩社」的社名大抵取自「聞多素心人，樂與數晨夕」，與「友聲」一樣，都注重詩人自我的淡泊心態和友人之間的深厚情誼。

　　除了「樂與詩社」，上文還提到張聖訓和王佑是「味外詩社」的社員。茹綸常《容齋文鈔》卷三《文學王田夫先生墓誌銘》記載：「己未，與氾湖王冰若刺史，臨縣王鳴池孝廉，同里張雍圃進士暨其子蘭谷，參軍羅景陸，明經張樹赤，茂才帷園、秋谷，為『味外詩社』。」[25]又，卷四《中憲大夫張君墓誌銘》記載：「早歲，隨侍進士公與氾湖王刺史冰若，臨縣王孝廉鳴池，同里董刺史帷園、羅明經景陸、張茂才樹赤、王茂才田夫、梁上舍秋谷諸名流，聯『味外詩社』。」[26]可知，乾隆四年己未（1739），王「冰若」、王「鳴池」、張新政（雍圃其號）、張聖訓、羅贄（景陸其字）、張幟（樹赤其字）、董柴、梁濬（秋谷其號）和王佑等人結「味外詩社」。梁濬，屢試不第，遂棄舉業，著有《劍虹齋集》。張新政是張聖訓之父，梁濬是梁本榮之父。董柴與梁濬、王佑、任大廩，號「綿上四山人」。董

24　茹綸常《容齋詩集》卷十五，第264頁。

25　茹綸常《容齋文鈔》卷三，第413頁。

26　茹綸常《容齋文鈔》卷四，第420頁。

柴、王佑和張聖訓三人是「樂與詩社」和「味外詩社」的共同社員。

「味外」、「樂與」、「友聲」都是乾隆時期山西介休的詩社，而且在時間上從乾隆四年一直延續到四十多年，在詩社成員、結社形式和審美情趣等方面有較多相似之處，反映了介休地區的結社面貌和詩人群體的創作情況。

（五）結社宗旨

一個詩社的宗旨和審美，不僅能通過酬唱詩作表現出來，也能通過詩社名稱反映一二。「友聲詩社」社名，取自《詩經·小雅·伐木》：「伐木丁丁，鳥鳴嚶嚶。出自幽谷，遷于喬木。嚶其鳴矣，求其友聲。相彼鳥矣，猶求友聲。矧伊人矣，不求友生。神之聽之，終和且平。」這首詩歌頌了友情，追求朋友間同氣相求的理想境界。該詩社以「友聲」為社名，非常符合詩社的基本功能，即通過集會唱和達到加深交往的效果。結社最初的目的往往是交友，「友聲詩社」就是一個以社交和創作為宗旨的純文學社團，而且在集會的過程中，詩社的性質從未發生過改變。通過茹綸常為已故社友寫的悼念詩和墓誌銘也可以看出結社情誼之深厚。

「友聲詩社」與「味外詩社」、「樂與詩社」，構成了乾隆年間山西介休地區的結社概貌。這也是「友聲詩社」最有價值的一點。這三個詩社的宗旨和趣味有一定的相似之處，因而能夠較好地反映出該地結社的普遍特點。這三個詩社可謂介休地區的詩社群。關於詩社群的定義，可以是同時期、同地域的一群

詩社形成的整體，可以是同時期、地域相異的一群詩社形成的整體，也可以是同地域、不同時期的一群詩社形成的整體。很顯然，「味外」、「樂與」和「友聲」三個詩社屬於第三種情況。除了這三個詩社之外，茹綸常還曾參與「素心詩社」。《容齋詩集》卷二十三《杖鄉集》有《簡素心詩社諸君》一詩：「藝苑憑誰足楷模，翻慚牽率到潛夫。他山固自能攻玉，老馬何嘗定識途。虛受直教懷若谷，多師還藉古為徒。別裁偽體親風雅（杜句），敢為諸君舉一隅。」[27] 又，同卷《狐岐詠古四首，同素心詩社諸子作》[28]，可以互相印證。根據該卷序言可知，《杖鄉集》為乾隆五十八年癸丑（1793）作品。那麼，「素心詩社」唱和於乾隆末年，是「友聲詩社」之後的詩社。該社名與「樂與詩社」一樣，皆取自陶詩「聞多素心人，樂與數晨夕」。可以推測其總體風格應與上述三個詩社相似，是介休乾隆詩社群的一個部分。「味外」、「樂與」、「友聲」和「素心」四個詩社，都與茹綸常有着不同程度的關係，而且在時間和風格上一脈相承，對於研究特定歷史時期下的詩社及其詩人群體的心態有着重要的作用。介休詩社群，與清初一些略帶激進色彩的詩社相比，反映出溫和、平穩的特質，與其趨向安定的時代背影有着密切的關係，也與介休詩人群在歷史條件下做出的人生選擇有關。和茹綸常一樣，一些社員的身份也是傳統文人，他們在進退之間往往能得以保全自身，在科舉失意之後轉移生活的重心，擴寬眼界和心境，享受廣泛交遊的樂趣。

27　茹綸常《容齋詩集》卷三十二，第330頁。

28　茹綸常《容齋詩集》卷三十二，第331頁。

以茹綸常為代表的介休詩人，也因為結社而形成一個整體。他們的詩作表現出較高的文學水平。雖然他們的相關資料不豐富，但能通過現存詩歌了解其個性與經歷。而對於茹綸常，通過不同階段的結社，能夠把握其思想和心態。《容齋詩集》各卷都有卷名和序言，簡明地概括了詩人不同年齡的行跡和心態，創作傾向也因人生際遇而發生細微的變化。總之，茹綸常的幾次結社經歷，既能反映出創作的大體風格，也能刻畫出詩人的形象和氣質，展現傳統文人的一生。而結社必然是茹綸常詩歌創作的高峰期，也是其文學成就得以突破的關鍵點。

「友聲詩社」，或作為一個獨立的詩社，或作為詩社群的組成部分，或作為詩人經歷、創作和思想的切入點，抑或作為探索詩人群體的參照，都有重要的研究價值。作為一個山西詩社，「友聲」連同「味外」、「樂與」、「素心」等詩社通過豐富的社集為介休詩壇風貌提供線索，充實當地結社歷史。與社事繁榮的江南、嶺南地區無異，中原地區詩社層出，也因具備了結社的良好土壤和環境，並表現出一定的時代特徵和風格。

（六）茹綸常與袁枚

茹綸常積極參與多個詩社，足見其熱衷文學和交遊的個性。作為乾隆時期的詩人，茹綸常曾和著名詩人袁枚也有過交往。

《容齋詩集》有多處提及袁枚。例如，卷二十一《偶存集》，其序言說：「余詩自丁未付剞劂後，擬更不作；即使間有酬應，亦不存稿。蓋不獨學植荒落、文通才盡，而亦以精力之

就衰也。袁簡齋太史云:『鶯老莫調舌,人老莫作詩。』殆謂是歟。然結習難除,不忍割愛,亦遂有偶存者,其能免於馮婦之笑乎?以之名集,用志余愧。」[29]茹綸常此處引用袁枚(簡齋其號)的詩句,表達了對袁枚觀點的贊成,儘管做不到完全不作詩。袁枚《隨園詩話》卷十四第五十九則説:「詩者,人之精神也;人老則精神衰萁,往往多頹唐浮泛之詞。香山、放翁尚且不免,而況後人乎?故余有句云:『鶯老莫調舌,人老莫作詩。』」[30]袁枚原詩云:「鶯老莫調舌,人老莫作詩。往往精神衰,重複多繁詞。香山與放翁,此病均不免。奚況於吾曹,行行當自勉。其奈心感觸,不覺口咿啞。譬如一年春,便有一年花。我意欲矯之,言情不言景。景是眾人同,情乃一人領。」[31]講的都是詩人在老年階段才華和精力退減,難以達到早年的成就。

此外,《容齋詩集》卷二十四《可閒老人集》有詩《題袁簡齋太史〈小倉山集〉二首》、《題〈隨園詩話〉》[32],表達了對袁枚詩作、詩話及「性靈」説的高度評價,崇敬之情充溢句間。同卷《袁簡齋太史以八十自壽詩屬和,爰賦八首遙寄》[33],作於乾隆六十年乙卯(1795),袁枚本人讀後讚譽有加,結為「神交」,時茹綸常六十二歲。卷二十五《紀恩集》有《自都門歸,

---

29　茹綸常《容齋詩集》卷二十一,第313頁。

30　袁枚《隨園詩話》卷十四,人民文學出版社1982年9月第2版,上冊第486頁。

31　袁枚《小倉山房詩文集‧詩集》卷二十五,上海古籍出版社1988年1月第1版,上冊第591頁。

32　茹綸常《容齋詩集》卷二十四,第335-336頁。

33　茹綸常《容齋詩集》卷二十四,第338頁。

值兒子景呂遊庠，賀客紛紜，而江寧袁簡齋太史與新安友人呂寸田詩札同時寄至，四座傳觀交贊，爰賦絕句五首，志喜紀事》[34]，為嘉慶元年丙辰（1796）的作品，袁枚與茹綸常的交往可見一斑。卷二十六《漫叟剩稿》中《丁巳初度四首》，即嘉慶二年丁巳（1797）作品，其四「愛才至竟推前輩」句，自注說：「近簡齋太史採余詩札付梓。」[35]卷二十七《漫叟剩稿》中，《偶撿簡齋先生手札，展讀之下，愴然有作》一詩如下：

180

> 幾行尺牘墨猶濃，回首龍門悵已空。典雅詩嫌鼉尾薄，精嚴文較望溪雄。一朝作者方慚我，千載傳人定屬公。如此神交未謀面，底堪重問北來鴻。（「如此神交」、「一朝作者」，皆先生手札中語也。）[36]

這首詩作於嘉慶五年庚申（1800）。可知茹綸常與袁枚素未謀面，只通過書札往來。兩位詩人的交流主要在乾隆末年至嘉慶初年。茹綸常以袁枚為前輩和榜樣，因袁枚的讚賞而頗為自豪。在得到袁枚認可之前，茹綸常對其詩集和詩話都很熟悉，在思想上也對袁枚非常佩服。當然，這些是茹綸常晚年的活動及其詩作。通過茹綸常這個詩壇活躍人物後期的思想、詩歌，我們可以了解其詩歌的整體水平和風格，洞悉其人生選擇和審美，也更為全面地把握清代介休地區的詩歌面貌和生活情狀。

---

34 茹綸常《容齋詩集》卷二十五，第346頁。

35 茹綸常《容齋詩集》卷二十六，第353頁。

36 茹綸常《容齋詩集》卷二十七，第368頁。

三　古歡吟會

「古歡吟會」是清代乾隆年間胡濤創立的一個詩歌社團。胡濤，字滄來，號葑唐，亦作葑塘、葑堂，浙江仁和（今杭州）人。生於雍正十二年甲寅（1734）正月二十五日，卒於乾隆五十四年己酉（1789）八月二十四日，享年五十六歲。其子胡敬（號書農）撰有《胡葑塘先生年譜》。關於「古歡吟會」，學界尚無研究，而《胡葑塘先生年譜》中則保留了大量的結社資料。本章即以該年譜為主要線索，對「古歡吟會」進行系統的梳理。

（一）結社概況

「古歡吟會」成立於乾隆四十五年庚子（1780）二月。《胡葑塘先生年譜》「庚子四十七歲」條記載：「二月，結『古歡吟會』。」[1]其終止時間，大概在乾隆四十七年壬寅（1782）以後。該年譜乾隆四十六年（1781）「辛丑四十八歲」條依據有關原始資料列舉「古歡吟會」歷次集會，最後說「記此會止於壬寅正月；自後之集，以錄無專編，題與人數無由追溯矣」[2]。「古歡吟會」在「壬寅正月」以後應當仍有集會活動，但具體情形已難以考知。

1　胡敬《胡葑塘先生年譜》，道光刻本，第39b頁。
2　胡敬《胡葑塘先生年譜》，道光刻本，第44b頁。

「古歡吟會」的命名，與胡濤的古歡書屋有關。「古歡」為舊友之義。胡濤向來熱情好客，喜歡交遊。胡敬之子胡珵所撰《書農府君年譜》「戊寅五十歲」條，曾敍及汪廷珍（謚文端）留宿古歡書屋一事：「文端公云：『汝祖在時，吾自揚州至杭。汝祖款留，下榻至古歡書屋。其時，尊甫尚弱不勝衣。』」[3] 而《胡葑塘先生年譜》「辛巳二十八歲」條也提到：「府君愛交遊。」[4] 因此，胡濤創立這一詩社並且以「古歡」命名，與其書齋名為古歡書屋以及經常在古歡書屋舉行集會唱和密切相關。

「古歡吟會」的集會，第一次即發生在乾隆四十五年庚子（1780）二月。據前及《胡葑塘先生年譜》該年條記載，本次集會的唱和題目是《集古歡書屋，試龍井明前茶》[5]。第二次集會，在乾隆四十六年辛丑（1781）二月。該年譜「辛丑四十八歲」條記載：「二月，移居宿舟河下，重結『古歡吟會』。按：吟會第二集無考。」[6] 這裏所説的「無考」，指該次的唱和題目和與會人員不得而知。年譜在該條之後，列舉歷次集會的人員和題目，一直到乾隆四十七年壬寅（1782）正月的第十七次集會。此後的一些集會，則沒有記錄了。

「古歡吟會」的活動地點，最集中的就是古歡書屋。從目前所知的十七次集會來看，其中明確在古歡書屋的就有六次，

3　胡珵《書農府君年譜》，《北京圖書館藏珍本年譜叢刊》第131冊，第409頁。

4　胡敬《胡葑塘先生年譜》，道光刻本，第13b頁。

5　胡敬《胡葑塘先生年譜》，道光刻本，第39b頁。

6　胡敬《胡葑塘先生年譜》，道光刻本，第42a頁。

具體為：第一集，題目見前；「第四集，分賦五古，題《春社日，同人釀飲古歡書屋》」；「第十一集，五古，題《冬日雨中集古歡書屋，喜槐塘先生病起，同用工部〈雨過蘇端〉韻》」；「第十二集，五古，題《古歡書屋梅蕊將放》」；「第十三集，五古，題《冬日過古歡書屋，適野人送酒至，喜而有作》」；「第十七集，七古，題《古歡書屋梅花》」[7]。此外還有一些活動地點，但每個地點的集會次數均不多。例如：「第八集，在項丈秋子半舫齋」，「第十六集，在項丈秋子半舫齋」[8]。可見第八次和第十六次是在項墉（秋子其號）的半舫齋。而第五次集會，根據詩題《葛嶺石橋行》[9]，可知應當是在西湖北面的葛嶺。另外如吳山、雙桂軒、雲林寺等，也曾作為活動的地點。

現在專門說一下胡濤的古歡書屋。《胡葑塘先生年譜》乾隆五十年（1785）「乙巳五十二歲」條，有「正月，古歡書屋落成」的信息[10]。胡理《書農府君年譜》同年「乙巳十七歲」條，也有「正月，古歡書屋落成」一事。《書農府君年譜》中的一部分事跡，實際上採自《胡葑塘先生年譜》。此外，《書農府君年譜》乾隆四十五年（1780）「庚子十二歲」條記載：

> 是月〔十二月〕，宿舟河下屋落成。張丈繼華董其事。屋本為俞瑩堂先生（理）舊宅，遭回祿後，祖考〔胡濤〕購其地，營屋二進，屋東向。顏其堂曰「崇雅」、

7　胡敬《胡葑塘先生年譜》，道光刻本，第42b -44a頁

8　胡敬《胡葑塘先生年譜》，道光刻本，第43a、44a頁。

9　胡敬《胡葑塘先生年譜》，道光刻本，第42b頁。

10　胡敬《胡葑塘先生年譜》，道光刻本，第48b頁。

曰「樹樸」，面臨東河，當淳祐、萬安兩橋之間，背負土阜，蓋南宋城基也。堂右為「古歡書屋」，先祖乙巳年葺。又其右為「思補軒」，府君〔胡敬〕乙未年葺。「思補軒」前為「貽遠堂」，府君庚子年葺。[11]

這裏明確記載了胡濤古歡書屋的落成時間為乾隆五十年乙巳（1785），而「古歡吟會」第一次集會「集古歡書屋，試龍井明前茶」的時間為乾隆四十五年庚子（1780）二月，此處似有矛盾。然而事實上，古人的書屋，往往在新、舊住宅都可能存在，沿用其名。例如嘉慶、道光年間的杭州「潛園吟社」，其創始人屠倬的「潛園」，就先後有過兩個[12]。胡濤的古歡書屋，應當也是如此。

又，丁丙輯《武林坊巷志》「北良坊‧一」所屬「宿舟河下」條，曾節錄《胡蒔塘先生年譜》：「正月，古歡書屋落成。同人見過，用香山春葺新居韻詩。……二月，移居宿舟河下，重結『古歡吟會』。」[13]此處省略了「正月」、「二月」所對應的年份，把乾隆五十年乙巳（1785）正月「古歡書屋落成」移到了乾隆四十六年辛丑（1781）二月「移居宿舟河下，重結『古歡吟會』」之前。這樣很容易使讀者誤以為「古歡吟會」的成立時間是在乾隆五十年乙巳（1785）。

11　胡珵《書農府君年譜》，《北京圖書館藏珍本年譜叢刊》第131冊，第378-379頁。

12　參見朱則傑、李楊《「潛園吟社」考》，《文學遺產》2010年第6期，第21頁。

13　丁丙《武林坊巷志》，浙江人民出版社1987年12月第1版，第5冊第711頁。

此外，關於「古歡吟會」的第一次集會，汪沆（號槐塘）所作也見於其自撰《槐塘詩稿》卷十五，題作《胡荭塘古歡書屋試龍井明前茶，分韻得「古」字》[14]。《槐塘詩稿》內部作品沒有明確編年，但大致仍然按照寫作的時間先後排次。同卷其後第三題為《送袁簡齋歸金陵》[15]。根據鄭幸先生《袁枚年譜新編》「乾隆四十四年己亥（1779）六十四歲」條「四月，子才離杭州，賦詩四首留別」云云[16]，可知汪沆送袁枚（子才其字）回金陵應該在這個時候。汪沆把乾隆四十五年庚子（1780）二月所作《胡荭塘古歡書屋試龍井明前茶，分韻得「古」字》排在《送袁簡齋歸金陵》之前，可能屬於《槐塘詩稿》內部編次上的細微錯誤，但可以從側面證實「古歡吟會」的初次集會時間更不可能遲至乾隆五十年乙巳（1785）。

（二）社員構成

「古歡吟會」是一個相對成熟、穩定的詩社，規模及與會成員也相當可觀。根據前及《胡荭塘先生年譜》的資料，可以推知「古歡吟會」各次集會的具體社員。

第一次集會，「與會者為汪槐塘、陳摩村、高願圃、孫半峰、項秋子、俞秋府、奚鐵生諸丈及高丈令嗣邁庵、叔父雲溪，凡十人」[17]，即汪沆、陳鏞（摩村其號）、高瀛洲（願圃其

---

14 汪沆《槐塘詩稿》卷十五，乾隆五十一年丙午（1786）刻本，第8b頁。
15 汪沆《槐塘詩稿》卷十五，乾隆五十一年丙午（1786）刻本，第10a頁。
16 鄭幸《袁枚年譜新編》，上海古籍出版社2012年2月第1版，第455頁。
17 胡敬《胡荭塘先生年譜》，道光刻本，第39b頁。

號)、孫晉寧(半峰其號)、項墉、俞理(秋府其號)、奚岡(鐵生其字)、高樹程(邁庵其字)、胡灝(雲溪其號)和胡濤。

第二次集會,社員無考。

第三次集會,「與會者吳西林、陳摩村、汪槐塘、余松屏、何春渚、朱朗齋、周樹村、孫半峰、奚鐵生、姚卓亭諸丈及方外黃含山,凡十二人」[18],即吳穎芳(西林其字)、陳鑣、汪沆、余大觀(松屏其號)、何琪(春渚其號)、朱文藻(朗齋其號)、周宗梗(樹村其號)、孫晉寧、奚岡、姚士銘(卓亭其號)、黃含山和胡濤。

從第四次至第十二次集會,年譜中關於與會成員的記載,都是在其前一次的基礎上進行增減,具體如下。

第四次集會,「西林、摩村、槐塘丈及方外含山不與,項丈秋子來,凡九人」[19],可知應為胡濤、余大觀、何琪、朱文藻、周宗梗、孫晉寧、奚岡、姚士銘和項墉。

第五次集會,「松屏、春渚、樹村、卓亭丈不與,孫丈南泠、項君蓮峰來,凡七人」[20],可知應為胡濤、朱文藻、孫晉寧、奚岡、項墉、孫法登(南泠其號)和項朝棻(蓮峰其號)。

第六次集會,「朗齋師不與,凡六人」[21],可知應為胡濤、孫晉寧、奚岡、項墉、孫法登和項朝棻。

第七次集會,「項丈秋子不與,朗齋師來,凡六人」[22],可

18 胡敬《胡蒔塘先生年譜》,道光刻本,第42a頁。
19 胡敬《胡蒔塘先生年譜》,道光刻本,第42b頁。
20 胡敬《胡蒔塘先生年譜》,道光刻本,第42b頁。
21 胡敬《胡蒔塘先生年譜》,道光刻本,第42b頁。
22 胡敬《胡蒔塘先生年譜》,道光刻本,第43a頁。

知應為胡濤、孫晉寧、奚岡、孫法登、項朝棻、朱文藻。

第八次集會，「南泠丈不與，凡六人」[23]，可知應為胡濤、孫晉寧、奚岡、項朝棻、朱文藻和項墉。

第九次集會，「春渚、南泠丈來，凡八人」[24]，可知應為胡濤、孫晉寧、奚岡、項朝棻、朱文藻、項墉、何琪和孫法登。

第十次集會，「南泠丈不與，凡七人」[25]，可知應為胡濤、孫晉寧、奚岡、項朝棻、朱文藻、項墉和何琪。

第十一次集會，「朗齋、南泠丈暨蓮峰不與，槐塘、樹林〔村〕、應叔雅丈來，凡八人」[26]，可知應為胡濤、孫晉寧、奚岡、項墉、何琪、汪沆、周宗梗和應澧（叔雅其號）。

第十二次集會，「叔雅丈不與，蓮峰來，凡八人」[27]，可知應為胡濤、孫晉寧、奚岡、何琪、項墉、汪沆、周宗梗和項朝棻。

第十三集會和第十四次集會，由於《胡荍塘先生年譜》表述上的模糊，只能得到部分與會成員。第十三次集會，「槐塘、朗齋、南泠丈不與，凡五人」[28]，此次集會的社員只有五人。已知第十二次集會的社員，本來就沒有朱文藻、孫法登。這樣，這裏所說的第十三次集會，實際上只需除去汪沆一人，剩下還有胡濤、孫晉寧、奚岡、何琪、項墉、周宗梗和項朝棻七人。然而，我們無法確定其中究竟是哪兩個人沒有與會。

23 胡敬《胡荍塘先生年譜》，道光刻本，第43a頁。
24 胡敬《胡荍塘先生年譜》，道光刻本，第43a頁。
25 胡敬《胡荍塘先生年譜》，道光刻本，第43a頁。
26 胡敬《胡荍塘先生年譜》，道光刻本，第43b頁。
27 胡敬《胡荍塘先生年譜》，道光刻本，第43b頁。
28 胡敬《胡荍塘先生年譜》，道光刻本，第43b頁。

因此，第十三次集會能夠確定的與會成員只有胡濤。第十四次集會，「春渚丈不與，高顧圃、楊湘石、朗齋、南泠丈及方外含山來，凡十二人」[29]，與會成員有胡濤、高瀛洲、楊元愷（湘石其號）、朱文藻、孫法登、黃含山六人。又，年譜第十四次集會後記錄了楊元愷、胡濤、孫晉寧、項墉和項朝茱的詩句[30]，說明這五人均曾參加此次集會。總起來，此次能夠確定的與會成員為胡濤、高瀛洲、楊元愷、朱文藻、孫法登、黃含山、孫晉寧、項墉和項朝茱九人。

第十五次集會，「槐塘、顧圃、朗齋、南泠、鐵生丈及方外含山不與，凡六人」[31]，在第十四次集會已知部分社員名單的基礎上，可得與會成員有胡濤、楊元愷、孫晉寧、項墉和項朝茱五人。又，年譜第十五次集會後記錄了胡濤、周宗楩的詩句[32]，增加周宗楩一人。總起來，此次集會的與會成員為胡濤、楊元愷、孫晉寧、項墉、項朝茱和周宗楩，確為六人。

第十六次集會，「湘石丈不與，摩村、顧圃、松屏、春渚、南泠丈及方外含山來，凡十一人」[33]，在前次集會社員名單的基礎上，可得此次集會的與會成員為胡濤、孫晉寧、項墉、項朝茱、周宗楩、陳鏞、高瀛洲、余大觀、何琪、孫法登和黃含山十一人。此結論與如下三條已知材料互相印證：其一，第十六次集會在項墉的半舫齋舉行，因而項墉一定參加；

29　胡敬《胡蒔塘先生年譜》，道光刻本，第43b頁。

30　胡敬《胡蒔塘先生年譜》，道光刻本，第43b頁。

31　胡敬《胡蒔塘先生年譜》，道光刻本，第43b-44a頁。

32　胡敬《胡蒔塘先生年譜》，道光刻本，第44a頁。

33　胡敬《胡蒔塘先生年譜》，道光刻本，第44a頁。

其二，「槐塘、鐵生俱以事阻」[34]，汪沆、奚岡不參加，其三，年譜記錄了第十六次集會高瀛洲、何琪、胡濤、周宗梗、項墉和項朝棻的詩句，此六人均參加。

第十七次集會，「摩村、願圃、松屏、南泠丈及方外含山不與，湘石、鐵生、秋府丈來，凡九人」[35]，在前次集會社員的基礎上進行增減，可得與會成員應為胡濤、孫晉寧、項墉、項朝棻、周宗梗、何琪、楊元愷、奚岡和俞理，確為九人。

根據上文所考，去除重複，已知「古歡吟會」社員共有胡濤、汪沆、陳鏽、高瀛洲、孫晉寧、項墉、俞理、奚岡、高樹程、胡灝、吳穎芳、余大觀、何琪、朱文藻、周宗梗、姚士銘、黃含山、孫法登、項朝棻、應澧和楊元愷二十一人。

十七次集會，胡濤全部參加。無論從詩社的名稱、詩社的活動地點，還是胡濤參加的次數，都能明確胡濤是「古歡吟會」的創始人即社長。社員的與會次數如下表：

與會成員	確定與會次數
孫晉寧	15
項墉	13
奚岡	12
項朝棻	11
朱文藻	8
何琪	8
周宗梗	7
孫法登	6

34　胡敬《胡韵塘先生年譜》，道光刻本，第44a頁。

35　胡敬《胡韵塘先生年譜》，道光刻本，第44a-44b頁。

汪沆	4
陳鑣	3
高瀛洲	3
余大觀	3
黃含山	3
楊元愷	3
俞理	2
姚士銘	2
高樹程	1
胡灝	1
吳穎芳	1
應澧	1

從上表可以看出，孫晉寧、項墉、奚岡、項朝棻、朱文藻、何琪、周宗楩和孫法登等人參加的次數較多。

詩社成員中，與胡濤個人交往比較密切，《胡葑塘先生年譜》有所記載的主要有以下幾人：孫晉寧，錢塘人，乾隆五十三年戊申（1788）舉人，工書。項墉（1743- ？），錢塘人，著有《春及草堂詩集》等；當時鄉賢先輩如杭世駿、厲鶚、丁敬等先後去世，項墉繼起，主持壇坫。奚岡（1746-1803），工行草、篆刻，兼通詩詞，著有《冬花庵燼餘稿》。項朝棻，仁和人。朱文藻（1736-1806），仁和人，著有《碧溪草堂詩文集》、《碧溪詩話》和《碧溪叢鈔》等。何琪，錢塘人，著有《小山居詩稿》。周宗楩，仁和諸生，著有《病餘吟草》。孫法登，錢塘諸生。汪沆（1707-1784），錢塘諸生，著有《槐堂詩稿》、《湛華軒雜錄》等。陳鑣（1704-1788），海寧人，著有《觀復堂

詩鈔》。楊元愷（1744-？），錢塘人，著有《是亦草堂詩稿》。吳穎芳（1702-1781），仁和人，著有《臨江鄉人詩》。應澧，仁和人，著有《闇然室詩存》。

（三）創作傾向

關於「古歡吟會」的詩歌創作，《胡莼塘先生年譜》僅記錄有各次集會的體裁、題目，以及個別的詩句。儘管如此，我們還是可以從中看出該詩社基本的創作傾向。

首先，來看創作的體裁和題目：

第一集，五古，題《集古歡書屋，試龍井明前茶》。

第二集，體裁、題目均無考。

第三集，七律，題《樹樸堂新居落成》。

第四集，五古，題《春社日，同人釀飲古歡書屋》。

第五集，七律，題《新竹》；七古，題《葛嶺石橋行》。

第六集，七律，題《望雨》；七古，題《夏白紵》。

第七集，七律，題《浴罷》；七古，題《陳章侯停〔琴〕聽阮圖》。

第八集，七律，題《素蘭》；七古，題《石臺孝經歌》。

第九集，七律，題《吳山探桂》；七古，題《西湖打魚歌》。

第十集，五律，題《雙桂軒晚桂》；七古，題《雲林寺古木歌》。

191

第十一集，五古，題《冬日雨中集古歡書屋，喜槐塘先生病起，同用工部〈雨過蘇端〉韻》。

第十二集，五古，題《古歡書屋梅蕊將放》。

第十三集，五古，題《冬日過古歡書屋，適野人送酒至，喜而有作》。

第十四集，七律，題《入冬久旱，大寒前一日微雨，頗有雪意》。

第十五集，五律，題《雪後憶湖上山》。

第十六集，七律，題《人日，半舫看梅》。

第十七集，七古，題《古歡書屋梅花》。

將上述體裁加以統計，可以得到下表：

體裁	次數
五古	5
五律	2
七古	7
七律	8

由此可知，「古歡吟會」社員集會唱和，用得最多的體裁是七律和七古，其次為五古，再次為五律，而其他體裁如絕句、排律則都沒有用過，從中可以窺見「古歡吟會」的審美傾向。同時，「古歡吟會」的集會，還與時節氣候關係較大，如春社日釀飲、夏日望雨、秋日探桂、冬日看梅等等。詩作內容，亦較多風花雪月。當然，這也是「盛世」時期一般詩社的共通特點。

其次，《胡蒪塘先生年譜》中記錄的詩句為唱和中的佳句，

也能反映出詩社的詩風。該年譜依次記載有：第一次集會除胡濤外九名與會者的詩作；第三次集會吳穎芳、汪沆、余大觀、何琪、朱文藻、周宗楗、奚岡和姚士銘八人的詩句；第五次集會胡濤、朱文藻和孫法登三人的詩句；第六次集會孫晉寧、項墉和奚岡三人的詩句；第七次集會胡濤、朱文藻和奚岡三人的詩句；第八次集會朱文藻的詩句；第九次集會何琪的詩句；第十四次集會楊元愷、胡濤、孫晉寧、項墉和項朝棻五人的詩句；第十五次集會胡濤、周宗楗的詩句；第十六次集會高瀛洲、何琪、胡濤、周宗楗、項墉和項朝棻六人的詩句。例如，第五次集會，胡濤《新竹》「稍被煙籠宜夜月，纔經雨灑便秋天」，朱文藻「便稱慈竹仍依母，恰傍疏梅早定交」，孫法登「筍衣乍解痕猶濕，个字新描影尚疏」，皆清新自然，富有韻味。

再次，我們來分析一下「古歡吟會」個別社員的詩作。《胡菊塘先生年譜》記載第一次集會汪沆詩作如下：

> 踏青懶出門，潑火微微雨。
> 遙想過溪亭，採茶人入塢。
> 麥顆摘筠籃，焙之香溢戶。
> 我嫌吟吻渴，無由津頰輔。
> 靜侶有微尚，愛繙陸氏譜。
> 一杯薦冰瓷，遠勝百壺醑。
> 舌本淡彌甘，陋彼庵僧苦。
> 頭綱大吏貢，臺符紛檄取。
> 持較穀雨舛，利索三倍賈。
> 百物近鶩先，根荄戕淺土。

何如順其性，滋培反淳古。[36]

如前所說汪沆《槐塘詩稿》卷十五也收錄了此詩，題作《胡荄塘古歡書屋試龍井明前茶，分韻得「古」字》，正文略有改動：

踏青懶出門，潑火雨沾步。

遙想過溪亭，採茶入山塢。

麥顆摘筠籃，焙之香溢戶。

我愁吟吻渴，無緣津煩輔。

我友有同嗜，朋儕招三五。

揖客轉枳籬，風鑪響廊廡。

一點薦冰瓷，遠勝百壺醹。

舌本淡彌甘，餘味沁心腑。

云產清明前，價翔三倍取。

茶新品足貴，旗槍不足數。

長養不待大，取之在瘠土。

爭先市朱門，芳鮮夸食譜。

願言戒不時，滋培反淳古。[37]

顯然，汪沆在把此詩收入個人別集的時候，做了一番修改、潤色。但是，年譜所載詩作，恰恰最為原始、可信。汪沆的這首詩也主要表現了文人雅士的生活情趣和交遊唱和的愉快。

此外，奚岡的《冬花庵爐餘稿》中有三首詩作與「古歡吟會」有關，分別是《雲林寺古木歌》、《西湖打魚歌》和《題陳老

36　胡敬《胡荄塘先生年譜》，道光刻本，第39b頁。

37　汪沆《槐塘詩稿》卷十五，乾隆五十一年丙午（1786）刻本，第8b頁。

蓮停琴聽阮圖》[38]，恰與「古歡吟會」的第十次、第九次和第七次集會的詩題相對應，與上文奚岡均有參加這三次集會的結論也相一致。奚岡的《西湖打魚歌》如下：

> 嵐容黯淡波光連，漁子曉集三潭前。
>
> 小舟葉葉鳴榔先，輕如浮鷗相盤旋。
>
> 長罦密網紛紛牽，中流一截百尾鮮。
>
> 大魚競赴輸官錢，小魚戢戢亦可憐。
>
> 銀刀撥刺跳滿船，就船買得縮項鯿。
>
> 老饕一飽腹便便，醉來湖上夜不眠。
>
> 清寒沁骨月滿川，展我尺幅滄州煙。
>
> 疏鐙忽射葭菼邊，一漁猶唱明湖天。[39]

奚岡的這首七古畫面形象生動，描繪打魚的歡樂情狀，「蓋其人以畫名，詩亦具有畫意，故不求工而自工」[40]。

通過「古歡吟會」的詩題、佳句和個別社員詩作，可以了解其整體詩風和創作傾向。他們的作品清秀、淡雅，詩之意象也較為幽美，遠離社會政治和民生疾苦，關注四季景致，注重文人雅士的生活情趣，對交遊的重視和與社友的情誼體現於他們的詩作。可以說，「古歡吟會」是一個純文學的詩歌社團。

《胡菂塘先生年譜》記載「《先友記》曰：袁簡齋先生，名

---

38 奚岡《冬花庵爐餘稿》卷上，同治十一年壬申（1872）錢塘丁氏當歸草堂刻《西泠五布衣遺著》本，第1a-7a頁。

39 奚岡《冬花庵爐餘稿》卷上，同治十一年壬申（1872）錢塘丁氏當歸草堂刻《西泠五布衣遺著》本，第3b-4a頁。

40 奚岡《冬花庵爐餘稿》卷上，同治十一年壬申（1872）錢塘丁氏當歸草堂刻《西泠五布衣遺著》本，第1a頁。

枚，字子才，晚號隨園老人」[41]，胡濤的《先友記》記載了他與袁枚的結交。袁枚為乾嘉時期詩壇的盟主人物，他的思想傾向和乾隆後期的文化背景對「古歡吟會」的審美有所影響。又「《先友記》曰：吳穀人先生，名錫麒，字聖徵，錢塘人」[42]，也記錄了胡濤與吳錫麒的交往。又「何春渚先生，名琪，字東甫，自號枯樹灣人，錢塘布衣，詩宗樊榭山房」[43]，可知社員何琪詩宗厲鶚。社員項朝棻著有《樊榭詩摘錄》一卷，說明厲鶚（1692-1752）對他的創作應有深遠的影響。由上可知，「浙西六家」之中袁枚、吳錫麒、厲鶚與「古歡吟會」社員關係密切，可推知此詩社的創作應帶有浙派詩的一些特徵。厲鶚的詩詞多山水描寫，主要是西湖、西溪一帶的自然風光，格局狹小但意境清幽，這與「古歡吟會」的整體風格存在很大的相似性。「古歡吟會」的詩作也有一種出世的僻靜，缺少一些開闊的視野與自信的胸懷。筆者認為，「古歡吟會」社員的創作在一定程度上是對狹義浙派代表厲鶚詩風的繼承，當然內部各成員受浙派詩歌的影響程度不同，無疑存在一定的差異，但單純就風格來看，差異較小。

（四）瓣香吟會

在「古歡吟會」之前，胡濤曾參加過「瓣香吟會」。「瓣香吟會」的前身是「培風吟會」。胡濤在乾隆十九年甲戌（1754）

41　胡敬《胡葑塘先生年譜》，道光刻本，第37a頁。

42　胡敬《胡葑塘先生年譜》，道光刻本，第49a頁。

43　胡敬《胡葑塘先生年譜》，道光刻本，第37b頁。

参加了「培風吟會」，《胡葑塘先生年譜》「甲戌二十一歲」條「八月，始與『培風吟會』」一事之下對此有所記載：

> 〔朱文藻〕《碧溪草堂文集·培風會稿跋》：甲戌之
> 秋，嘗集同人飲酒賦詩為「培風會」。預會者：吾師沈耕
> 寸先生，魏柳洲，嚴九峰、鐵橋昆弟，沈玉屏、菊人昆
> 弟，胡葑唐、雲溪昆弟，洎家兄逸庵及余。會無定期，
> 月或連舉。[44]

由此可知，「培風吟會」的社員有沈超（耕寸其號）、魏之琇（柳洲其號）、嚴果（九峰其號）、嚴誠（鐵橋其號）、沈紹湘（玉屏其號）、沈萌（菊人其號）、胡濤、胡灝、朱文鎧（逸庵其號）和朱文藻十人。此詩社的社長為沈超。乾隆十九年甲戌（1754）秋天是「培風詩社」的創立時間。

又，《胡葑塘先生年譜》乾隆二十一年（1756）「丙子二十三歲」條「正月，同人探梅西溪，嚴丈鐵橋為補圖」一事之下記載：

> 嚴丈鐵橋《西溪探梅圖記》：乾隆丙子春正月二十
> 日，沈耕翁、桐溪、玉屏、菊人、魏柳洲、胡葑唐、朱
> 朗齋、兄九峰及予九人出北關訪何春渚高士。[45]

乾隆二十一年丙子（1756）正月二十日西溪探梅，也應為「培風吟會」的一次詩社活動。該年條又記載「《碧溪草堂文集·西溪懷舊詩鈔序》：詩十二家，首為沈耕寸先生，次則沈桐

---

44 胡敬《胡葑塘先生年譜》，道光刻本，第4a頁。

45 胡敬《胡葑塘先生年譜》，道光刻本，第5b頁。

溪、魏柳洲、嚴九峰、沈玉屏、嚴鐵橋、何春渚、胡葑唐、沈菊人及文藻凡十人。皆丙子春日同遊西溪者。自是吟會數舉，大都不外此西溪舊侶也。」[46]社員增加何琪、沈鵬（桐溪其號），除去胡灝、朱文錩，有十人：沈超，沈鵬、魏之琇、嚴果、沈紹湘、嚴誠、何琪、胡濤、沈萌和朱文藻。之後數次吟會社員大致就是以上人員。

乾隆二十五年庚辰（1760）八月，「培風吟會」改名為「瓣香吟會」。《胡葑塘先生年譜》「庚辰二十七歲」條「八月，始與『瓣香吟會』」一事之下記載：

> 府君筆記：先是甲戌歲，沈耕寸師集同里魏柳洲，嚴九峰、鐵橋，沈桐溪，何春渚暨及門三四人，為「培風詩會」。及是改名曰「瓣香」。[47]

乾隆二十九年（1764）甲申正月，「瓣香吟會」在近雲山舍舉行集會。《胡葑塘先生年譜》「甲申三十一歲」條「正月，同人結吟會於近雲山舍」一事之下按語記載：

> 此即「瓣香吟會」也。其後集耕寸草堂，般若、點石二庵亦如之。是歲，主其事者為孫丈半峰，與會者沈耕寸、魏柳洲、王古鐵、沈桐溪、嚴九峰、鐵橋、朱朗齋諸丈及府君凡九人。會無常所，亦無定時，今可考者止此數集耳。[48]

---

46 胡敬《胡葑塘先生年譜》，道光刻本，第7a-7b頁。

47 胡敬《胡葑塘先生年譜》，道光刻本，第9a-9b頁。

48 胡敬《胡葑塘先生年譜》，道光刻本，第22b-23a頁。

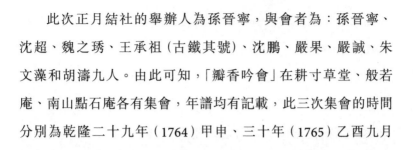

此次正月結社的舉辦人為孫晉寧，與會者為：孫晉寧、沈超、魏之琇、王承祖（古鐵其號）、沈鵬、嚴果、嚴誠、朱文藻和胡濤九人。由此可知，「瓣香吟會」在耕寸草堂、般若庵、南山點石庵各有集會，年譜均有記載，此三次集會的時間分別為乾隆二十九年（1764）甲申、三十年（1765）乙酉九月和三十一年（1766）丙戌正月。

沈超主持集會共十三次，歷時五年多。社長逝世之後，「瓣香吟會」中斷了十多年。乾隆四十三年戊戌（1778）九月，嚴果續舉該社，《胡莳塘先生年譜》記有兩次集會，與會者多半不是舊侶。原文如下：

> 《碧溪草堂詩集》：重集「瓣香吟會」。第一集，題注云：「會者十三人。九月望日，同人至天竺訪三生石，以法鏡寺楣帖『溪鳥一聲禪定後，野花萬點說經初』為韻，書來索賦，分得『點』字。」詩注云：「『瓣香吟會』輟舉者十餘年，今重集，諸公大半皆非舊侶。」又，第二集，題注云：「同人風雨訪桐溪沙河寓齋，分韻得『開』字，即次己丑年所用賦得『一灣煙水』贈李澄齋元韻。蓋『一灣煙水』乃沙河舊名，而澄齋所居即在桐溪齋後，因以誌懷舊之感云。」[49]

自乾隆四十五年庚子（1780）二月結「古歡吟會」後，《胡莳塘先生年譜》便沒有關於「瓣香吟會」的任何記載。

「瓣香吟會」與「古歡吟會」的共同社員有胡濤、朱文藻、

---

49 胡敬《胡莳塘先生年譜》，道光刻本，第36a頁。

孫晉寧等，大多數社員不同。到重舉「瓣香吟會」的時候，由
於時間相隔太久，社員已發生整體的變動。而初結「古歡吟會」
和重結之時的社員構成變動不大，主要是因為時間相隔不久，
胡濤交往的友人群體沒有發生根本的變化。筆者推測，到重
舉「瓣香吟會」時，其與會者可能與「古歡吟會」的社員有更多
的重合。自乾隆四十五年庚子（1780）「古歡吟會」出現，「瓣
香吟會」應是徹底結束。由此可推知，「古歡吟會」對「瓣香吟
會」是一種時間上的繼承，隨着年輩的增長，胡濤則由與會者
變為社長。根據《胡荮塘先生年譜》乾隆四年（1739）「己未六
歲」條「始就外傅，受業於沈耕寸先生」[50]，可知沈超是胡濤的
老師。「瓣香吟會」的社員有胡濤的師長和朋友，年齡大多長
於胡濤，而「古歡吟會」的社員大多是胡濤的同時代友人。隨
着「古歡吟會」的社員相繼病危或去世，「古歡吟會」也逐漸衰
落。社員的年歲之增長和住所之變遷等因素都可能影響一個詩
社的興衰。關於「瓣香吟會」和「古歡吟會」的其他聯繫，比如
社員的整體思想和創作傾向、集會的形式和活動內容等方面，
則有待更為豐富的資料和深入的考證。

（五）結社特徵

　　學界對詩社的研究一般從詩社的領袖入手，以結社目的和
詩學傾向作為其思想的一個方面來研究詩人，詩社研究容易成
為詩人研究的附屬。然而，詩社研究具有自身的獨立意義。以
詩社為中心，根據相關資料對具有代表性的詩社進行系統的梳

50　胡敬《胡荮塘先生年譜》，道光刻本，第1b頁。

理，把整體詩人或者代表詩人作為詩社的一個要素進行研究，旨在探求詩社的文學傾向甚至政治傾向等，才能給予詩社應有的歷史地位。「古歡吟會」社員眾多，應當從詩人整體着眼，進而挖掘詩社的宗旨和思想。結社是集體唱和行為，在強調核心社員的引導作用的同時，也不能忽視其他社員的共同觀念。

「古歡吟會」作為清代乾隆年間杭州地區的一個詩社，具有固定的社員、集會地點等，是一個相對成熟的詩歌社團。第一，相對於其他社團，「古歡吟會」的記載較為集中、豐富，對歷次結社人員和詩題的記錄也較為明確、詳細。遺憾的是，「古歡吟會」沒有社員的唱和詩集存留，無法對其整體創作進行評價。通過部分社員別集中與會唱和的詩作，我們可以看到這是一個文學性較強的詩社，與其所處的時代背景有很大的關係。清初遺民詩社眾多，有的詩社頗具影響力，到了乾隆時期，那種政治態度鮮明、結社目的複雜的詩社不復存在，取而代之的是文學性較為突出的詩歌社團。這些詩社雖然對後世的影響不大，但反映的是清代盛世的文學面貌，反映了杭州地區結社普遍、頻繁的現象。第二，根據上文論述，「古歡吟會」的詩風在一定程度上沿襲了浙派詩風，部分社員可視為浙派弟子。通過對詩社的研究，可以探尋詩社與詩派或詩人群體的關係。通過對「古歡吟會」內部交遊、唱和的了解，來擴充我們對浙派這個詩歌派別原有的認識和研究。詩社研究對風格流派、詩人群體研究具有另闢蹊徑的意義。第三，無論是「古歡吟會」自身興起、發展、演變、衰亡的過程，還是從「培風吟會」到「瓣香吟會」發展演變的過程，都能反映詩人的創作傾向的流變，反映詩社之間的聯繫和差異，從而為清詩史提供線

索，使清代詩歌的淵源和面貌更為清晰。

清代詩社林立，主要是在江南地區，而其中杭州地區的結社吟詠之風頗為興盛。「古歡吟會」作為杭州詩社的一個代表，與其他地區比如江蘇的一些同時代詩社相比，具有明顯的特點。首先，在詩學源流上具有地域特徵。「古歡吟會」的部分社員對浙派詩學審美的繼承，可以說明這一點。其次，在詩歌創作上具有地域特徵。該詩社的一些詩題和創作內容與杭州當地的自然、人文景致有關，詩社的集會活動也沒有離開杭州的範圍。此外，「古歡吟會」的社員多為杭州當地文人，品位高雅，詩風較為淡泊。

總之，「古歡吟會」作為一個文學性突出、地域性明顯的詩歌社團，延續了杭州地區的結社傳統，又反映了乾隆時期當地的結社情況。雖然該詩社對後世的影響我們還不敢輕易下結論，但是作為一個從未得到研究的詩社，它應該受到重視。而與「古歡吟會」相關或相類似的詩社，同樣都應當引起普遍的關注。

四　泊鷗吟社

「泊鷗吟社」，又名「泊鷗社」、「鷗社」，是清代嘉慶、道光時期浙江紹興地區的一個詩歌社團，在當地的詩社中具有代表性，影響相當廣泛。關於該詩社，學界尚無研究。本章將通過現存文獻資料，對該詩社的一系列問題進行系統的梳理和考察，力求還原其歷史概況和細節，剖析其對當地詩壇的深刻影響。

(一) 社員構成

成員數量屬於詩社的基本情況之一，也是考量詩社影響力的重要方面。光緒年間潘衍桐所輯《兩浙輶軒續錄》對「泊鷗吟社」的成員有明確的記載，其補遺卷四岑振祖名下所附詩話記載：

> 晚歲歸里，與鄔先生鶴徵、茹先生菼、紀先生勤麗、王先生衍梅、周先生師濂、杜先生煦、楊先生棨、商先生嘉言、施先生琦、何先生一坤、諸先生創、趙先生鏴、陳先生祖望、王先生望霖，洎釋卍香、妙香二上人，結「泊鷗吟社」。先生年最高，為之長。[1]

1　潘衍桐《兩浙輶軒續錄．補遺》卷四，《續修四庫全書》第1687冊，第322頁。

由此可知,「泊鷗吟社」的成員有岑振祖、鄔鶴徵、茹蕊、紀勤麗、王衍梅、周師濂、杜煦、楊棨、商嘉言、施琦、何一坤、諸劍、趙�、陳祖望、王望霖、釋與宏(卍香其號)和釋漢兆(妙香其號)等十七人,社長為岑振祖。

岑振祖(1754-1839),字端書,號鏡西,又稱壺中老人,浙江餘姚人,諸生,著有《延綠齋詩存》,其中收錄了一些結社唱和的詩歌。其後人岑象坤撰有《二十一世會稽鏡西公年譜》,也記載了不少關於「泊鷗吟社」的資料。

鄔鶴徵(1781-1849),字雪舫,浙江山陰(今紹興)人,諸生,著有《吟秋樓詩鈔》。《兩浙輶軒續錄》卷三十九鄔鶴徵名下引孫德祖語:「先生與笠舫〔王衍梅〕同時與於『鷗社』。」又陶濬宣語:「君初名鶴舟,刻《吟秋樓二集》時始署今名,『鷗社』中之最著者。詩境清華微宛、自然入妙。」[2]說明鄔鶴徵和王衍梅兩人是「泊鷗吟社」的代表社員。

茹蕊(生卒年不詳),字韻香,號也園,又號玉筍山農,浙江會稽(今紹興)人,乾隆五十一年丙午(1786)副貢,官松陽訓導,著有《吟花書屋詩草》、《一笑了然齋詩鈔》。道光六年丙戌(1826)武林淵雅堂刻茹蕊等撰《山陰贈行詩錄》,也記錄了他與岑振祖、商嘉言、紀勤麗、釋與宏、鄔鶴徵和周師濂等人的交遊、唱和。

紀勤麗(1763-?),字百穀,浙江山陰人,著有《鄰彭山館詩鈔》。

王衍梅(1776-1830),字律芳,號笠舫,浙江會稽人,嘉

2　潘衍桐《兩浙輶軒續錄》卷三十九,《續修四庫全書》第1686冊,第468頁。

慶十年乙丑（1805）進士，官廣西武宣知縣，以吏議落職，著
有《綠雪堂遺集》。

周師濂（1765-？），字又溪，號竹生，浙江山陰人，嘉慶
六年辛酉（1801）拔貢，著有《竹生吟館詩草》。《兩浙輶軒續
錄》卷二十一周師濂名下詩話記載：「時與岑鏡西、鄔雪舫、
王笠舫、何半餘諸先生齊名，為『鷗社』之老宿。」[3] 又，李慈
銘《越縵堂文集》卷二《恥白集序》説：「《恥白集》二卷，亡
友周君雪甌之所作也。君世家山陰。其大父竹生先生以詩名
越中，與同邑鄔雪舫先生齊名，稱『周鄔』，結『泊鷗社』相唱
和，皆以諸生老，各有詩集行於世。」[4] 可見，周師濂也是「泊
鷗吟社」較為著名的社員。

杜煦（1780-1850），字棣君，號尺莊，浙江山陰人，嘉慶
十二年丁卯（1807）舉人，道光元年辛巳（1821）舉孝廉方正，
著有《蘇甘廊集》。

楊棨（生卒年不詳），初名枝，字戟轅，號吉園，浙江會
稽人，嘉慶十九年癸酉（1813）歲貢，官泰順訓導。《兩浙輶
軒續錄》卷二十七收錄了他的七首作品。

商嘉言（1775-1827），字拜廷，號莽亭，浙江會稽人，諸
生，著有《莽亭詩草》。他是岑振祖的表侄，也是其《延綠齋詩
存》的編選者。

施琦，生平不詳，與鄔鶴徵等人有交往。鄔鶴徵《吟秋樓
詩鈔・二集》卷二有《哭施璞園琦》一詩，卷四有《亡友施璞
園沒十年矣，其子貧不能葬，展讀遺詩，泫然有作，並寄笠

3　潘衍桐《兩浙輶軒續錄》卷二十一，《續修四庫全書》第 1685 冊，第 573 頁。

4　李慈銘《越縵堂文集》卷二，《清代詩文集彙編》第 713 冊，第 256 頁。

舫》，其後七題為《丙戌嘉平二十八日，得孫志喜》》[5]。該詩集內部沒有明確編年，作品大致按照創作時間排次。因此，施琦（璞園其字號）「沒十年」應為道光六年丙戌（1826），上推其卒年大約為嘉慶二十一年丙子（1816）。據下文對「泊鷗吟社」創立時間的考證，施琦的逝世早於該詩社的成立，不能算作社員。此外，其他社員的集子中也並無施琦參加社集的依據。不過，施琦生前與部分社員有所交遊唱和是事實。

何一坤（1769-1816），字半餘，號經香，浙江山陰人。

諸創（生卒年不詳），號丹蘿，浙江山陰人，著有《城南草堂詩鈔》。

趙錯（生卒年不詳），字鼎成，號省園，浙江會稽人，著有《省園詩鈔》。

陳祖望（1792-?），字冀子，號拜鄉，浙江會稽人，諸生，著有《思退堂詩鈔》。

王望霖（1774-1836），字濟蒼，號石友，浙江上虞人，官中書科中書，著有《天香樓遺稿》。

此外，還有兩位詩僧社員。釋與宏（1758-1838），號卍香，浙江山陰人，小雲樓僧，著有《懶雲樓詩草》。釋漢兆（1769-?），字伴霞，號妙香，浙江寧海人，山陰方廣寺僧，著有《妙香詩草》。《兩浙輶軒續錄》卷五十一記載：「與越中名士王笠舫進士、周又溪明經輩結『泊鷗社』於耶溪鏡水間，以吟詠自娛。」[6]

5　鄔鶴徵《吟秋樓詩鈔·二集》卷四，道光二十九年己酉（1849）刻本，第11b-21a頁。

6　潘衍桐《兩浙輶軒續錄》卷五十一，《續修四庫全書》第1687冊，第143頁。

岑振祖年輩最高，為「泊鷗吟社」的社長，而鄔鶴徵、紀勤麗、王衍梅、周師濂、杜煦、何一坤、諸創、趙鍇、釋與宏等人則為骨幹社員。鄔鶴徵《吟秋樓詩鈔・二集》卷三《懷人詩五章》包括了《紀百穀》、《王笠舫》、《陳拜鄉》、《諸丹蘿》和《釋卍香》五篇[7]，對這五個社員也作了簡要的刻畫和評論。

「泊鷗吟社」與會人數眾多，不止上述十六名社員。如，《兩浙輶軒續錄》卷十七記載：「姚樟，字薌林〔又作香林〕，會稽人，乾隆甲寅舉人，官麗水教諭。」又引《校官詩錄》：「姚氏推越中望族，薌林又善繼述，此真讀書種子也。『泊鷗吟社』，薌林與焉。」[8]可知，姚樟也是該詩社的成員。岑振祖的《延綠齋詩存》卷首，也有姚樟的題詞[9]。

又，釋與宏《懶雲樓詩草》卷二有《十一月三日，岑鏡西招同姚香林，王新圃，王芝亭，楊吉園，周又溪、藕船、小梅，趙省園，鄔雪舫，諸丹蘿，李青崖及余，集「泊鷗吟社」，即事十四韻》[10]。可知，王「新圃」、王六橋 (芝亭其字號)、周「藕船」、周「小梅」和李「青崖」五人也是該詩社的成員。而釋漢兆《妙香詩草》卷三《題社友王新圃別駕小影》一詩[11]，再次證明了王「新圃」曾參與「泊鷗吟社」。

又，岑象坤《二十一世會稽鏡西公年譜》「道光十九年己亥，公八十六歲」條記載：「杜尺莊先生……與同社楊吉園、

7　鄔鶴徵《吟秋樓詩鈔・二集》卷三，道光二十九年己酉（1849）刻本，第10a-10b頁。

8　潘衍桐《兩浙輶軒續錄》卷十七，《續修四庫全書》第1685冊，第424頁。

9　岑振祖《延綠齋詩存》題詞，《清代詩文集彙編》第439冊，第233頁。

10　釋與宏《懶雲樓詩草》卷二，道光七年丁亥（1827）刻本，第14a頁。

11　釋漢兆《妙香詩草》卷三，道光三年癸未（1823）刻本，第21b頁。

王月槎諸先生製公粟主,送入詩巢。」[12]可見,王海觀(字見滄,月槎其號)也是社員之一,生平未詳。

此外,《兩浙輶軒續錄》卷三十九記載:「平浩,字養中,號元卿,一號悔遲,山陰人,著《金粟書屋詩稿》。……又與『泊鷗吟社』茹韻香、紀百穀、鄔雪舫諸老游,詩日益進。」[13]可見,平浩也很有可能是「泊鷗吟社」的成員。補遺卷五,錄有姚汝晉《題岑鏡西先生延綠齋詩集》二首,其一尾聯云:「忘機合與鷗為侶,社長頭銜署泊鷗。」[14]岑振祖《延綠齋詩存》卷首題詞,也收錄了這兩首詩[15]。姚汝晉(1781—?)字錫三,號梅圫,浙江會稽人,嘉慶十九年甲戌(1814)進士,也很有可能參加過岑振祖主持的「泊鷗吟社」。

又,《延綠齋詩存》卷十兩首詩歌《燈節前,訂存齋前輩、虛舟、香林、新圃、六橋、虛齋、小梅作壺碟會,分致小啓,再用前韻》、《立夏前四日,省園招同紀三百穀、袁耐亭、周小梅飲秀皋齋至夜分,即席和百穀韻》[16],基本可以認定為「泊鷗吟社」集會所作;卷十二《輓周存齋前輩》、《輓童陸村》[17],也提到結社之事。因此說,周大業(存齋其號)、「虛舟」、胡開炘(虛齋其字號)、袁鼎(耐亭其字號)和童震(陸村其號,又

12 岑象坤《二十一世會稽鏡西公年譜》,《北京圖書館藏珍本年譜叢刊》第120冊,第171頁。
13 潘衍桐《兩浙輶軒續錄》卷三十九,《續修四庫全書》第1686冊,第492頁。
14 潘衍桐《兩浙輶軒續錄·補遺》卷五,《續修四庫全書》第1687冊,第375頁。
15 岑振祖《延綠齋詩存》題詞,《清代詩文集彙編》第439冊,第235頁。
16 岑振祖《延綠齋詩存》卷十,《清代詩文集彙編》第439冊,第387、392頁。
17 岑振祖《延綠齋詩存》卷十二,《清代詩文集彙編》第439冊,第416、420頁。

作菉村）等五人應當也是該詩社的成員。鄔鶴徵《吟秋樓詩鈔》三集卷一《己丑二月二十九日，省園主人招同鏡西、吉園、椴翁、又溪、曉雲、卍香集秀皋別業》[18]，「椴翁」和陳「曉雲」同樣也可能是社員。周師濂《竹生吟館詩草》卷八《春分日，小梅叔招飲，時在座者岑鏡西、姚香林、王新圃、楊吉園、家存齋，予邀茹韻香來，後至者為嚴曙堂》[19]，説明嚴「曙堂」也有結社的可能性。

上述姓名不詳的詩人，其字號有可能是已知十六名社員的別字、別號，在此特作説明。

綜上所述，「泊鷗吟社」的成員至少有岑振祖、鄔鶴徵、茹蕊、紀勤麗、王衍梅、周師濂、杜煦、楊棨、商嘉言、何一坤、諸創、趙鐼、陳祖望、王望霖、釋與宏、釋漢兆、姚樟、王「新圃」、王六橋、周「藕船」、周「小梅」、李「青崖」、王海觀等二十三人。而平浩、姚晉汝、周大業、「虛舟」、胡開炘、袁鼎、童震、「椴翁」、陳「曉雲」和嚴「曙堂」等十人也極有可能是社員。人數總計為三十餘人。根據釋漢兆《次岑鏡西先生花朝後一日，雨中偕「泊鷗吟社」二十五人泛舟赴小雲樓探梅，舟中先得二首韻》一詩[20]，可知「泊鷗吟社」的一次社集曾達到二十五人之多。除上述三十三人之外，該社可能還有其他臨時性社員，如岑振祖的兒子、侄子和骨幹社員的兄弟、朋友等等，此處不一一增補。「泊鷗吟社」在紹興地區頗有影響，

18　鄔鶴徵《吟秋樓詩鈔·三集》卷一，道光二十九年己酉（1849）刻本，第8b頁。

19　周師濂《竹生吟館詩草》卷八，道光九年己丑（1829）刻本，第18b頁。

20　釋漢兆《妙香詩草》卷七，道光三年癸未（1823）刻本，第7a頁。

與其社員眾多密切相關，可謂極具代表性的紹興詩社。

（二）起止時間

「泊鷗吟社」的創立時間有幾種說法，下面擬對此進行專門考證。

岑振祖《延綠齋詩存》卷十《「泊鷗吟社」宴集詩並序》記載：

> 身同倦鳥歸來，最惜時光；心似閒鷗夢去，不離風月。須尋歡樂，莫過倡酬，爰集同志十二人，結為『泊鷗吟社』。月凡兩舉，歲可再週。賤齒稍長，於嘉平月三日，值第一會，設几案於栲栳精舍，釀貲沽飲，即事賦詩，體格不拘，胸懷咸適，率成四律，用質同人。都忘機事訂鷗盟，泊處真堪適性情。半世江湖浮浪跡，一庭風月鬥吟聲。碧山老輩人爭慕（前明無錫諸名宿設「碧山吟社」），紅樹新霜景最清（吾越王季重先生開「楓社」於羅紋阪）。仿得前規初結社，合貲博飲詎無名。[21]

此詩序僅記載了第一次集會的日期為「嘉平月三日」，卻沒有說明年份。

而《二十一世會稽鏡西公年譜》「嘉慶二十四年己卯，公六十六歲」條也記載了結社之始和這首詩[22]。可見，岑象坤所

21　岑振祖《延綠齋詩存》卷十，《清代詩文集彙編》第439冊，第385-386頁。
22　岑象坤《二十一世會稽鏡西公年譜》，《北京圖書館藏珍本年譜叢刊》第120冊，第156-157頁。

編岑振祖年譜對「泊鷗吟社」創立時間的記載為嘉慶二十四年己卯十二月三日（1820年1月18日）。很顯然，年譜大致依據《延綠齋詩存》而編。但是，《延綠齋詩存》內部沒有明確的編年，年譜所說「嘉慶二十四年己卯」，仍有待考察。通過其他社員的現存詩歌，可對結社年份加以考證。釋漢兆《妙香詩草》卷七《己卯閏四月十有七日，「泊鷗吟社」詩侶雨中讌集妙香丈室，詩以誌喜》[23]，明確記載嘉慶二十四年己卯（1819）閏四月十七日已有詩社活動，因此第一次集會不可能遲至該年十二月。年譜對結社年份的判斷有明顯錯誤，應是抄錄《延綠齋詩存》而不詳加考察所引起的問題。

《兩浙輶軒續錄》卷二十七收錄楊棨詩歌《「泊鷗吟社」為鏡西主人賦，主人年登周甲，歸自東嘉，慕林泉之高致，敦故舊之宿歡，曾作泊鷗圖以寄意，茲復聯同志十二人，為吟社第一會於栲栳精舍，即以是命題，亦可見醉翁之意矣，時嘉慶戊寅冬十一月初三日》[24]，明確說明該詩社的第一次集會發生在嘉慶二十三年戊寅十一月三日（1818年11月30日），應當較為準確、可靠。

又，上文社員提到釋與宏《懶雲樓詩草》卷二《十一月三日，岑鏡西招同姚香林、王新圃、王芝亭、楊吉園、周又溪、藕船、小梅、趙省園、鄔雪舫、諸丹蘿、李青崖及余，集「泊鷗吟社」，即事十四韻》[25]，這首詩歌的創作時間也為嘉慶

---

23 釋漢兆《妙香詩草》卷七，道光三年癸未（1823）刻本，第11b頁。

24 潘衍桐《兩浙輶軒續錄》卷二十七，《續修四庫全書》第1686冊，第41頁。

25 釋與宏《懶雲樓詩草》卷二，道光七年丁亥（1827）刻本，第14a頁。

二十三年戊寅（1818）十一月三日，即第一次社集所作。因為
此詩其後一題為《詩巢懷古》，再其後十三題為《己卯春，初得
焦山巨超長老見寄詩次韻》[26]。詩集雖無目錄和明確編年，但
基本按照創作時間排次。《懶雲樓詩草》與楊棨詩中的記載一
致，可互相印證。

又，周師濂《竹生吟館詩草》卷八《十一月初四日，岑丈
於栲栳精舍集同人作「泊鷗吟社」書懷紀事，得三十韻》，次頁
也有《詩巢懷古》一詩[27]。該詩集的目錄明確記載卷八為戊寅
至庚辰的作品[28]。因此，「十一月四日」指的也是嘉慶二十三年
戊寅（1818）該年。

綜上所述，「泊鷗吟社」的創立時間應為嘉慶二十三年戊
寅十一月三日（1818年11月30日）。《延綠齋詩存》和《二十一
世會稽鏡西公年譜》中的問題，可能屬於記憶和摘錄的主觀錯
誤。畢竟「泊鷗吟社」社集頻繁，在詩社創立之前，岑振祖也
題過《泊鷗圖》，並曾組織過多次非「鷗社」名義的集會唱和。
另，第一次集會地點為栲栳精舍，詩社約定每個月舉行兩次集
會。

關於「泊鷗吟社」的結束時間，年譜記載「泊鷗吟社」在道
光七年丁亥（1827）仍有集會活動，詳見「道光七年丁亥，公
七十四歲」條：

　　　　是年春，公居家。三月十三日，與雪舫、丹蘿諸君

────────────

26　釋與宏《懶雲樓詩草》卷二，道光七年丁亥（1827）刻本，第14b、17b頁。
27　周師濂《竹生吟館詩草》卷八，道光九年己丑（1829）刻本，第4b、5a頁。
28　周師濂《竹生吟館詩草》總目，道光九年己丑（1829）刻本，第1b頁。

並四兒、十倕泛舟赴小雲樓。詩句:「上巳展今日,聯翩樂我群。舟小容排比,湖寬逐浪紋。」……乃屬商〔嘉言〕遴選十之二三授梓,而自題曰《延綠齋詩存》。序後紀為嘉慶二十五年秋七月,而卷之十二已存有道光七年丁亥之詩,是必授梓後所增存者。丁亥以後之詩,應皆在漫稿全集中,惜今殘缺,渺無所見。[29]

年譜依據的是《延綠齋詩存》卷十二《三月十三日,與雪舫、丹蘿諸君並四兒、十倕泛舟赴小雲樓,祝卍公七旬壽》一詩[30]。

又,鄔鶴徵《吟秋樓詩鈔》三集卷一《己丑二月二十九日,省園主人招同鏡西、吉園、椴翁、又溪、曉雲、卍香集秀皋別業》[31],雖然並無說明是「泊鷗吟社」的集會,但可以推知岑振祖、楊棨、周師濂和釋與宏在道光九年己丑(1829)仍應邀參加一些集會唱和。而趙鏵的省園秀皋別業也經常作為「泊鷗吟社」的聚會地點。但值得注意的是,該年之前,一些社員已經逝世,比如商嘉言、何一坤、姚樟、周「小梅」、姚晉汝等(《延綠齋詩存》收錄了二姚和周的輓詩),而王衍梅也卒於道光十年庚寅(1830),「泊鷗吟社」日漸衰亡。

「泊鷗吟社」在道光年間仍有社集,具體哪一年停止活動則不得而知。當然,清代大多詩社的最後一次集會都難以考知,因為詩社有一個漸漸沒落的過程,原因是多方面的。「泊

---

29 岑象坤《二十一世會稽鏡西公年譜》,《北京圖書館藏珍本年譜叢刊》第120冊,第165-166頁。

30 岑振祖《延綠齋詩存》卷十二,《清代詩文集彙編》第439冊,第423頁。

31 鄔鶴徵《吟秋樓詩鈔·三集》卷一,道光二十九年己酉(1849)刻本,第8b頁。

鷗吟社」的集會活動長達十年左右或更久，是清代長期詩社的代表，想見其影響力也非一般短期詩社所能比肩。而嘉慶、道光之際，顯然是該詩社最為活躍的時期，也是結社初期。據推測，道光十年庚寅（1830）左右大概就是該詩社的式微時間。可以肯定的是，該詩社應當在社長岑振祖卒年之前消亡，即道光十九年己亥（1839）。

（三）歷次集會

「泊鷗吟社」第一次集會，即詩社的創立時間嘉慶二十三年戊寅十一月三日（1818 年 11 月 30 日），在栲栳精舍舉行。參與者社長岑振祖，社員姚樟、王「新圃」、王「芝亭」、楊棨、周師濂、周「藕船」、周「小梅」、趙�、鄔鶴徵、諸創、李「青崖」和釋與宏等十二人。擬列舉一些「泊鷗吟社」的重要集會。

一是嘉慶二十四年己卯二月十三日（1819 年 3 月 8 日），小雲樓社集。岑振祖《延綠齋詩存》卷十《花朝後一日，雨中偕詩社諸君泛舟赴小雲樓，舟中先得二律（存一）》一詩[32]，便是此次集會的作品。釋漢兆《妙香詩草》卷七有《次岑鏡西先生花朝後一日，雨中偕「泊鷗吟社」二十五人泛舟赴小雲樓探梅，舟中先得二首韻》[33]。周師濂《竹生吟館詩草》卷八也有《小雲樓探梅，和鏡西韻》[34]。

二是嘉慶二十五年庚辰（1820），周師濂主持詩會。《竹生

---

32 岑振祖《延綠齋詩存》卷十，《清代詩文集彙編》第 439 冊，第 387 頁。

33 釋漢兆《妙香詩草》卷七，道光三年癸未（1823）刻本，第 7a 頁。

34 周師濂《竹生吟館詩草》卷八，道光九年己丑（1829）刻本，第 7b 頁。

吟館詩草》卷九《木龍歌》[35]，創作年份可根據詩集目錄的明確
編年得知。《延綠齋詩存》卷十《木龍歌》題後有序：「木龍，
本號木猶龍。……又溪值詩會，因屬諸同人賦之。」[36]釋與宏
《懶雲樓詩草》卷三也收錄了《木龍歌》一詩[37]。

　　三是道光六年丙戌六月十九日（1826年7月23日），秀皋
齋社集。前文已經提到趙鐓的省園秀皋齋經常作為結社的場
所。《懶雲樓詩草》卷四《六月十九日，省園招「鷗社」諸君
集秀皋齋，次韻鏡西韻》，其前四題為《丙戌正月十有九日，
史漁村先生偕能夫茂才見訪》[38]，可知該詩為道光六年丙戌作
品。又，《竹生吟館詩草》卷十五《六月十九日，趙省園席上，
次岑丈鏡西韻》[39]，也明確為該年該次社集的詩作。在此之
前，趙鐓也經常招集詩社諸人宴集，二月十九為其生日，留下
了眾多招飲、唱和的作品。

　　此外，《妙香詩草》還收錄了幾首標注第幾次集會的作品，
比如《「泊鷗吟社」第八會詩，為茹韻香學博作》、《東華吟館
探春宴，步李青蓮〈將進酒〉韻（「鷗社」十四集）》、《田園雜
興（「鷗社」十五集）》，以及《四月十九浣花日，尺莊先生不
到（「鷗社」十七集）》[40]。

　　「泊鷗吟社」最具特色的就是社員集體的詩巢懷古、祭祀

35　周師濂《竹生吟館詩草》卷九，道光九年己丑（1829）刻本，第2b頁。

36　岑振祖《延綠齋詩存》卷十，《清代詩文集彙編》第439冊，第392-393頁。

37　釋與宏《懶雲樓詩草》卷三，道光七年丁亥（1827）刻本，第2a-2b頁。

38　釋與宏《懶雲樓詩草》卷四，道光七年丁亥（1827）刻本，第12a、10b頁。

39　周師濂《竹生吟館詩草》卷十五，道光九年己丑（1829）刻本，第18a頁。

40　釋漢兆《妙香詩草》卷七，道光三年癸未（1823）刻本，第9a、23a、23b、
　　25a頁。

行為。《延綠齋詩存》卷十、《吟秋樓詩鈔‧二集》卷二、《竹生吟館詩草》卷八、《懶雲樓詩草》卷二[41]，都收錄了《詩巢懷古》這首詩歌。又，《延綠齋詩存》卷十二有《同人新葺詩巢，以放翁生日落成，商大莽亭賦二律，即和》，商嘉言《莽亭詩草》卷十一也有《「泊鷗吟社」諸君子及李天山先生後人新葺詩巢，以放翁生日落成，詩以誌感（壬午十月初六日將之姚）》，《竹生吟館詩草》卷十二也有相應的《偕同社修葺詩巢，以十月十七放翁生日設祭落成，次商莽亭韻紀事》[42]。這組詩歌屬於同一次詩社活動，皆為道光二年壬午（1822）作品。此外，王衍梅《綠雪堂遺集》卷九《六賢祠懷古，寄岑丈鏡西》，《竹生吟館詩草》卷十二《三月十九日，同人公祭詩巢六君子及諸先哲，禮成紀事》、卷十三《詩巢準於二月初四日，為天池先生生日，十月十七日為放翁先生生日，率同人公祭》[43]，等等，都是詩社成員舉行詩巢祭祀留下的作品。每逢二月初四徐渭誕辰、十月十七陸游誕辰，詩社成員與其他同仁一起祭祀先賢、繼承遺烈。懷着緬懷、紀念的共同心情，「泊鷗吟社」形成了固定的社集之日，豐富了詩社的集會活動及創作。《吟秋

41　岑振祖《延綠齋詩存》卷十，《清代詩文集彙編》第439冊，第386頁。鄔鶴徵《吟秋樓詩鈔‧二集》卷二，道光二十九年己酉（1849）刻本，第16a頁。周師濂《竹生吟館詩草》卷八，道光九年己丑（1829）刻本，第5a頁。釋與宏《懶雲樓詩草》卷二，道光七年丁亥（1827）刻本，第14b頁。

42　岑振祖《延綠齋詩存》卷十二，《清代詩文集彙編》第439冊，第414頁。商嘉言《莽亭詩草》卷十一，道光二十一年辛丑（1841）刻本，第14a頁。周師濂《竹生吟館詩草》卷十二，道光九年己丑（1829）刻本，第4b頁。

43　王衍梅《綠雪堂遺集》卷九，《清代詩文集彙編》第517冊，第430頁。周師濂《竹生吟館詩草》卷十二，道光九年己丑（1829）刻本，第12a頁；卷十三，道光九年己丑（1829）刻本，第14a頁。

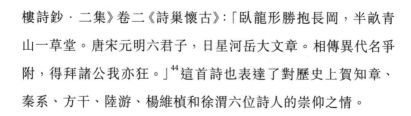

樓詩鈔‧二集》卷二《詩巢懷古》:「臥龍形勝抱長岡,半畝青山一草堂。唐宋元明六君子,日星河岳大文章。相傳異代名爭附,得拜諸公我亦狂。」[44]這首詩也表達了對歷史上賀知章、秦系、方干、陸游、楊維楨和徐渭六位詩人的崇仰之情。

(四)創作傾向

「泊鷗吟社」的與會人數眾多,存留詩歌也十分可觀。通過社員的創作,可以了解該社共同的審美傾向和結社宗旨。該社成員多以詩名世,非常注重自己的詩歌造詣。他們的唱和作品,也往往具備高超的藝術性。「泊鷗吟社」的詩歌多半作於嘉慶末年和道光初年,包含着濃厚的地域特徵,也反映了詩人群體的身份特徵和文化底蘊。

首先是地域特徵。「泊鷗吟社」的社集發生在紹興地區,影響也主要在紹興周圍。他們的集會唱和也就離不開當地的湖光山色。如果説清代杭州地區的詩社是圍繞西湖而展開的詩歌社團,那麼這個紹興詩社便是以「鑑湖」為中心的文學群體。這一帶的詩社都可以稱為「環鑑湖詩社」。鑑湖為浙江名湖之一,不僅具有江南水鄉的柔美特質,也蘊含了歷史名城的文化氣息。鑑湖又與會稽山構成紹興的主要風景,與陸游、徐渭等人的詩名相得益彰。如岑振祖《鑑湖上冢歌,與同社諸君賦》,全詩如下:

---

44 鄔鶴徵《吟秋樓詩鈔‧二集》卷二,道光二十九年己酉(1849)刻本,第16a-16b頁。

春三二月上冢時，白楊蕭蕭春露滋。龐公故事猶堪溯，羲之悽愴告墓辭。古今風俗原相似，越州報本重在斯。是時天氣正和藹，萬山齊現眉黛姿。綠波微動劃柔櫓，畫船出城那肯遲。幾聲銅鼓花亦笑，香風微微湖面吹。各家認路分近遠，到山奠墓誰悲思。當前羅列多子孫，掃松留得多松絲。一天喧鬧春雷發，山雀驚飛啼別枝。即澆杯酒化紙錢，畢竟地下知不知。或者幽明同一理，子孫歡樂靈亦喜。生愛斑衣舞彩看，百年寂寞空山裏。盼到今朝齊上山，不妨簫管衣羅綺。船船分飲許顏酡，都叨墓蔭綿時祀。況有全湖曲折通，禹廟蘭亭隨處是。即教破例作春遊，艷煞桃花紅映水。夕陽在山分鳥亂啼，遙望墓田分蒼煙迷，吹出海東青分聲高低，搖進城分銜尾各東西。[45]

這首詩描繪了詩人上冢的情景，對天氣、風光都作了生動、細緻的描寫，整首詩歌的基調擺脫了此類詩歌固有的陰陽相隔之悲，取而代之的是樂觀、灑脫和生氣盎然的氛圍。而詩歌的末尾又籠罩着淡淡的憂傷，調和了前段昂揚的情緒，形成了悲喜交織的情感。這是一首敍事完整、情感複雜的詩歌，詩人對景物的刻畫、心理的描摹、氣氛的渲染都十分到位，具有較高的藝術成就。另外，《鑑湖競渡歌》、《鑑湖採蓮曲》[46]，也同樣反映了鑑湖的熱鬧程度以及詩人與山水的親厚關係。

在闡述「泊鷗吟社」主要集會的部分，已經提到詩巢祭祀

---

45 岑振祖《延綠齋詩存》卷十，《清代詩文集彙編》第439冊，第391頁。

46 岑振祖《延綠齋詩存》卷十，《清代詩文集彙編》第439冊，第393、398頁。

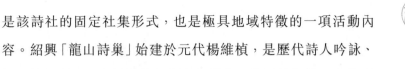
是該詩社的固定社集形式，也是極具地域特徵的一項活動內容。紹興「龍山詩巢」始建於元代楊維楨，是歷代詩人吟詠、結社的集聚地，也是歷史文化和文學得以傳承的紐帶。紹興地區之所以名家輩出，也有詩巢的功勞。這種對前賢的集體祭祀的行為，無疑增加了詩人的自豪感和使命感，不僅縮小了文化楷模和詩人的距離，也拉近了同時代詩人之間的關係。頻繁的集會、唱和使該地的文人具有高度的團結性，而結社的形式更加強了這種意識和凝聚力。「龍山詩巢」的興盛對於促進紹興文學的發展也起了重要的作用。前來祭拜的文人絡繹不絕，而憑藉該詩巢而創立的詩社也不只「泊鷗吟社」。詩巢祭祀的作品，不僅體現了詩社的地域性，也體現了詩社特有的傳承性。一般詩社也具有結社的宗旨和目的，也說明結社的淵源和傳統，而「泊鷗吟社」對文學的繼承和發展尤為重視，諸友結社也體現了繼承前代風流、振興地域文學的責任。

除了鑑湖和詩巢，若耶溪也是「泊鷗吟社」吟詠唱和的地點。詩人們泛舟耶溪，扣舷而歌，風雅至極，也留下了許多唱和作品。詩社的活動一般無外乎遊山玩水、飲酒賦詩，這是清代大多數詩社集會的固定活動，也是詩人們共同的娛樂形式。而紹興地區之所以詩社層出不窮，與其山清水秀、人傑地靈的自然環境有着密不可分的關係。此外，岑振祖的栲栳精舍和趙鏏的秀皋別業等都曾經常作為集會的地點，還有一些社員的家宅、書屋也曾偶爾舉行集會。值得一提的是趙鏏的省園，池亭奇巧，林木秀美，「泊鷗吟社」成員經常殤詠於此，可惜主人逝世後，省園毀於火災。或成為詩人的吟詠對象，或為作品烙上地理的印記，自然、人文景觀總是直接地反映在詩歌的題材

上。

其次是文藝修養。「泊鷗吟社」的社集作品也反映了詩人們的文化生活和藝術修養。如周師濂《竹聲吟館詩鈔》卷八組詩《「泊鷗吟社」，茹丈命題因賦》，下面有《論文》、《評詩》、《索書》、《讀畫》、《圍棋》、《相劍》、《撫琴》、《品酒》、《鬥茗》和《吟花》十個分題[47]。這十首作品展現了文人雅士的品位和趣味，也正是這些活動得以組織社員進行創作。與遊山玩水相對，這些可以說是室內的社集內容。現摘錄其中三首：

> 清者為聖，濁者為賢。飲鮮知味，非酒中仙。
> 從事青州，傳方白墮。風味麴生，微醺適可。
> 盡我之量，不過三蕉。百篇詩就，萬卷書澆。
> 　　　　　　　　　　　　　　（《品酒》）

> 讀桐君錄，翻桑苧經。乳花浮碧，雲腳垂青。
> 若者壽州，若者顧渚。焙以火前，採以穀雨。
> 紗帽籠頭，手自煎吃。誰共飛仙，清風生腋。
> 　　　　　　　　　　　　　　（《鬥茗》）

> 前度桃花，今朝梅樹。定有詩人，巡簷覓句。
> 沈香亭北，樂府清平。妃子顧曲，龜年按聲。
> 思發花前，花亦解語。水面文章，會心如許。
> 　　　　　　　　　　　　　　（《吟花》）[48]

釋漢兆《妙香詩草》卷七組詩《「泊鷗吟社」第八會詩，為

47　周師濂《竹生吟館詩草》卷八，道光九年己丑（1829）刻本，第7b-9b頁。

48　周師濂《竹生吟館詩草》卷八，道光九年己丑（1829）刻本，第9a-9b頁。

茹韻香學博作》也是同次社集之作。十首命題詩歌，其中三首
如下：

　　管教一醉解千愁，萬卷都從一斗搜。
　　輸與仙家能養性，僧家不飲也忘憂。（《品酒》）

　　纔展旗槍穀雨前，采來嫩綠焙來鮮。
　　茗中中了高魁者，飛上蓬萊作地仙。（《鬥茗》）

　　芍藥欄邊尋韻事，牡丹亭畔檢詩囊。
　　不如咒我多羅鉢，一霎芙蕖字字香。（《吟花》）[49]

221

　　周師濂的四言詩歌和釋漢兆的七言詩歌為同次集會的作
品，可見此次命題創作的體裁不作限制。茹蕊命題的這次社
集，吟詠的主要是詩人的日常生活，對於社員來說是熟悉且擅
長的事物。這兩位社員的作品風格都清新淡雅、超凡脫俗，體
現了傳統文人和詩僧的氣質。除了這些以文人傳統娛樂為題
的詩歌，社員的其他作品中也包含較多風花雪月的景象和宴集
唱和的場面。「泊鷗吟社」成員年齡跨度從二十多歲到六十多
歲，但大部分詩人處於中老年。主要社員都絕意仕途，寄情山
水，所以他們的作品中較少關注社會現實和自身前途，也是一
個純文學詩社。他們結社多半為了附庸風雅，享受逸樂。通
過上面摘錄的詩歌可以看出「泊鷗吟社」成員大都精於琴棋書
畫，更傾向於對文學價值和藝術成就的追求。他們編纂個人詩
集主要也是為了詩名能夠廣為流傳，尋求異代知音，較少涉及

49　釋漢兆《妙香詩草》卷七，道光三年癸未（1823）刻本，第10b-11a頁。

仕途舉業。所以說，該詩社的文學性強、政治性弱，與其社員的年齡、身份直接相關。而與清代其他詩社比較，該詩社的文學造詣較高，詩風成熟，水平整齊，也是社員將大部分精力投於創作的結果。

此外，詩巢祭祀詩歌也是詩社成員重視傳統文化的結果。岑振祖《詩巢懷古》詩：「何年結構仿書巢，采葛聲歌未寂寥。六子靈光分畫筆，一堂韻事在詩瓢。地遷鑑曲遙臨水，松老龍山響作濤。結社後先聲氣應，一窩儘許竟揮毫。」「鶴跡斕斑一徑開，問巢竟日幾人來。生扶大雅先唐代，歿祀名山盡越才。風月嘯歌終有伴，篇章零落半增哀。分題懷古情無限，須奠椒漿蕘草萊。」[50]氣度恢宏，感情飽滿，對古奧風雅的嚮往之情溢於字裏行間。

（五）環鑑湖詩社群

在「泊鷗吟社」衰落之後，部分社員又組織了新的詩社。鄔鶴徵《吟秋樓詩鈔・三集》卷二記載了新詩社八次集會的詩題：

> 《消寒第一集，同紀百穀、楊吉圍（榮）、周又溪、胡盧齋（開炘）、陳冀子、曉雲，飲莫芝庭（階）來雨軒，分韻得「寒」字》；
>
> 《第二集，陳曉雲留耕書屋，寒事八詠》；
>
> 《第三集，胡盧齋草堂，分賦臘八粥》；
>
> 《第四集，周又溪竹生吟館雪，用東坡聚星堂韻》；

50　岑振祖《延綠齋詩存》卷十，《清代詩文集彙編》第439冊，第386頁。

《第五集，楊吉園一枝軒，鶄鶄巢歌》；

《第六集，吟秋軒，蒼松古梅歌》；

《第七集，陳冀子青琅玕館，分詠試燈詞》；

《第八集，微雪同人放舟小雲樓訪卍公》。[51]

陳祖望《思退堂詩鈔》卷四也有相應的八次集會：

《來雨軒消寒即事，分韻得「即」字》；

《消寒第二集，詠寒事八首》；

《第三集，詠臘八粥，限「臘」、「八」字，各二十
韻》；

《第四集，竹生吟館賦雪，用坡公〈聚星堂雪〉詩
韻》；

《鶄鶄巢歌，為楊丈吉園作》；

《雪舫吟秋館消寒，詠盆中雙樹》；

《同人集青琅玕館，作試燈詞》；

《正月廿三日微雪，曉雲招同人小雲樓探梅，與卍
長老共作消寒第八集，用東坡〈臘日遊孤山訪惠勤、惠
思二僧〉韻》。[52]

由此可知，新詩社的成員有鄔鶴徵、紀勤麗、楊棨、周師
濂、胡開炘、陳祖望、陳「曉雲」和莫階八人，釋與宏也參與
了第八次集會。八次集會的地點也分別為莫階的來雨軒、陳
「曉雲」的留耕書屋、胡開炘的草堂、周師濂的竹生吟館、楊

51 鄔鶴徵《吟秋樓詩鈔・三集》卷二，道光二十九年己酉（1849）刻本，第
    7a-11b頁。

52 陳祖望《思退堂詩鈔》卷四，道光三十年庚戌（1850）刻本，第1a-13b頁。

棨的一枝軒、鄔鶴徵的吟秋軒、陳祖望的青琅玕館和釋與宏的小雲樓。而關於這個新詩社的創立時間,也可根據詩集的編年推知。《思退堂詩鈔》卷四《鶺鴒巢歌,為楊丈吉園作》,其前一題為《壬辰元旦雪》[53],因此這八次集會應當舉行於道光十一年辛卯(1831)底到道光十二年壬辰(1832)初之間,即該詩社的存在階段。而這個新詩社的創立時間,也再次印證了前文論及的「泊鷗吟社」結束時間,兩者是承接關係。因而,兩個詩社也有部分相同的社員即鄔鶴徵、紀勤麗、楊棨、周師濂、陳祖望、陳「曉雲」和釋與宏等。也可以說,在「泊鷗吟社」部分成員逝世之後,剩下的一些成員又起結了這個消寒詩社。

在「泊鷗吟社」之後,除了上述這個詩社,紹興地區還有「言社」、「益社」、「皋社」等接踵繼起。擬對這些詩社進行簡單的梳理。

一是「言社」。孫垓《退宜堂詩集》卷末,孫德祖所作《退宜先生小傳》:「道光朝,先生以名諸生,工為詩。並時如李愛伯戶部慈銘、周錫侯刑部光祖、陳珊士刑部壽祺、孫蓮士副使廷璋、周叔雲運使星譽、季覬建寧星詒、王孟調副榜星誠先生,遍交之。月舉詩酒之會,迭主齊盟,所謂『言社』者也。」[54]可知,孫垓、李慈銘、周光祖、陳壽祺、孫廷璋、周星譽、周星詒和王星誠等八人是「言社」的成員。又,《退宜堂詩集》自敘說:「又十年,乃與祥符周素人叔子、季覬昆季,暨同郡周君雪甌、王君孟調、李君愛伯定交。叔子執友為陽湖

53 陳祖望《思退堂詩鈔》卷四,道光三十年庚戌(1850)刻本,第9a頁。

54 孫垓《退宜堂詩集》小傳,光緒十五年己丑(1889)刻本,第1a-1b頁。

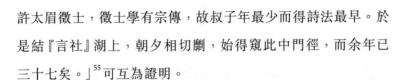

許太眉徵士，徵士學有宗傳，故叔子年最少而得詩法最早。於是結『言社』湖上，朝夕相切劘，始得窺此中門徑，而余年已三十七矣。」[55]可互為證明。

二是「益社」。孫雄輯《道咸同光四朝詩史》乙集卷二周星譽名下詩話說：「道咸間，先生家居，舉『益社』於浙東，如許夢西、陳珊士、王平子、孫蓮士、李蓴客、譚仲修，暨涑人、季況兩先生，均隸社籍。」[56]可知，周星譽、許棫（夢西其字）、陳壽祺（珊士其字）、王星誠（平子其字）、孫廷璋（蓮士其字）、李慈銘（蓴客其號）、譚獻（仲修其字）、周星詒（涑人其字）和周星詒（季況其字）等九人是「益社」的成員。

三是「皋社」。《兩浙輶軒續錄》卷四十九秦樹敏名下詩話說：「孫德祖曰：秋伊能詩善畫，居小皋部，有園亭之勝，是曰『娛園』。與山陰王詒壽眉叔、同里馬賡良幼眉為總角交。凡郡邑知名士過皋中者，必掃徑歡迎，流連觴詠。同治初，余以經燹家毀，就之卜鄰於是。吾師文孺曹先生及山陰周光祖錫侯、蕭山蔡以瑺季珪、同縣陶在銘仲彝、方琦子繢，相與結社賦詩，互為觷錯，是曰『皋社』。而同縣孫垓子久為之長，實提唱之。三十年來淪亡殆盡，惟余及仲彝在耳。錄諸君遺詩，不任人事滄桑之感也。」[57]可知「皋社」的成員有秦樹敏、孫德祖（字彥清）、王詒壽、馬賡良、曹壽銘（文孺其字）、周光祖、蔡以瑺、陶在銘、陶方琦和孫垓等十人。孫垓為社長。另

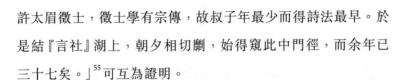

泊鷗吟社

225

55　孫垓《退宜堂詩集》自敘，光緒十五年己丑（1889）刻本，第1a-1b頁。

56　孫雄《道咸同光四朝詩史》乙集卷二，《續修四庫全書》第1628冊，第575頁。

57　潘衍桐《兩浙輶軒續錄》卷四十九，《續修四庫全書》第1687冊，第73頁。

外,「皋社」應該還有一些零散的社員,如「言社」前輩等。樊增祥《樊樊山詩集》卷二十六《再訊彥清》:「水晶宮畔露荷新,最憶先生烏角巾。春甕撥雲餘酪酊,練裙書字見風神。詩如吳下簪花女,客有湖州賣米人。皋社吟朋散如雨,鑒湖花發為誰春。」[58]可見樊增祥也曾參加該社,而且「皋社」社友眾多,在此不作增補。

此外,宗稷辰、楊大章等人曾結「苓社」。綜上所述,紹興地區繼「泊鷗吟社」之後湧現出多個詩社,結社十分興盛。上述詩社大約出現於道光、咸豐年間和同治初年,各詩社創立時間相隔不久,社員也有諸多重合。比如,「言社」和「益社」的共同社員有李慈銘、孫廷璋、周星譽、周星詒、王星誠等,「言社」和「皋社」的共同社員有孫垓、周光祖等。其中,周光祖是「泊鷗吟社」周師濂的孫子。可以說,這些後起詩社在一定程度上是受到「鷗社」影響。「鷗社」存留資料較多,其形式和生命力都帶動了紹興甚至是其他地方詩社的產生,促進了清代江南詩社的發展。「鷗社」連同「言社」、「益社」、「皋社」等,形成了紹興詩社群,即「環鑑湖詩社群」,在清代結社史和詩歌史上是濃墨重彩的一筆。

(六) 結社宗旨

「泊鷗吟社」的基本情況和對後世的影響都已經有了清晰的說明。至於「泊鷗吟社」的結社宗旨及歷史地位,有待一個

---

58 樊增祥《樊樊山詩集》卷二十六,上海古籍出版社2004年4月第1版,中冊第571頁。

恰如其分的評價。

全祖望《句餘土音序》一文，對寧波結社的歷史狀況進行了概括[59]。全祖望本人也結有「真率社」。而清初的「西湖八子社」、「南湖九子社」、「西湖七子社」和「南湖五子社」等，可謂寧波地區的著名詩社。清初的遺民在寧波月湖、日湖一帶廣結詩社，政治性和鬥爭性強，寧波結社之風達到高潮。這些詩社形成了「環月湖詩社」。因此說，紹興鑒湖是清代浙江除了杭州西湖、寧波月湖之外另一個結社中心，「環鑑湖詩社」也是浙東地區詩社群的代表，而「泊鷗吟社」則是清朝統治後期文學性詩社的典型。

明清之交紹興地區的「楓社」、「文昌社」、「雲門十子社」等，多少都具有政治色彩。結社吟詠，對滿清政權的抵觸和對故國不存的哀悼，社員表現出鮮明的政治態度。而「泊鷗吟社」由於所處歷史階段的原因不再具有強烈的政治性，更側重於發揮詩社基本功能，即加強文人交遊、提高創作水平等。在上文論述「泊鷗吟社」詩歌創作的部分就已經談到其純文學性，而道光、咸豐年間的「益社」也許會增加一些責任感和社會性，畢竟盛世遠去，那種淡泊、沉穩的心態不可能一直沿續下去。「泊鷗吟社」對社會現實的關注較少，甚至對科舉功名也頗為冷淡。然而，整體社員對歷史文化、著名詩人和文學本身都非常重視，是一群具有類似的人生經歷和價值觀的普通詩人。

關於詩社的命名，也是其宗旨和風格的體現。岑振祖《延

59　全祖望《全祖望集彙校集注》，上海古籍出版社2000年12月第1版，下冊第2313-2315頁。

綠齋詩存》卷九《題泊鷗圖,用王摩詰〈桃源行〉韻(並序)》序言説:「予笑向胡大虛齋云:杜詩梁燕去來、水鷗親近,今我輩閒蹤,得毋類鷗之相親相近乎?」[60]詩人將自己與友人比作泊鷗,取自杜甫《江村》詩句「自去自來梁上燕,相親相近水中鷗」。「泊鷗吟社」的取名也是沿用這個喻意。無論是杜甫的《江村》還是王維的《桃源行》,都描繪了一種超然世外、回歸自然、感悟生活的美好境界,表達的是對反璞歸真的嚮往。而「泊鷗吟社」這個社名及其社員的生平、創作都與梁燕、水鷗的主題十分契合,追求的就是自由的生活和親厚的友情。該詩社從創立到結束一直秉承着這個結社的目的,在他們的詩歌風格中得到了充分的體現。

「泊鷗吟社」無論從地域還是時代來説,它都具有重要的意義。除了承前啓後的歷史作用,該詩社自身的形式、規模、社齡、社員、詩作等等,都説明了它在清代詩社中的獨特性和價值。從各個方面看,該詩社歷時長久、形態成熟、發展有序,可謂清代紹興地區的大社。而關於該詩社內部的發展階段和社員的更替則有待更細緻的考證。

---

60 岑振祖《延綠齋詩存》卷九,《清代詩文集彙編》第439冊,第369頁。

五　西園吟社

　　北宋時期，蘇軾、黃庭堅、秦觀、晁補之等人曾集會於王詵的府第西園，時人作《西園雅集圖》，史稱「西園雅集」。清代順治年間，屈大均與同里諸子結「西園詩社」[1]，抒發故國之思。又清代道光年間，譚瑩與友人結「西園吟社」，這可以説是對「西園」系列文人結社雅集傳統的繼承，也是廣東地區文學風貌繁盛的體現。「西園吟社」的創始人譚瑩（1800-1871），字兆仁，號玉生，廣東南海（今廣州）人，道光二十四年甲辰（1844）舉人，著有《樂志堂詩集》、《樂志堂文集》。關於這個「西園吟社」，目前學界尚無專門研究，本章擬對它作一番系統的考察。

（一）起止時間

　　譚瑩《樂志堂詩集》收錄了他參與「西園吟社」歷次集會所作的詩歌。該集內部作品雖無明確編年，但基本上按照寫作時間排序，可據以推知該詩社的起止時間。卷一有《「西園吟社」第一集，用樂府題作唐體十二首，同集者熊笛江、徐鐵孫兩孝廉，梁子春、徐夢秋、鄧心蓮、鄭棉舟四茂才》一詩，又同卷倒數第二題為《「西園吟社」第六集，消寒八詠》，最後一題為

1　見屈大均《廣東新語》卷十二，中華書局1985年4月第1版，下冊第357頁。

《除夕小港看桃花,同夢秋、心蓮用東坡〈安國寺尋春〉韻》[2]。其中六次社集吟詠的內容,與春、夏、秋、冬四季有關,連同除夕小港看桃花應當是屬於同一年內的活動。

又,《樂志堂文集》卷五有《乙酉除夕小港看桃花詩序》和《辛丑除夕小港看桃花詩序》[3],明確記錄了譚瑩兩次看桃花的時間,可知「西園吟社」的創立時間應為道光五年「乙酉」(1825)或者二十一年「辛丑」(1841)。

又,《樂志堂詩集》卷十一《哭徐鐵孫觀察》六首之五尾聯「國殤誰禮西園社,落落晨星總不存」,自注說:「乙酉、丙戌,君與余結『西園吟社』。同讌集者廿餘人,俱下世,存者唯余與笛江廣文耳。」[4]由此可以確定,前述六次社集應當同在道光五年乙酉(1825),「西園吟社」的創立時間則在該年春季。該年和次年道光六年丙戌(1826),是詩社較為繁盛的時期。既然該詩社在道光六年丙戌(1826)仍有社集,那麼第六集就不是最後一次集會。大多數詩社都有一個漸漸衰落的過程,我們無法斷定該詩社的結束時間,只能推測大約在道光六年丙戌(1826)之後。毋庸置疑的是,詩社成員的變故和逝世是詩社消亡的原因之一。

(二)社員構成

根據前引譚瑩《哭徐鐵孫觀察》一詩尾聯自注,可知

---

2 譚瑩《樂志堂詩集》卷一,《續修四庫全書》第1528冊,第413、419、420頁。

3 譚瑩《樂志堂文集》卷五,《續修四庫全書》第1528冊,第150、152頁。

4 譚瑩《樂志堂詩集》卷十一,《續修四庫全書》第1528冊,第545頁。

「西園吟社」的成員曾達到二十多人。光緒《廣州府志》卷一百六十二《雜錄·三》記載:「同時,又有結『西園吟社』者,為漢軍徐鐵孫榮、南海熊笛江景星、順德梁子春梅、南海徐夢秋良琛、南海譚玉生瑩、番禺鄭棉舟棻、順德鄧心蓮泰諸人。文酒流連,殆極一時之盛。」[5]這個說法,應該就是依據前引譚瑩《「西園吟社」第一集,用樂府題作唐體十二首,同集者熊笛江、徐鐵孫兩孝廉,梁子春、徐夢秋、鄧心蓮、鄭棉舟四茂才》一詩標題,具體即徐榮(鐵孫其字)、熊景星(笛江其號)、梁梅(子春其號)、徐良琛(夢秋其號)、譚瑩、鄭棻(棉舟其號,又作棉洲)和鄧泰(心蓮其字),凡七人。

又,《樂志堂詩集》卷一《「西園吟社」第三集,珠江秋禊》五首,其一第五句「小紅低唱誰新作」自注曾說:「謂銘山孝廉。」[6]這指的是招子庸(銘山其字)。又其二第三句「風雨懷人都入社」自注說:「謂石華廣文、心齋孝廉、君謨茂才。」[7]這指的是吳蘭修(石華其字)、崔「心齋」、侯康(君謨其字)。由此可知,招子庸、吳蘭修、崔「心齋」、侯康四人也是「西園吟社」的成員,唯「心齋」其名未詳。而《樂志堂詩集》卷三《哭崔心齋孝廉》「珠湄舊酒樓如昨,忍讀秋江禊事詩」[8],也表明崔「心齋」確實參加過「西園吟社」第三次社集。

又,《樂志堂文集》卷十三《與徐鐵孫書》提到結社時的

5　光緒《廣州府志》卷一百六十二《雜錄·三》,《中國地方志集成》廣東府縣志輯第3冊,第824頁。

6　譚瑩《樂志堂詩集》卷一,《續修四庫全書》第1528冊,第417頁。

7　譚瑩《樂志堂詩集》卷一,《續修四庫全書》第1528冊,第417頁。

8　譚瑩《樂志堂詩集》卷三,《續修四庫全書》第1528冊,第439頁。

友人多已過世:「伯臨、石華、子春、墨農、石溪、君謨、夢秋、心齋、蒼崖、任齋、心蓮、棉洲諸子並已登鬼錄,愴絕人琴。等逝水之難留,較晨星而易數。惟與笛翁時相過從耳。」[9]由此可知,潘正亨(伯臨其字)、儀克中(墨農其號)、黃子高(石溪其號)、黃喬松(蒼崖其號)、「任齋」五人也曾參與「西園吟社」的唱和。

而與譚瑩同時代的馮詢是否參加過「西園吟社」的集會,則有待探討。馮詢《子良詩存》卷十二《補錄水仙花詩》題注記載:「此詩與第一卷《玉山樓望春》同為少時『西園詩社』作也。吾粵自前明以來疊開詩社。道光初年,『南園』、『西園』兩社最盛,詩至萬卷。送巨公甲乙,予玉山樓作,拔置冠軍,此作取列第三名,距今三十年矣。同社諸公風流雲散,故園韻事老更難忘,偶憶及之,補錄於此。」[10]又,譚瑩《樂志堂詩集》卷十二《沈伯眉廣文以詩索贈水仙花,走筆為報》詩後提到:「『我正含情撫瑤瑟,曲終人遠喚難應』,亡友徐夢秋西園社集《水仙花》擅場作也。廣文才不亞於夢秋,故及之。」[11]這兩處提到的「西園詩社」、「西園社集」都以水仙花為題,指的應當是同一次社集。但是,《樂志堂詩集》記載的六次集會唱和並無以水仙花為題,因此馮詢所謂「西園詩社」是否即譚瑩所結「西園吟社」,仍不明確。前引光緒《廣州府志》卷一百六十二《雜錄‧三》記載前面有較為詳細的說明:

9　譚瑩《樂志堂文集》卷十三,《續修四庫全書》第 1528 冊,第 255 頁。

10　馮詢《子良詩存》卷十二,《續修四庫全書》第 1526 冊,第 184 頁。

11　譚瑩《樂志堂詩集》卷十二,《續修四庫全書》第 1528 冊,第 561 頁。

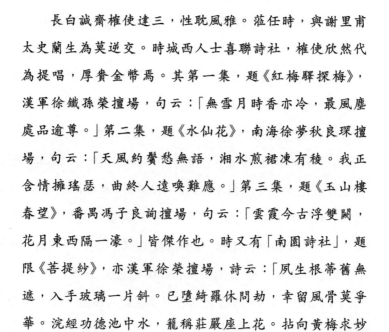

長白誠齋權使達三,性耽風雅。蒞任時,與謝里甫太史蘭生為莫逆交。時城西人士喜聯詩社,權使欣然代為提唱,厚賚金幣焉。其第一集,題《紅梅驛探梅》,漢軍徐鐵孫榮擅場,句云:「無雪月時香亦冷,最風塵處品逾尊。」第二集,題《水仙花》,南海徐夢秋良琛擅場,句云:「天風約鬢愁無語,湘水煎裙凍有稜。我正含情擁瑤瑟,曲終人遠喚難應。」第三集,題《玉山樓春望》,番禺馮子良詢擅場,句云:「雲霞今古浮雙闕,花月東西隔一濠。」皆傑作也。時又有「南園詩社」,題限《菩提紗》,亦漢軍徐榮擅場,詩云:「夙生根蒂舊無遮,入手玻璃一片斜。已墮綺羅休問劫,幸留風骨莫爭華。浣經功德池中水,籠稱莊嚴座上花。拈向黃梅求妙偈,不應還道本非紗。」尤為一時傳誦。同時,又有結「西園吟社」者……[12]

這裏明確將「南園詩社」、「西園吟社」同城西人士所聯詩社區分開來。儘管結社的時間、地域都大同小異,但是根據詩題可知,上文提到的「西園詩社」、「西園社集」並非「西園吟社」。馮詢參與的是城西人士結社。於城西結社,因此概稱為「西園詩社」。徐榮均有參與上述三個詩社,據筆者估計,這三個詩社會有一些相同的社員,具體情形則有待考證。根據徐榮《懷古田舍詩節鈔》卷一《玉山樓春望(甲申)》一詩[13],可知城

---

12 光緒《廣州府志》卷一百六十二《雜錄·三》,《中國地方志集成》廣東府縣志輯第3冊,第823-824頁。

13 徐榮《懷古田舍詩節鈔》卷一,《續修四庫全書》第1518冊,第75頁。

西人士所聯詩社如果只有這三次集會，那麼其結束時間應為道光四年甲申（1824）。

而馮詢《子良詩存》卷一有《秋草》四首[14]，與譚瑩《樂志堂詩集》卷一《「西園吟社」第四集，秋草四首》[15]，似為同次集會的作品。馮詢《秋草》前十四題為《玉樓山春望》[16]，已知《玉樓山春望》作於道光四年甲申（1824），那麼，《秋草》極有可能作於道光五年乙酉（1825），和譚瑩《秋草》詩同為「西園吟社」第四次集會的作品。何況，兩處詩歌的體裁、數目都相同，可以判斷馮詢參加過「西園吟社」，為該詩社的成員無疑。

此外，譚瑩《樂志堂詩集》中作於道光五年乙酉（1825）和六年丙戌（1826）的詩歌也應引起我們的注意。該詩集卷二有詩題《十一月十五同集寄岳雲齋，和忠雅堂集消寒十二詠，同集者黃蒼崖提舉，陳任齋詹簿，春山、苧村兩上舍，李秋田、鄧心蓮、鄭棉洲三茂才》，同卷前十四題為《丙戌中秋，夜送友人入都，口占一絕句》[17]，可推知寄岳雲齋集會發生在道光六年丙戌（1826）十一月十五日。雖然此處並無說明是「西園吟社」的社集，但其參與者譚瑩、黃喬松、陳「任齋」、鄧泰、鄭菜屬於該詩社的成員。剩餘的參與者陳「春山」、陳洸（苧村其號）、李光昭（秋田其號）三人，也很有可能是「西園吟社」的成員。又，同卷前三題為《香石廣文招飲，且云作東方之烹，不能赴也，書此謝之》[18]，也是道光六年丙戌（1826）

14 馮詢《子良詩存》卷一，《續修四庫全書》第1526冊，第16頁。

15 譚瑩《樂志堂詩集》卷一，《續修四庫全書》第1528冊，第417-418頁。

16 馮詢《子良詩存》卷一，《續修四庫全書》第1526冊，第13頁。

17 譚瑩《樂志堂詩集》卷二，《續修四庫全書》第1528冊，第425、422頁。

18 譚瑩《樂志堂詩集》卷二，《續修四庫全書》第1528冊，第421頁。

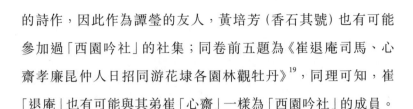

的詩作，因此作為譚瑩的友人，黃培芳（香石其號）也有可能
參加過「西園吟社」的社集；同卷前五題為《崔退庵司馬、心
齋孝廉昆仲人日招同游花埭各園林觀牡丹》[19]，同理可知，崔
「退庵」也有可能與其弟崔「心齋」一樣為「西園吟社」的成員。

　　綜上所述，「西園吟社」可以確定的成員有譚瑩、徐榮、
熊景星、梁梅、徐良琛、鄭菜、鄧泰、招子庸、吳蘭修、崔
「心齋」、侯康、潘正亨、儀克中、黃子高、黃喬松、陳「任
齋」、馮詢等十七人。此外，陳「春山」、陳滉、李光昭、黃培
芳、崔「退庵」等五人也很有可能參加過該詩社。

　　下面是一些社員的基本情況。徐榮（1792-1855），原名
鑒，字鐵孫，漢軍旗人，道光十六年丙申（1836）進士，著有
《懷古田舍詩鈔》。熊景星（1791-1856），字伯晴，號笛江、荻
江，廣東南海人，嘉慶二十一年丙子（1816）舉人，官開建（今
肇慶）訓導。梁梅（1788-1838），字錫仲，號子春，廣東順德
人，道光八年戊子（1828）優貢，著有《寒木齋集》。徐良琛，
字西卿，號夢秋，廣東南海人，諸生，著有《搴芙蓉館集》。
鄭菜，字子幹，號棉舟，又作棉洲，廣東番禺人，諸生，著有
《海天樓詩鈔》。鄧泰，字心蓮，廣東順德人，諸生，著有《心
蓮詩鈔》。招子庸（1793-1846），字銘山，號明珊居士，廣東
南海人，嘉慶二十一年丙子（1816）舉人。吳蘭修，字石華，
廣東嘉應州（今梅縣）人，嘉慶十三年戊辰（1808）舉人，官
信宜訓導，著有《荔枝吟草》。侯康（1798-1837），字君謨，
廣東番禺人，道光十五年乙未（1835）舉人。潘正亨（1779-

19　譚瑩《樂志堂詩集》卷二，《續修四庫全書》第1528冊，第421頁。

1837），字伯臨，號荷衢，廣東番禺人，諸生，官刑部員外郎，著有《萬松山房詩鈔》。儀克中（1796-1838），字協一，號墨農，又號姑射山樵，廣東番禺人，道光十二年壬辰（1832）舉人，著有《劍光樓集》。黃子高（1794-1839），字叔立，號石溪，廣東番禺人，貢生，著有《知稼軒詩鈔》。黃喬松，字鑒仙，號蒼崖，廣東番禺人，官雲南鹽課提舉，著有《鯨碧樓詩鈔》。馮詢（1796-1871），字子良，廣東番禺人，著有《子良詩存》。李光昭，字闇如，號秋田，廣東嘉應人，諸生，著有《鐵樹堂集》。黃培芳（1779-1859），字子實，號香石，廣東香山人，嘉慶甲子九年（1804）副貢，官陵水教諭，著有《嶺海樓詩鈔》。

（三）創作傾向

「西園吟社」的集會唱和沒有詩歌總集存留，部分社員的詩集也已散佚。我們只能通過一些社員的現存詩作，來分析其結社期間的創作情況。譚瑩《樂志堂詩集》、徐榮《懷古田舍詩節鈔》和馮詢《子良詩存》等保存了一些當時結社或社友交遊、唱和的作品。

《樂志堂詩集》記錄「西園吟社」六次集會的詩題如下：

> 《「西園吟社」第一集，用樂府題作唐體十二首，同集者熊笛江、徐鐵孫兩孝廉，梁子春、徐夢秋、鄧心蓮、鄭棉舟四茂才》；
>
> 《「西園吟社」第二集，詠扇五絕（錄十五首）》；
>
> 《「西園吟社」第三集，珠江秋褉》；

《「西園吟社」第四集，秋草四首》；

《「西園吟社」第五集，黃葉四首》；

《「西園吟社」第六集，消寒八詠》。[20]

這六次集會所作的詩歌，前兩次分別為古體詩和五絕，後四次均為七律。律詩這種體裁相對於古詩，更適合詩社成員逞才鬥唱，尤其是一些對社員作品進行賞析、評選的詩社，多作律詩。「西園吟社」社集吟詠的詩題時令性較強，詠扇、秋禊、秋草、黃葉、消寒都是針對當時季節而定的題目。

創始人譚瑩的作品在該詩社的創作中具有一定的代表性。譚瑩所作《「西園吟社」第六集，消寒八詠》，分別為《賣冰》、《送炭》、《破橙》、《煨芋》、《折梅》、《聽松》、《斫鱠》和《捫蝨》八題[21]，既有通過吟詠景物來表現文人雅士的品格和趣味，也有通過記錄生活來感歎世態炎涼，還有通過描寫現實來展現社會面貌。與清代盛世時期的詩社相比，道光年間的「西園吟社」宴集、享樂的幅度有所減少，社集唱和的內容多了一些對人生、歷史和社會的思考，審美傾向也體現了從清新淡遠的山水田園之詩向深入透徹的人生哲理之作的轉變。譚瑩的詩作中，苦悶與懷疑的情緒也有所流露，唱和詩作的整體基調不十分明朗、樂觀，用典較多，如《「西園吟社」第二集，詠扇五絕（錄十五首）》[22]。然而譚詩中熱愛生活和珍視友情的態度也隨處可見。結社時期的詩歌是譚瑩青年時期的作品，其早年思想可見一斑，具體如《「西園吟社」第三集，珠江秋禊》的五首

---

20 譚瑩《樂志堂詩集》卷一，《續修四庫全書》第1528冊，第413-419頁。

21 譚瑩《樂志堂詩集》卷一，《續修四庫全書》第1528冊，第419-420頁。

22 譚瑩《樂志堂詩集》卷一，《續修四庫全書》第1528冊，第416-417頁。

詩作：

冶遊何必艷陽天，江景空明特可憐。

節似重三人絕麗，秋逢二七月剛圓。

小紅低唱誰新作，慘綠依然尚少年。

請看道旁楊柳樹，濃陰仍撲總宜船。（其一）

中元燈月湧江流，心跡雙清似白鷗。

風雨懷人都入社，江湖載酒本宜秋。

星房霧閣千枝笛，寶屧羅裙一葉舟。

俯仰不無身世感，捲簾獨倚水明樓。（其二）

東晉高蹤不可攀，風沿鄭國未須刪。

鶯花局展瓜筵代，龍荔民先菊社閒。

放眼薜蘿珪組外，置身游俠隱淪間。

魯都誰泥劉楨賦，泛月珠湄恣往還。（其三）

牧之船祇載圖書，海闊天空縱所如。

座有弦歌寫哀樂，飲耽文字稱簪裾。

青樓薄倖名誰博，黃閣雍容願更虛。

道士種桃偏淨盡，兔葵燕麥總愁予。（其四）

把臂相期並入林，中郎琴笛待知音。

半帆始悟華嚴劫，五鼎難忘富貴心。

斗轉參橫秋瑟瑟，酒闌燈炧夜沈沈。

大呼前輩青蓮死，萬籟無聲攪苦吟。（其五）[23]

---

23 譚瑩《樂志堂詩集》卷一，《續修四庫全書》第1528冊，第417頁。

這五首詩歌，無論是寫景還是抒懷，都流露出明顯的憂愁。友人同集的歡愉心情被苦悶的心緒所掩蓋，可能與秋季肅殺的氣氛有關，景致顯得格外空明、澄淨，而作者的心態也較為波動起伏，對避世的嚮往中夾雜着對自身的哀歎和寄望，寂寞之感濃郁。

（四）廣東詩詞社團

道光年間，廣州地區結社非常興盛，除了「西園吟社」，一些社員還結有其他詩詞社團。

一是「南園詩社」。前引光緒《廣東府志》提到了道光初年「南園詩社」和徐榮的詩作[24]，那麼可以肯定徐榮為該詩社的成員之一。馮詢《子良詩存》卷十二《杭州呈徐鐵孫太守榮》：「離亂途中特訪君，不忘故舊見經綸。老談世患方籌筆，窮助行資勝指困。論地越吳皆霸國，治杭蘇白是詩人。得歸再結南園社，卻恐匡時要此身。」此詩末尾注到：「憶少年相與並獵於吾粵『南園詩社』，忽忽三十年矣。」[25]可知馮詢與徐榮都是「南園詩社」的成員。此詩同卷前十三題為《癸丑元旦》[26]，可知《杭州呈徐鐵孫太守榮》作於咸豐三年癸丑（1853）。「南園詩社」結於三十年前，即道光三年癸未（1823）左右。而關於「南園詩社」的其他情況則有待深入研究。

二是「菊花吟社」。在儀克中《劍光樓詩鈔》卷首，僧成果

24　光緒《廣州府志》卷一百六十二《雜錄·三》，《中國地方志集成》廣東府縣志輯第3冊，第824頁。

25　馮詢《子良詩存》卷十二，《續修四庫全書》第1526冊，第199頁。

26　馮詢《子良詩存》卷十二，《續修四庫全書》第1526冊，第197頁。

有題詞《題儀墨農先生大集後》注到:「乙未秋,先生偕熊笛江、黃香石、黃石溪諸詞人,僧智度並予十八人,在長壽寺結『菊花吟社』。今二十餘年,所存者唯予一二人耳。」[27] 由此可知,道光十五年乙未(1835)秋,儀克中、熊景星、黃培芳、黃子高、僧智度、僧成果等十八人結「菊花吟社」。在譚瑩《樂志堂文集》中多處提到於長壽寺集會唱和,但是否屬於「菊花吟社」的社集則有待考證。

三是「西堂吟社」。根據譚瑩《樂志堂詩集》卷十二《「西堂吟社」第一集,補和沈氏白燕堂粵臺古蹟八詠,同集者許涑文太史,陳蘭甫、沈伯眉兩學博,金芑堂孝廉,徐子遠上舍》和《「西堂吟社」第二集,即事感賦,得詩十二首,時丙辰八月二十六日也》兩詩題[28],可知譚瑩與許其光(涑文其號)、陳澧(蘭甫其字)、沈世良(伯眉其字)、金錫齡(芑堂其號)和徐灝(子遠其字)等人於咸豐六年丙辰(1856)結「西堂吟社」。

此外,譚瑩《沈伯眉遺集序》憶及「道光癸卯〔二十三年,1843〕春,訶林、花田共結詞社」[29],可知譚瑩還曾經與人結「訶林」、「花田」兩詞社,不作贅述。

通過上文的列舉可知,道光和咸豐年間,廣州詩人結社依然十分活躍。李柏緒先生《明清廣東的詩社》一文[30],簡要羅列了一系列廣東詩社,並分析了詩社興盛的原因和結社的功用

27 儀克中《劍光樓詩鈔》,《清代詩文集彙編》第592冊,第389頁。

28 譚瑩《樂志堂詩集》卷十二,《續修四庫全書》第1528冊,第553、554頁。

29 譚瑩《樂志堂文續集》卷一,《續修四庫全書》第1528冊,第340頁。

30 李柏緒《明清廣東的詩社》,《廣東社會科學》2000年第3期,第122-128頁。

等，對於了解清代廣州結社情況也有一定的借鑒意義。清代詩人往往參與多個詩社、詞社，如馮詢不僅是「南園詩社」、「西園吟社」的成員，還參加過「素心蘭詩社」、「白芍藥詩社」等。同時，清代詩人還可能在某詩社衰落之後，又組織或參與別的詩社。結社作為清代詩人生活的一部分，常常貫穿其一生。詩人各個階段所結詩社的性質和宗旨可能有所變化，審美傾向也可能大不相同。結社是詩人進行共同創作和互相學習的一種形式，與同遊、宴集、招飲等方式結合在一起，給詩人的日常生活帶來豐富的樂趣，也能增加詩人之間的情誼，提高詩歌創作的興致和水平。一般情況下，詩社的成員整體年齡相差無幾，社會地位也不相上下，更具有類似的生活環境和經歷。社員的離開或者逝世，則可能造成詩社的衰落；而社員自身境遇的改變，也能擴大交友範圍，得到更多的結社邀請。隨着詩人自身和創作的成熟，他可能由一個詩社的普通成員變為另一個詩社的創始人。許多詩社都以室名書屋、園林建築命名，這也是結社的一個特點，也透露了社員的整體審美取向和結社緣由。結社通常在創始人的書齋、園林舉辦，而創始人的家境也相對較為富裕，方便招集其他社員宴飲、唱和。社長往往以詩代柬對其他社員發出邀請，或者約定集會的時間。除了「西園吟社」，道光、咸豐年間的這幾個廣州詩社沒有固定的集會時間，集會次數也較為零散，屬於比較短暫、自由的一類詩社，歷次集會的成員也應有較大的變動。這類詩社在清代十分常見，結社行為可能源於一時興起，而缺乏結社的初衷、目的和繼續結社的動力，往往無疾而終。而「西園吟社」則屬於較為穩定的一類詩社，社員構成也頗為可觀，值得深入研究。

（五）歷史地位

前文已提到，譚瑩「西園吟社」與屈大均「西園詩社」不是一個詩社。但是，「西園吟社」與「西園詩社」同以「西園」命名，兩者是否具有某些一致性，卻值得我們思考。「西園吟社」所處的時代背景，決定它不可能與「西園詩社」一樣具有遺民性質，但共同的地域文化和歷史傳承，必定產生某些相同的特質。

屈大均《廣東新語》記載的「西園詩社」，是對明代廣東詩社的延續和追懷：

> 廣州「南園詩社」，始自國初「五先生」。「越山詩社」，始自王光祿漸逵、倫祭酒以訓。「浮丘詩社」，始自郭光祿棐、王光祿學曾。「訶林淨社」，始自陳宗伯子壯，而宗伯復修「南園」舊社，與廣州名流十有二人唱和。……故予嘗與同里諸子為「西園詩社」，以追先達。[31]

譚瑩《樂志堂文續集》卷二《約同人重修梁藥亭先生墓兼營祀典公啟》記載：「國初梁藥亭先生，熙朝老宿，海嶠英靈。早歷文林，晚躋翰苑。主騷壇於南裔，結吟社於西園。」[32]這裏梁佩蘭（藥亭其號）所結吟社即屈大均「西園詩社」，兩人與陳恭尹並稱為「嶺南三大家」。「西園詩社」的成員主要是這三位詩人和其他一些遺民詩人。譚瑩對「西園詩社」的嚮往之情，畢現於文中。又，《樂志堂文集》卷十五《約同人重結「浮

31　屈大均《廣東新語》卷十二，中華書局1985年第1版，下冊第355-357頁。

32　譚瑩《樂志堂文續集》卷二，《續修四庫全書》第1528冊，第390頁。

邱吟社」啓》:「維粵人夙喜稱詩,迄明代群思結社。孫典籍則
南園啓秀,陳宗伯則東皋繼聲。訶子林中巾瓶,並參淨契;芝
蘭湖畔簪裾,彌艷香名。以迄沈奇玉之越嶠吐華,汪白岸則汾
江摘藻。殆難更僕,時有替人。」[33] 該文提到了廣東文人論詩
結社的歷史傳統和明代廣東詩社的興盛如孫蕡「南園詩社」、
陳子壯「訶林淨社」等,表達了對先賢的敬重和身為粵人的自
豪。《樂志堂文集》中不少篇章都抒發了作者對結社吟詠的重
視和追慕,如卷十二《擬小除夕「南園」舊社祭詩記》等[34]。從
中也可以看出,譚瑩同諸友結「西園吟社」,是對文學傳統的
一種繼承。

243

　　在譚瑩《樂志堂詩集》中,可以看到不少關心時事、民生
的題材和作者憂國憂民的懷抱以及對個人命運的愁悶,這些都
投射出清代道光年間國力衰退、社會動盪和百姓困苦的現實。
特別是譚瑩經歷了兩次鴉片戰爭,其後期的作品更多地關注政
治局勢和社會生活。而道光五年乙酉(1825)「西園吟社」的詩
歌雖為譚瑩早期的作品,但不可能如盛世時期的詩社一般師友
薈萃、詩酒流連,而是體現了從沉醉、釋放的唱酬向清醒、壓
抑的吟詠過渡。這種狀態的過渡既是社會賦予的,也是詩人自
覺的。因此,譚瑩稱頌和學習的是歷史上責任感重大的詩人。
譚瑩通過結社的方式來培養詩人,加強詩友間情誼,提高詩歌
品賞和創作能力,也是對制度下社會和個人情緒的一種表達。
當然,這種表達不是激烈的宣洩,而依然是通過詠物、寫景等

33　譚瑩《樂志堂文集》卷十五,《續修四庫全書》第1528冊,第283頁。
34　譚瑩《樂志堂文集》卷十二,《續修四庫全書》第1528冊,第248頁。

題材和溫情脈脈的集會來抒發共同的理想和憂患。

「西園吟社」既然是廣東地區的詩社，那麼必定具有一些地域特徵。該社第三集為珠江秋禊，便是極具地域性的一次重要集會。譚瑩《樂志堂文集》卷四《鄭棉舟詩序》也對此次集會有所記載：「憶乙酉秋，僕與笛江、鐵孫、子春、夢秋諸君子結社於珠江舟次。」[35] 翻閱譚瑩和其他社員的詩集可以發現，珠江春禊、秋禊十分常見，修禊可謂文人集會的一個重大形式。此外，在珠江雅集的其他活動也非常豐富、頻繁，或泛舟消夏，或垂釣取樂，觴詠唱和，極盡風雅。而「西園吟社」的其他社集內容雖無鮮明特徵，不外乎遊山玩水、傷春悲秋，但其活動範圍在廣州地區，涉及的園林、花木、果實都帶有一定的地方色彩。廣東的詩社、詩歌創作歷來興盛，與其豐美的自然資源不無關係，同時也在一定程度上繼承了嶺南詩人的氣魄和文采而大放異彩。結社的繁榮是詩壇活躍的體現，廣東地區的詩社及其唱和詩作絲毫不遜色於江南地區，在清代詩社領域佔有不容忽視的地位。

徐世中先生《論譚瑩對嶺南詩派的貢獻》一文認為，作為嶺南詩派的重要一員，譚瑩一方面從嶺南詩派詩歌中汲取藝術營養，另一方面也為嶺南詩派的發展作出了突出貢獻[36]。此文主要通過對譚瑩詩歌創作、詩歌評論和實踐活動的肯定，總結得出他在嶺南詩派中的地位。然而，此文卻沒有從譚瑩與嶺南詩派的淵源等方面來進行分析。

---

35 譚瑩《樂志堂文集》卷四，《續修四庫全書》第 1528 冊，第 140 頁。

36 徐世中《論譚瑩對嶺南詩派的貢獻》，《文藝評論》2011 年第 8 期，第 118-123 頁。

　　前文提到，譚瑩所結「西園吟社」是對明代孫蕡「南園詩社」和清初屈大均「西園詩社」等詩社的繼承。筆者認為，結社是譚瑩自覺推動嶺南詩派發展的行為。譚瑩文集多次談及「南園」舊社，便是很好的證明。明代胡應麟首次提到「嶺南詩派」，按地域劃分出五家詩派，而「嶺南詩派昉於孫蕡仲衍」[37]。孫蕡是「南園詩社」的發起人，是「南園前五先生」之一，通過結社唱和的方式促進了嶺南詩歌的發展，並形成了特定的詩風和詩歌理論。而「南園後五先生」也是嶺南詩派的繼承者，結社自然也是他們的旗幟和作為之一。嶺南詩派的發展，與「南園詩社」的創立、復興有着密切的關係。到了清代道光年間，譚瑩「西園吟社」的影響力雖不如「南園」之大，但不可磨滅的是譚瑩對嶺南詩派的認可和宣揚。詩社作為一種文學組織形式，對創作群體具有強大的號召力和凝聚力，有益於同一地域文化下特定詩風的形成和詩派的鞏固。提到嶺南詩派在清代的代表人物，首推清初「嶺南三大家」和清末張維屏、黃遵憲、丘逢甲等人。然而，一直致力於創作、教育和結社的譚瑩，同樣對嶺南詩派的發展有着重要的幫助，其「西園吟社」的初衷即帶有傳承性質，擴大了嶺南詩派的聲譽，強化了嶺南詩歌的特色。所以説，「西園吟社」的興衰起止，不僅是一個詩社自身的變化，而且也反映了清代道光初年嶺南詩人群體的生活狀況和詩歌概貌，更是嶺南詩派影響下的產物並反過來推進該詩派的再次發展。

37　胡應麟《詩藪・續編》卷一，中華書局1958年10月第1版，第327頁。

六　寶廷「消夏」「消寒」詩社

　　光緒年間，是清代結社的一個高峰期，直接驅動民國社事的盛行。詩人寶廷也是眾多詩社倡導者中的一位。寶廷，生於道光二十年庚子（1840），卒於光緒十六年庚寅（1890），原名寶賢，字少溪，號竹坡，更名後字仲獻，號難齋，晚年自號偶齋，清宗室。同治七年戊辰（1868）進士，官至禮部右侍，著有《偶齋詩草》。寶廷居官直言敢諫，主張政治改革。《清史稿》卷四百四十四記錄了其生平事跡和政治態度。目前，學界已對寶廷進行了詳細的研究，包括其身份、經歷、創作等方面[1]。而關於寶廷結社的情況，卻缺乏獨立研究。本文主要探討的「消夏詩社」、「消寒詩社」，是以寶廷為核心的詩歌社團，是分別與「消夏會」、「消寒會」相結合的產物。作為晚清時期北京地區的八旗詩社，該組詩社在結社主體和結社宗旨上都具有典型性。本文擬對此進行系統的梳理和探析。

（一）結社概況

　　寶廷《偶齋詩草》收錄了「消夏」「消寒」詩社的社集作品和相關資料。為了論述的方便，筆者先談「消寒詩社」。《偶齋

1　參見張德華《寶廷詩歌研究》，蘇州大學碩士學位論文，2009 年 5 月；王志芳《愛新覺羅‧寶廷詩歌研究》，浙江師範大學碩士學位論文，2010 年 4 月；楊琦《〈偶齋詩草〉與寶廷遊歷詩考論》，上海師範大學碩士學位論文，2011 年 4 月。

詩草・內集》卷七《九九集（癸未）》，該卷序言如下：

> 《九九集》，「消寒社」詩也。余生四十五年矣。三十
> 前貧甚，困於家事，欲結社消寒，未能也。三十後已登
> 仕籍，漸與國事，適海外事屢起，朋儕或有以「消寒社」
> 約者，每弗暇應焉。勉入社，亦一、二九輒輟，未一終
> 焉。去歲罷官，冬寒無所事，同人復結社消寒，每九分
> 題賦詩。今春九盡，集而錄之，得六十九首。夫分題賦
> 詩，率少性靈，本不足存。然束髮為詩，三十餘年，屢
> 欲結社消寒，為家事、國事所迫，總未能畢其願，幸而
> 去冬乃畢之。且去冬越事正棘，苟余非罷官，亦豈暇賦
> 詩，則詩雖不足存，又烏可不存哉？存之，蓋以識余之
> 無事也。光緒甲申清明後二日，偶齋主人書於偶齋之南
> 窗下。[2]

「消寒會」是清代北方貴族、文人雅士冬日消遣取樂的一
種集會，北京地區較為流行，內容包括飲酒、賦詩、作畫、射
箭等。從冬至起，進入「九」，九天為一階段，共九九八十一
天，顯示寒冷向溫暖的轉變。民間亦有繪製「九九消寒圖」的
習俗。「消寒會」與詩社相結合就形成了「消寒詩社」。因此，
《偶齋詩草・內集》卷七「消寒」社集作品，稱為《九九集》。
由該序言可知，光緒九年癸未（1883）冬至到十年甲申（1884）
春，寶廷起結「消寒詩社」，且不同於往年，此次結社因罷
官而得以完整參與。《偶齋詩草・內次集》卷五《家居集（癸

2 寶廷《偶齋詩草》，上海古籍出版社2012年12月第1版，上冊第108頁。
　下引《偶齋詩草》均為該版本，從略。

未）》,《冬至用杜少陵韻》一詩云:「風霜獨逼苦寒月,節序偏催近老人。不見烽煙聊共樂,未亡朋友且相親。銜杯此日開吟社,珥筆當年賀帝宸。雪滿占城消息斷,縱橫誰可學儀秦。」[3]可作為光緒九年癸未(1883)結社事實的補充。

又,根據寶廷長子壽富所編《先考侍郎公年譜》「九年癸未,公四十四歲」條「正月,公罷職」[4],已知寶廷於光緒九年癸未(1883)初,便已罷官居家。而《偶齋詩草．外次集》卷十《九九集(癸未)》有詩作《花朝偕同人遊西湖,晚歸飲酒家,補「消寒」第九會,序齒分韻,得「三」字》[5]。可知光緒九年癸未(1883)春,寶廷也曾參與「消寒社」,應為罷官後第一次結社,但可能沒有始終與會。

又,《偶齋詩草．外次集》卷六《養拙集(甲申)》有《冬至與鏡寰、芷亭、靜山飲酒聯句》,其後一題為《又聯句》:

> 去年消寒集眾賓,今年消寒纔五人。
>
> 樽中酒少客亦減,閒居愈久家更貧。(偶)
>
> 承君約我會短至,以燭繼晝再謀醉。
>
> 與君父子同消寒,半窗新月生詩思。(鏡)
>
> 燈光冷縮花難開,酸虀薄酒羅盤杯。
>
> 難得甘旨盡孝養,承歡幸有吟詩才。(富)
>
> 我生早被耽詩誤,名士習深老難悟。
>
> 試看當代眾公卿,豈屑嘔心索詩句。(偶)

3　寶廷《偶齋詩草》,上冊第269頁。

4　寶廷《偶齋詩草》附錄四,下冊第1016頁。

5　寶廷《偶齋詩草》,下冊第890頁。

君今引我為同群，應知我與塵俗分。

自有蒼生無限雨，在山願作清閒雲。（鏡）

泥爐炭熾如春暖，且把閒情付酒碗。

良時難得莫輕辜，珍重今宵更乍短。（富）[6]

應為光緒十年甲申（1884）冬至，寶廷第三次結「消寒詩社」的社集之作。這兩首聯句詩都憶及去年結社之事。

又，《偶齋詩草·外次集》卷七《飯眠集（乙酉）》之中《冬至日偶齋作「消寒會」，醉後偶成》一詩[7]，說明光緒十一年乙酉（1885）冬至到次年光緒十二年丙戌（1886），寶廷第四次結「消寒詩社」。

又，《偶齋詩草·外次集》卷八《抱孫集（丁亥）》有詩作《二月十日復雪，偕藝圃及兒輩復飲淨業湖樓，招芷亭、白石至，醉後偶成，示二君索和》，其首聯為「詩人遊比春雪忙，湖樓連日聯詠觴」，詩人自注說：「昨日芷亭招飲湖樓，作『消寒』八集。」[8]可據以推知，光緒十二年丙戌（1886）冬至到十三年丁亥（1887），寶廷第五次結「消寒詩社」，而二月九日正是第八次集會。

相應地，在「消寒詩社」舉行的幾年間，寶廷在不同的季節也結有「消夏詩社」。壽富《先考侍郎公年譜》光緒「九年癸未，公四十四歲」條記載：

> 公自是歲罷職，日偕故人及門生弟子，春秋佳日，

6　寶廷《偶齋詩草》，下冊第803-804頁。

7　寶廷《偶齋詩草》，下冊第827頁。

8　寶廷《偶齋詩草》，下冊第849頁。

攜酒臨眺。樵夫牧豎，久之皆相識，不知公之曾為卿貳
也。自是歲結「消寒社」，明歲又結「消夏社」，公為之
評定甲乙，指示詩法。有以時事問者，則默然不答。而
數歲中，凡遇時事之艱難，一發之於詩，或酒酣高歌，
繼以泣下。然自是歲閉門謝客，門生故人外，罕得見
者。遂以山水詩酒之樂終其身。[9]

年譜明確記載，「明歲」即光緒十年甲申（1884），寶廷曾結「消
夏社」。

又，《偶齋詩草‧外次集》卷十《山居雜興》小序說：

余幼曾居西山，讀書靈光寺。自咸豐丙辰〔1856〕
移居入城，廿九年矣。雖時至山游，未嘗久居也。光緒
癸未〔1883〕罷官，亟思重歸故山，三年未果。蓋不惟
無買山錢，亦無食，不能遠離市城。傷哉！貧也。進
無以仕，退無以隱也。乙酉〔1885〕夏，結「消夏社」。
友人志君伯時以此屬題，即念舊居，復觸新感，偶成四
詩，用質同社。世事本如幻夢，過去現在，正不必太認
真也，以詩自遣耳。[10]

可知光緒十一年乙酉（1885）夏，寶廷又結「消夏詩社」。詩社
活動需要豐富的閒暇時間，寶廷也因罷官退隱而得以參與始終。

又，《偶齋詩草‧內次集》卷七《痴聾集（丙戌）》中有《同
白石宿芷亭觀中偶成》四首，其一：

9　寶廷《偶齋詩草》附錄四，下冊第1017頁。

10　寶廷《偶齋詩草》，下冊第925頁。

酒醉喜不眠，挑燈話老屋。今夕同故人，來就故人宿。憶昔我與君，詩酒相徵逐。我少君正壯，豪邁越流俗。君今忽白首，人生老何速。及今俱未死，騷壇幸重續。（癸亥、甲子間，與芝、白諸君結「探驪吟社」，同人廿餘。今年復結「消夏詩社」，故人存者不過數人矣。）連床夜說詩，居然成鼎足。莫視事尋常，難得即為福。[11]

《痴聾集》既為光緒十二年丙戌（1886）作品，便知寶廷於該年再結「消夏詩社」。

總之，光緒十年、十一年、十二年，寶廷均結「消夏詩社」。寶廷結社的原因，與當時政治、時事之頹勢有關。從政治改革轉向文學活動，體現了詩人無奈的人生選擇，筆者將在後文進一步分析。

(二)《偶齋詩草》之結社脈絡

自從光緒九年癸未（1883）罷官之後，寶廷一直處於頻繁結社的狀態。除了「消夏詩社」和「消寒詩社」，寶廷也曾結有其他詩社。

一是「遲菊詩社」。《偶齋詩草‧內次集》卷六《養拙集（甲申）》中《結「遲菊詩社」代柬》一詩[12]，明確為光緒十年甲申（1884）作品，是寶廷結「遲菊詩社」的證明。又，《偶齋詩草‧

---

11 寶廷《偶齋詩草》，上冊第324頁。

12 寶廷《偶齋詩草》，上冊第282頁。

內次集》卷十《重陽後十日,「遲菊詩社」同人集偶齋賞菊,分韻得「悠」字》:「遲菊結社天始秋,重陽凝想良悠悠。花事更比人事速,東籬秋老西風遒。豐臺野人善栽植,茱萸五色光盈眸。老妾憐我典釵釧,購買佳種勞索搜。空齋秋色頃刻滿,淵明魂魄時來遊。登高已過詩債了,騷壇結局招良儔。……」詩中自注說:「此社始於孟秋,逢九出題,收詩至重陽,共七課。今日面課,以為結局,菊已大開,社可散矣。」[13]「遲菊詩社」持續時間較為短暫,創立於光緒十年甲申(1884)秋,總共七次集會。

二是「戊因詩社」。《偶齋詩草・外次集》卷七《飯眠集(乙酉)》中《十月三日,芷亭來時誦經戒飲》:「閒身疏懶慣,苦樂少人知。老近晨起晚,家貧午飯遲。客來不飲酒,坐久且聯詩。相約開新社,依旬作課期。(與芷亭、公玉、大兒開詩社,名『戊因』。芷亭冬季誦經百日,戒葷酒,惟戊日不誦經,來舍作詩。)」[14]可知,光緒十一年乙酉(1885)十月,寶廷曾結「戊因詩社」,成員有寶廷、王裕芬(芷亭其字)、王「公玉」和壽富等。

前文列舉的光緒十年甲申(1884)冬「消寒詩社」,社詩《冬至與鏡寰、芷亭、靜山飲酒聯句》其前一題就是《結「變梅詩社」代束》:「消夏難,消寒易。欲消九九寒,但須九大醉。醉後寒消憂不消,聊憑詩句舒牢騷。乾坤冰雪錮生意,微陽濡滯春光遙。勸君不醉勿歸去,人生消寒能幾度。胭脂調就付雛

13　寶廷《偶齋詩草》,上冊第406頁。

14　寶廷《偶齋詩草》,下冊第818頁。

姬，記取朝朝染寒素。」[15]該年「消寒詩社」即「變梅詩社」。所
謂「消夏」「消寒」，往往並不是詩社的準確名稱，而是習慣稱
法。不管在「消夏」「消寒」背後，是否另有社名，這種提法都
凸顯了結社的休閒性和季節性。

綜上所述，寶廷罷官之後，光緒年間結社情況如下表：

時間	詩社
九年癸未（1883）春	消寒詩社
九年癸未（1883）冬至十年甲申（1884）春	消寒詩社
十年甲申（1884）夏	消夏詩社
十年甲申（1884）秋	遲菊詩社
十年甲申（1884）冬至十一年乙酉（1885）春	消寒詩社（變梅詩社）
十一年乙酉（1885）夏	消夏詩社
十一年乙酉（1885）冬	戊因詩社
十一年乙酉（1885）冬至十二年丙戌（1886）春	消寒詩社
十二年丙戌（1886）夏	消夏詩社
十二年丙戌（1886）冬至十三年丁亥（1887）春	消寒詩社

表格基本展現了光緒九年癸未（1883）到光緒十三年丁亥
（1887）這四五年間寶廷結社的脈絡。在定期組織「消夏詩
社」、「消寒詩社」之餘，寶廷還結有「遲菊詩社」和「戊因詩社」
等，詩人將大量精力投入到結社交遊和詩歌創作之中。

《偶齋詩草·內集》卷七《九九集（癸未）》、《偶齋詩草·
內次集》卷九、《偶齋詩草·外集》卷七、《偶齋詩草·外次集》

15　寶廷《偶齋詩草》，下冊第803頁。

卷十《九九集（癸未）》等，都收錄了社集作品，為「社草」。已知《偶齋詩草・內集》卷七和《偶齋詩草・外次集》卷十都標明為光緒九年癸未（1883）作品。而《偶齋詩草・內次集》卷九沒有標明年份，但是其中第十五題《夏至，偶齋小集，分韻得「我」字》、第十六題《三伏日，同人遊昆明湖，分「漢」字韻》[16]，分別與《偶齋詩草・外次集》卷十中第十題《夏至，偶齋小集，分韻得「我」字》、第十一題《三伏日，同人遊昆明湖，分「漢」字韻》相一致[17]，確為同年同次集會的不同詩作。因此，《偶齋詩草・內次集》卷九的寫作年份，應與《偶齋詩草・外次集》卷十大致相同，主要為光緒九年癸未（1883）作品。且《先考侍郎公年譜》「九年癸未，公四十四歲」條「夏遊靈光寺，遊昆明湖」[18]，可視為佐證。《偶齋詩草・外集》卷七收錄詩作較少，其中第二題為《閏端陽，分「展」字韻》[19]，時間應為閏年閏五月，據此推知，該詩及該卷的創作年份只能是光緒十年甲申（1884）。

結合上表和《偶齋詩草》社集作品可以看出，光緒九年癸未（1883）和十年甲申（1884），寶廷結社相對頻繁，與社友的聯繫較為密切，存留的社集之作也較為豐富。光緒十三年丁亥（1887）以後，雖無繼續結社的明確記載，但寶廷仍保持唱和、集會和出遊。《偶齋詩草》也收錄了光緒十四年戊子（1888）、十五年己丑（1889）、十六年庚寅（1890）的詩作。

16　寶廷《偶齋詩草》，下冊第894-895頁。
17　寶廷《偶齋詩草》，上冊第365-366頁。
18　寶廷《偶齋詩草》附錄四，下冊第1016頁。
19　寶廷《偶齋詩草》，下冊第560頁。

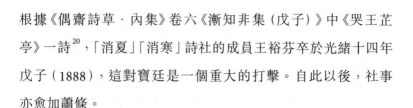

根據《偶齋詩草・內集》卷六《漸知非集（戊子）》中《哭王芷亭》一詩[20]，「消夏」「消寒」詩社的成員王裕芬卒於光緒十四年戊子（1888），這對寶廷是一個重大的打擊。自此以後，社事亦愈加蕭條。

《偶齋詩草》中同年同次集會的詩作卻分置於不同卷次中，其原因可通過卷首《筆記一則》一文得以詳悉。相關內容如下：

> 余嘗謂於今取詩當分兩種：一專取合《三百篇》者，不必論其工不工，乃合聖人詩教；一專取其工，但得不大悖《三百篇》即可取，不必強作門面。若害理傷教之作，雖極工亦不可取，庶免為詩教罪人。作詩亦當以此為法，雖不能首首宗《三百篇》，亦不可但求工以悅俗而致敗詩教。拙稿他日擬分四集：合《三百篇》而工者為內集，合而不工者為內次集，工而不甚合《三百篇》者為外集，其不甚合而復不甚工者，姑存之外次集。雖不足存，究亦煞費心血，盡棄之亦可惜也。若大悖《三百篇》者，雖工亦不可存，存之徒取悅俗目，不惟聖人論詩必不取，即真知詩者，亦不可取也。[21]

因此，《偶齋詩草・內集》卷七是合乎詩教且工整的作品；《偶齋詩草・內次集》卷九是合乎詩教卻不十分工整的作品；《偶齋詩草・外集》卷七是工整卻不十分合乎詩教的作品；《偶齋

---

20 寶廷《偶齋詩草》，上冊第100頁。
21 寶廷《偶齋詩草》卷首，上冊第1頁。

詩草·外次集》卷十是既不十分合乎詩教又不十分工整的作品。這個劃分雖然擾亂了創作的時間順序，卻能體現作者的詩學思想，對於把握其結社宗旨也是重要的線索。

至於著名的「探驪吟社」，是寶廷早期所結詩社，也是清代八旗詩人結社的典型。根據前文所引《偶齋詩草·內次集》卷七《痴聾集（丙戌）》中，《同白石宿芷亭觀中偶成》（其一）詩中自注「癸亥甲子間，與芷、白諸君結『探驪吟社』，同人廿餘」，可知同治二年癸亥（1863）、三年甲子（1864）年間，寶廷與王裕芬、志潤（字白石，又字伯時）等人結「探驪吟社」。又，《偶齋詩草·外次集》卷六《養拙集（甲申）》中，《和子美韻，示芷亭、伯時》首聯「當年君始分戎曹，探驪社開聊雅交」，自注說：「甲子，子美補兵部筆政，與伯時三人立『探驪吟社』，同社甚夥。今止餘芷亭、鏡寰數人。」[22]震鈞《天咫偶聞》卷三記載：

> 且園，在帥府園胡同，宜伯敦茂才所構。有小樓二楹，可望西山。花畦竹徑，別饒逸趣。伯敦名墅，滿洲人。生有儁才，寄懷山水。性復好事，風雅叢中，時出奇致。同治初，京師士夫結「探驪吟社」。扶大雅之輪，導正始之軌，倡而和者，一時稱盛。伯敦乃擇其尤者刻之，名《日下聯吟集》。[23]

這段話也簡要介紹了同治初「探驪吟社」的情況。其後又錄宜墅所作《日下聯吟集序》，如下：

22　寶廷《偶齋詩草》，下冊第794頁。

23　震鈞《天咫偶聞》卷三，北京古籍出版社1982年9月第1版，第56頁。

太上立德、立功，其次立言。吾儕不得志，不能獻可替否，致君澤民。不得已發為歌詩，雖不足以當立言之事，然亦未必非立言之一端也。或陶寫性情，以抒抑鬱；或有所寄託，以備采風。要之不失風人之旨，即可當立言之事。揚雄謂：雕蟲小技，壯夫不為。吾以其言不可信也。……是集凡二十六人，宗室寶竹坡侍郎、時甫成孝廉居其首，次則志潤伯石、俞士彥德甫、宗韶子美、文海鏡寰、戩穀宜之、李湘蘭賓、啓名子義、寶昌朗軒、延秀、德準繩庵、壽英金甫、豫豐登五、遐齡菊潭、英瑞鳳岡、文悌仲恭、廷彥子儁、榮光鏡波、載本道生、榮祺鏡臣、文峻秋山、志覲秋臣、佑善學齋、貴榮竹坪、孫廣順仲良、道士王裕芬，共詩三卷，詞一卷。[24]

主要記載了結社的宗旨和目的，詩社總集的刊刻情況以及詩社成員等內容。「探驪吟社」的總集為《日下聯吟集》，收錄了寶賢、志潤、俞士彥、宗韶、文海、戩穀、李湘、啓名、寶昌、延秀、德準、壽英、豫豐、遐齡、英瑞、文悌、廷彥、榮光、載本、榮祺、文峻、志覲、佑善、貴榮、孫廣順和王裕芬等二十六人的社詩作品。共四卷，詩三卷，詞一卷，可見「探驪吟社」並非純粹的詩社。作為詞社的具體情況，在萬柳先生《清代詞社研究》一文中有所研究[25]。作為詩社，在一些八旗詩

---

24 震鈞《天咫偶聞》卷三，北京古籍出版社1982年9月第1版，第57頁。

25 萬柳《清代詞社研究》，南開大學博士學位論文，2010年5月，第222-230頁。

歌的論著中也佔據着舉足輕重的位置。總之,「探驪吟社」在清代詩社中的地位和影響,首先體現在京城八旗士大夫結社的性質上。該詩社相當重視詩詞創作,並將其提高到立言的高度,通過結社抒寫性情、寄託心志,與「消夏」「消寒」詩社既有一致性,又有微妙的變化。「探驪吟社」時期,清朝已經歷過鴉片戰爭,政權危在旦夕,但社員對政府的態度不至於絕望,對時局仍保持密切關注。

(三)社員構成

「消夏」「消寒」詩社與「探驪吟社」相比,「不得已發為歌詩」的初衷大同小異,而論及詩社各個方面的積極性,已然今非昔比。「消夏」「消寒」詩社的成員數量不如「探驪吟社」,社事繁榮程度減弱,社員地位和經濟狀況也相對較低。宗室身份成為一個空名,社員的生活條件與晚清社會一樣每況愈下。

「消寒詩社」本身也是一年比一年冷落。《偶齋詩草·內次集》卷十《仲春望後三日,「消寒」九集,是日九盡》前兩句云:「消寒結社人無幾,始終得人七而已。」其後二十一題為《重陽後十日,「遲菊詩社」同人集偶齋賞菊,分韻得「悠」字》[26]。已知「遲菊詩社」結於光緒十年甲申(1884)秋,那麼,該次「消寒詩社」的時間為光緒九年癸未(1883)冬至到十年甲申(1884)春,參與九次集會的只有七人。根據前文提及《偶齋詩草·外次集》卷六《養拙集(甲申)》中《冬至與鏡寰、芷

---

26 寶廷《偶齋詩草》,上冊第395、406頁。

亭、靜山飲酒聯句》和《又聯句》兩首詩[27]，與寶廷聯句的是文海（鏡寰其字）、王裕芬、許珏（靜山其字）和富壽（寶廷次子）四人。次年光緒十年甲申（1884）冬至「消寒詩社」，成員才五人。對於詩社來說，十人以內的集會屬於小規模。但參與過「消夏」「消寒」詩社的總人數還是較為可觀的。

除了寶廷、文海、王裕芬、許珏和富壽五人，還有許多詩人也曾參與其中。值得注意的是並非所有社員都參與始終。

《偶齋詩草·內集》卷五《養拙集（甲申）》中《正月既望夕，醉後示同席諸君》一詩，第十三、十四句為「詩人酒客任滿座，新交漸多故交少」，自注說：「是夕同飲十餘人，惟王芷亭道士、志伯時、秋宸昆弟、宗子美四人為同社舊友。」[28]志潤、志覲（秋宸其號）和宗韶（子美其字）三人也是社員。

《偶齋詩草·外次集》卷十《季夏之望，同芷亭、子嘉兩道士，靜山、汝明、伯從、少甫、壽富、富壽泛月大通河，分韻得「風」字》[29]，可知趙「子嘉」、善昌（汝明其字）、孫「伯從」、「少甫」、壽富五人也是詩社成員。又，同卷《正月二十五日，同俞德甫、王芷亭道士、大兒壽富淨業湖酒樓「消寒」第九集，限韻得「摽」字》[30]，俞士彥（德甫其字）也是社員之一。

根據前文提及《偶齋詩草·外次集》卷八《抱孫集》中社集作品，《二月十日復雪，偕藝圃及兒輩復飲淨業湖樓，招芷亭、白石至，醉後偶成，示二君索和》一詩，阿「藝圃」也是

27　寶廷《偶齋詩草》，下冊第803-804頁。

28　寶廷《偶齋詩草》，上冊第76頁。

29　寶廷《偶齋詩草》，下冊第913頁。

30　寶廷《偶齋詩草》，下冊第920頁。

社員。

目前所知參加過「消夏」「消寒」詩社的成員有十五人，為寶廷、文海、王裕芬、許珏、富壽、志潤、志覲、宗韶、善昌、壽富、俞士彥等，而子嘉、伯從、少甫、藝圃等人姓名不詳，可能與「探驪吟社」的名單有所重合，有待細考。

除社集作品之外，《偶齋詩集》其他卷集中，作於結社期間尤其是光緒九年癸未（1883）、十年甲申（1884）的詩歌，也有可能為社集作品，相與唱和的詩人也很有可能參與社事。《偶齋詩草·外次集》卷七《飯眠集（乙酉）》中《十月望後三日，偶齋賞菊，與鏡寰、芷亭、白石、公玉、心竹、步崖、少甫、壽富、富壽分「秋菊有佳色」十字為韻，飲未終，吉子猷亦至，人浮於韻，因戲依十字為韻，作七古一篇》[31]，王執桓（公玉其字）、師善（心竹其字）、康詠（步崖其字）、吉「子猷」四人也可能參與「消夏」「消寒」詩社。又，《偶齋詩草·內次集》卷六《養拙集（甲申）》中《花朝，同芷亭、子嘉二道士，育又章，師心竹，增韻清、增偉人昆仲，宗子右遊昆明湖》[32]，育琛（又章其字）、增撰（韻清其字）、增傑（偉人其字）、宗「子右」四人也可能是社員。至於其他與寶廷有所交往的詩人，在此不作增補。

壽富和富壽分別為寶廷的長子和次子，師善是寶廷的族弟，增撰是其族姪。志潤與志覲，增撰與增傑，宗韶與宗「子右」，分別是三對兄弟。長輩帶領晚輩，兄弟之間相與偕同，

31　寶廷《偶齋詩草》，下冊第 823 頁。

32　寶廷《偶齋詩草》，上冊第 276 頁。

是詩社在發展的過程中擴大影響力的重要途徑。這些人基本上是寶廷的故人和門生，大部分是八旗詩人，圍繞寶廷偶齋，形成晚清時期北京地區的一個結社中心。

　　部分社員的生平簡述如下。文海，字鏡寰，號觀沚，滿洲鑲白旗人，諸生，著有《鏡寰詩草》。震鈞《天咫偶聞》記載他以《秋柳詩》得名，人稱「文秋柳」。王裕芬，字芷亭，號漱芳，本為宗室，後出家為清虛觀道士，著有《漱芳詩存》。許珏（1843-1916），字靜山，號復庵，江蘇無錫人，光緒八年壬午（1882）舉人，晚清重要的政治人物，著有《復庵遺集》。志潤（1837-1893）字伯時，又字白石，號雨蒼，滿洲鑲紅旗人，清朝大臣裕泰之孫，著有《寄影軒詩鈔》。志覬，字季卿，號秋宸，又作秋臣，滿洲鑲紅旗人。宗韶（1844-1899），字子美，號石君，別號漱霞庵主，滿洲正白旗人，官兵部員外郎，著有《四松草堂詩略》。宗韶性格狷介，仕途不得志，愁苦抑鬱之情在其詩歌中也多有寄託。俞士彥，字德甫，號玉樵，別號抱琴居士，浙江錢塘人，著有《漱雪軒詩文集》。壽富（1865-1900），字伯茀，又作伯福，號菊客，光緒二十四年戊戌（1898）進士，著有《日本風土志》、《菊客文集》等。曾受業於張佩綸和張之洞。庚子國變，八國入侵，為免受侮辱，壽富自盡而亡，卒後贈光祿寺卿。梁啓超稱其為「滿洲中最賢者」。富壽（1869-1900），字仲茀，又作仲福，號菊農，著有《漱秋閣詩存》。庚子年與兄一同殉國。師善，字心竹，光緒八年壬午（1882）舉人，著有《繭庵待刪草》。康詠（1862-1916），字步崖，號漫齋，福建長汀人，光緒十八年壬辰（1892）進士，中日甲午戰爭後返鄉，致力於教育工作。

以寶廷為代表的八旗社員,身份並不十分卑賤,現實中卻相當貧窮,晚清的飄搖社會是造成詩人窮困潦倒的重要因素。《偶齋詩集》中感歎、吟詠貧窮的詩歌隨處可掇,如《偶齋詩草·內次集》卷一《戲吟》:「本非出眾軼群材,正合潛身隱草萊。未近試期文懶讀,欲言心事句頻裁。朝餐少米將換書,夜飲無錢怕客來。莫笑鯫生貧且賤,日調鼎鼐作鹽梅。」[33]他們屬於沒落的一族,在政治上無力掙扎,在生活中拼命喘息。王裕芬在經濟上也是一貧如洗。《偶齋詩草·外次集》卷八《漸知非集(戊子)》中《芷亭亡後五日,攜少甫、壽富遊翠微山,宿靈光寺,連日阻雨,悶而有作》,詩中自注說:「芷亭病中言:『如得不死,明春典衣售物,必作翠微之遊。』蓋芷亭老而益貧,常為人誦經,藉以自活。又不能遠行,故余每約遊山,多不能偕,而性實好遊也。傷哉!貧也。」[34]他的狀況或許可以反映出這個詩社的總體處境,意欲從文學和遊歷中獲取樂趣,卻苦於經濟蕭條,詩作中包含着愁悶、無助的情緒。

(四)集會特徵

「消夏」「消寒」詩社在集會時間、地點,結社宗旨等方面都表現出自身的特徵。主要是以下幾個方面。

一、時序性。集會活動的時間集中在夏季和冬季,「消夏詩社」和「消寒詩社」交替舉行,是寶廷結社突出的特徵。社員們通過組織詩社的形式來消磨炎熱和寒冷的天氣。北京四季

---

33 寶廷《偶齋詩草》,上冊第148頁。
34 寶廷《偶齋詩草》,下冊第866頁。

分明，季節感強，集會的時序性由氣候條件決定。其他詩社一般沒有如此明顯的季節性。前文已經説過「消寒詩社」從冬至開始，八十一天之後，九次集會結束。據筆者推測，「消夏詩社」應當經歷孟夏（農曆四月）、仲夏（農曆五月）、季夏（農曆六月）三個月，共六次集會。相對應的節氣分別是立夏、小滿、芒種、夏至、小暑、大暑。也就是説，「消夏詩社」集會可能始於立夏左右，止於立秋之前。時序性廣泛地體現在詩作的題目和內容上，集會賦詩、結伴出遊是詩人們打發長夏的主要活動。這個特徵主要是由於詩社與「消夏會」、「消寒會」相結合，因而在集會活動上比其他詩社更具規律性和約定性。

二、地域性。作為北京地區的詩社，「消夏」「消寒」詩社的集會活動受到地理環境的影響。北京的風景經常作為集會地點，主要是山、寺、水三類。首先是翠微山。翠微山是寶廷經常題詠的對象，如《偶齋詩草·外次集》卷十《雪中憶翠微山》[35]。翠微山位於西山，前面引文説寶廷年少時曾居於西山，癸未年罷官後，意欲歸隱故山，卻因貧窮而無果。寶廷頻遊西山，在其年譜和詩集中都有充分的記載。其次是靈光寺。寶廷在寺廟留下了許多題壁詩作，詩友間的唱和也相當豐富。社員宗韶《四松草堂詩略》卷三有《六月十二日，同竹坡、子石遊靈光寺，以「人間苦炎熱，仙山已秋風」為韻》一詩[36]。靈光寺也位於西山一帶。此外，三山庵、大悲寺、龍泉庵、香界寺、寶珠洞、證果寺等處也有詩人的足跡。最後是昆明湖、淨

---

35 寶廷《偶齋詩草》，下冊第902頁。

36 宗韶《四松草堂詩略》卷三，《清代詩文集彙編》第753冊，第154頁。

業湖。上文提到《偶齋詩草‧內次集》卷九和《偶齋詩草‧外次集》卷十的同題詩作《三伏日，同人遊昆明湖，分「漢」字韻》，可知昆明湖也是社集地點之一。又，宗韶《四松草堂詩略》卷四《諸君集昆明湖消寒，予不預焉，晚飲偶齋，分韻得「四」字，時甲申花朝也》[37]，也是昆明湖集會的詩作。關於淨業湖，社員經常在淨業湖酒樓飲酒、賦詩，如《偶齋詩草‧內集》卷七《同社中諸君子淨業湖酒樓賞荷，兼懷舊遊，分得「今」字韻》[38]。又，《偶齋詩草‧外次集》卷十《初伏二日，同人集淨業湖南酒樓，分「開」字韻》、《正月二十五日，同俞德甫、王芷亭道士、大兒壽富淨業湖酒樓「消寒」第九集，限韻得「摽」字》[39]，也表現了「消夏」「消寒」詩社在淨業湖酒樓的聚會之盛。此外，社員志潤《寄影軒詩鈔》卷四《同寶竹坡、宗子美、增偉人遊淨業湖，遇王芷亭、文鏡寰，小飲湖樓，分韻得「荷」字》一詩云：「約伴西涯去，朝來逸趣多。薰風度修竹，斜日醉新荷。花鳥久相識，年華偏易過。湖樓逢舊侶，不飲復如何。」[40]舊友相聚的歡樂和寄情詩酒的瀟灑沖淡了愁緒，更多的是周圍佳景賦予詩人的愉悅之情。該組詩社的集會活動往往以遊山玩水為主，走出書齋，無形中也擴寬了詩人的視野和心境。

　　有時，一次集會可能涉及多處地點。比如，靈光寺等寺廟都坐落於翠微山南麓；西山包含許多大小景點；淨業湖酒樓與

37　宗韶《四松草堂詩略》卷三，《清代詩文集彙編》第753冊，第180頁。

38　寶廷《偶齋詩草》，上冊第114頁。

39　寶廷《偶齋詩草》，下冊第905、920頁。

40　志潤《寄影軒詩鈔》卷四，《清代詩文集彙編》第733冊，第436頁。

淨業寺、淨業湖鄰近。因此，社員可以在一天或幾天之內遊覽多處風光。這些自然景觀，不僅可以當作集會地點，也可以成為吟詠對象。如西山證果寺內的秘魔巖，因其獨具魅力的地理特徵而被寶廷、志潤等人頻繁地描繪、渲染。總之，上述集會地點，大都清涼、幽靜，適合避暑消夏，是閒居結社的絕佳去處，也具備賞雪、賞花等風雅之舉的地勢和角度。

三、避世傾向。「消夏」「消寒」詩社旨在對山野林泉的歸返。這個方面由寶廷及社員的心態決定。結社期間，寶廷正值中年，可他對退隱的渴望卻十分強烈。「消夏」「消寒」詩社的活動範圍主要在西山一帶，遠離世俗、塵囂。寶廷的罷官、結社行為，是出世心態的體現。清代詩社的基本功能是通過約定集會、唱和，加強詩人之間的交遊，提高社員的創作水平，豐富社員的文化生活。而「消夏」「消寒」詩社除了這些基本功能之外，還通過集會地點對詩人群體進行引導。寶廷招集自己的晚輩、故人、門生等暢遊山林、陶醉自然，把自身的經歷和感慨熔鑄於詩歌，無疑對其他社員有着深刻的影響。道光年間及以後，結社逐漸興盛，到了光緒年間，晚清結社達到異常繁榮的局面。在這段歷史時期內，社集作品往往對現實社會有諸多描寫，也反映出官員、文人憂患的心理。然而，「消夏」「消寒」詩社現存的作品卻較少涉及政治、社會，而是着眼於生活、娛樂。

對山野林泉的歸返，也就意味着對政治局面的回避。上文提到，壽富《先考侍郎公年譜》「九年癸未，公四十四歲」條記載：「有以時事問者，則默然不答。而數歲中，凡遇時事之艱難，一發之於詩，或酒酣高歌，繼以泣下。」可見寶廷對時

事的回避是刻意的,他通過飲酒、作詩來抒發心中的憤懣,而不再寄希望於政治改革,因此他的後期詩歌以自我為中心,以遊樂為途徑,將回天無力的痛苦隱藏於師友結社的融融歡樂之後。這是以寶廷為代表的八旗官員,在經歷政治挫折後,對現實徹底無奈的人生選擇。寶廷在朝廷中也是有所作為的一派,正是曾經作過力挽狂瀾的掙扎,所以只能對清朝政府投以深沉的同情和絕望。與積極奔走、改良社會的志士相比,寶廷的沉默也是一種抵抗,取樂詩酒也是一種宣洩。這種避世傾向在內外交困的時代背景下具有自身的典型性。社員許珏是清代外交官,根據社集作品,他主要在光緒十年甲申(1884)參與「消夏」「消寒」詩社,與寶廷過從甚密。光緒十一年乙酉(1885),許珏隨張蔭桓駐外,此後一直從事外交和改良政弊。他在晚清政壇的舉動與寶廷是截然不同的境遇。至於許珏在結社期間的作品,其《復庵遺集》幾乎不存,已無從得知其風貌。總之,寶廷作為滿清宗室,在政治上並無優勢可言,在罷官之後生活困頓不堪,對貧窮、衰老、疾病等詠歎不斷。抱負落空、志向頹廢,即便縱情詩酒也難以掩飾。志潤和宗韶也具有嗜酒傲物的個性。八旗詩人群體在晚清社會的地位一再跌落,即使曾經在朝為官,也最終苦於生計,淪為時代的中下層階級。

「消夏」「消寒」詩社的創作,作為集會活動的主要內容,其詩學傾向也值得探討,附此簡論。前文提到,寶廷《偶齋詩集》基本按「是否合乎詩教」與「是否工整」兩個原則分卷,可見寶廷對詩教的重視程度。寶廷的詩學思想較為保守、傳統。雖為滿族文人,寶廷格律詩的創作能力卻不亞於漢族文人,其詩作的數量、質量及唱和的頻率都非常突出。重視詩歌創作和

文學修養，契合了寶廷的傳統文人形象。《偶齋詩集》收錄了大量的擬杜詩，其中也不乏社集作品。寶廷的整體詩風與杜甫並不十分相似，然而學杜卻是寶廷在詩歌道路上探尋的一個標誌。僅《偶齋詩草·內次集》卷六就有十題《擬杜》，均為光緒十年甲申（1884）作品。《偶齋詩草·內集》卷七《春日閒居（用杜工部〈春日江村〉韻）》[41]，《偶齋詩草·內次集》卷九《冬日歎（用杜少陵〈夏日歎〉韻）》、《冬夜歎（用杜少陵〈夏夜歎〉韻）》[42]，也說明寶廷常以杜詩為韻。《偶齋詩草·內集》卷八《冬興集（癸未）》只有一首《冬興十首（並序）》，小序如下：

> 杜子美《秋興》八首久膾炙人口，雖頗有議之者，然瑕不掩瑜，其佳處固不僅在字句間也。但好之者推許又未免太過，詮釋評論亦未免太密，或近穿鑿附會，此所以招人吹求也。余夙好詩，近年因時事艱難，才力復短絀，鞅掌簿書，遂少吟詠。今年罷官閒居，無所事，輒以詩消遣。冬夜長更，寂寞難自娛，偶憶《秋興》詩，醉後興來，因成《冬興》十首。……[43]

由此可知寶廷對杜詩的模擬主要在罷官後、閒居時，也就是說，他對杜詩的推敲、鑽研也得益於詩社的作用。並且，寶廷對杜詩的態度較為通達而不拘泥。他既承認杜詩的流行和高超，也指出一些人對於杜詩的過分推崇、評議導致適得其反的結果。學杜這一點，說明了寶廷對唐詩的大力研究和吸收，也

---

41 寶廷《偶齋詩草》，上冊第112頁。

42 寶廷《偶齋詩草》，上冊第361-362頁。

43 寶廷《偶齋詩草》，上冊第141頁。

從側面透露了詩社的審美取向。

「消夏」「消寒」詩社所呈現的集會特徵,與其所處的自然環境、時代背景等因素有關。正是這些特徵,構成「消夏」「消寒」詩社的典型性,賦予該組詩社在晚清詩社中不容小覷的地位。由於社長的號召力和詩社的凝聚力,社員通常表現出相似的結社宗旨和審美趣味。因此,「消夏」「消寒」詩社對於研究八旗詩人群體的生存狀況和詩歌創作有重要的參考作用。

八旗制度在晚清社會逐漸瓦解,但從文學的發展角度來看,八旗作家和作品的數量都呈現增長之勢,創作水平和藝術技巧也不斷提高,構成了晚清文壇的一支重要隊伍。集會、結社的繁榮也直接反映了晚清文學的興盛。張佳生先生《論八旗文學之分期》一文提到:「八旗文學進入清代晚期,隨着國家政治局勢和他們地位、環境的變化,作家的思想和作品所表現的內容及風格也發生了變化。外強的侵奪與政府的腐敗使八旗的地位急劇下降,『八旗生計』問題也到最為嚴重的時刻,此時八旗作家所表現出的最為突出的思想便是憂國憂民,這種思想與他們親身經歷聯繫在一起,便創作出了許多現實主義色彩非常濃厚的作品。」[44]時代決定這個時期應當充滿有志之士和慷慨之音。晚清的許多作家表現出關注現實社會的滿腔熱情,懷抱着積極的人生態度和政治理想。然而,以寶廷為中心的社員群體並不如此。不同於晚清時期普遍的現實主義精神,寶廷及其社友的創作內容大都刻意回避政治、回歸山水,在風格上具有叛逆性。寶廷結社,象徵着八旗詩人政治探索的失敗,貴

44 張佳生《論八旗文學之分期》,《八旗研究》1996年第2期,第55頁。

族身份的衰落。「消夏」「消寒」詩社，無疑是窮途末路的淺斟低唱。

隨着八旗文學的不斷發展，其結社形式和創作水平也日趨成熟。與清初的遺民詩社、清中葉的女性詩社一樣，八旗詩社可視為相對弱勢群體的詩歌社團。比主流詩社優越的是，這些詩社在集會和創作上更可能帶來新意和驚喜。關注不同性質、不同群體的詩社，能使我們更深入地了解清代詩社的發展程度。核心社員的選擇和心態決定了詩社的性質。因此，對結社主體及其創作的研究，仍是詩社研究的重心。

主要參考文獻

(一) 古今著作按漢語拼音排序，學位論文按發表時間排序。

(二) 明代之前作者著作，一般不列。

(三) 工具書，非直接引用者不列。

(四) 常見大型叢書，在《中國叢書綜錄》中有著錄者，版本不
細列。

(五) 同一著作，文內無論涉及多少版本，此處一般只列一種。

(六) 影印本所用底本提法，一般結合底本和影印本原書兩者
著錄。

(七) 個別線裝古籍恐有歧義者，加註收藏單位。

(八) 所列版本，主要以文內涉及、取用方便為原則，並非等
於最佳。

(一) 古今著作

A

《安般簃詩續鈔》，袁昶撰，《續修四庫全書》第 1565 冊，影印
光緒袁氏小漚巢刻本。

B

《白鶴山房詩鈔》，葉紹本撰，《續修四庫全書》第 1483 冊，影
印道光七年丁亥（1827）桂林使廨刻增修本。

《葑亭詩草》，商嘉言撰，道光二十一年庚子（1841）刻本。

《抱衝齋詩集》，斌良撰，《續修四庫全書》第1508冊，影印光緒五年己卯（1879）崇福湖南刻本。

C

《滄湄詩鈔》，尤珍撰，《四庫未收書輯刊》第八輯第23冊，影印康熙刻本。

《澄秋閣集》，閔華撰，《四庫未收書輯刊》第十輯第21冊，影印乾隆刻本。

《程侍郎遺集》，程恩澤撰，《叢書集成初編》第2212-2214冊。

《程頌萬詩詞集》，程頌萬撰，徐哲兮校點，湖南人民出版社2009年10月第1版。

《崇百藥齋三集》，陸繼輅撰，《續修四庫全書》第1497冊，影印道光八年戊子（1828）安徽臬署刻本。

《船山詩草》，張問陶撰，中華書局1986年1月第1版。

D

《戴簡恪公遺集》，戴敦元撰，《四庫未收書輯刊》第十輯第28冊，影印同治六年丁卯（1867）戴壽祺鈔本。

《丹魁堂詩集》，季芝昌撰，《續修四庫全書》第1517冊，影印同治四年乙（1865）紫琅寓館刻本。

《道古堂詩集》，杭世駿撰，《續修四庫全書》第1427冊，影印乾隆四十一年丙申（1776）刻光緒十四年戊子（1888）汪曾唯增修本。

《道咸同光四朝詩史》，孫雄撰，《續修四庫全書》第1628冊，影印宣統二年庚戌（1910）刻本。

《鐙窗叢錄》，吳翌鳳撰，《續修四庫全書》第1139冊，影印民國十五年（1926）排印《涵芬樓秘笈》本。

《地域·家族·文學——清代江南詩文研究》，羅時進著，上

海古籍出版社 2010年12月第1版。

《冬花庵爐餘稿》，奚岡撰，同治十一年壬申（1872）錢塘丁氏
　　當歸草堂刻本。

《東洲草堂詩集》，何紹基撰，曹旭校點，上海古籍出版社
　　2012年12月第1版。

《獨漉堂集》，陳恭尹撰，郭培忠校點，中山大學出版社1988
　　年8月第1版。

《獨學廬稿》，石韞玉撰，《續修四庫全書》第1466-1467冊，影
　　印清寫刻《獨學廬全稿》本。

《端峰詩選》，毛師柱撰，《四庫未收書輯刊》第八輯第22冊，
　　影印康熙三十三年甲戌（1694）王吉武刻本。

《敦夙好齋詩全集》，葉名灃撰，《續修四庫全書》第1536冊，
　　影印光緒十六年庚寅（1890）葉兆剛刻本。

E

《二林居集》，彭紹升撰，《清代詩文集彙編》第397冊，影印嘉
　　慶四年己未（1799）味初堂刻本。

《二知軒詩續鈔》，方濬頤撰，《續修四庫全書》第1556冊，影
　　印同治刻本。

《二知軒文存》，方濬頤撰，《續修四庫全書》第1556-1557冊，
　　影印光緒四年戊寅（1878）刻本。

《二十一世會稽鏡西公年譜》，岑象坤撰，《北京圖書館藏珍本
　　年譜叢刊》第120冊，影印民國鈔本。

F

《樊樊山詩集》，樊增祥撰，涂曉馬、陳宇俊校點，上海古籍出
　　版社2004年4月第1版。

《樊榭山房集》，厲鶚撰，董兆熊注，陳九思標校，上海古籍出

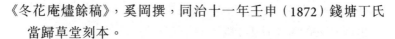

版社1992年6月第1版。

《范伯子詩文集》，范當世撰，馬亞中、陳國安校點，上海古籍
出版社2003年7月第1版。

《方嵞山詩集》，方文撰，胡金望、張則桐校點，黃山書社
2010年3月第1版。

《芙蓉山館全集》，楊芳燦撰，《續修四庫全書》第1477冊，影
印光緒十七年辛卯（1891）排印本。

《桴亭先生詩集》，陸世儀撰，《續修四庫全書》第1398冊，影
印光緒二十五年己亥（1899）唐受祺刻《陸桴亭先生遺書》
本。

《復莊詩問》，姚燮撰，周劭標點，上海古籍出版社1988年5月
第1版。

G

《甘泉鄉人稿》，錢泰吉撰，《續修四庫全書》第1519冊，影印
同治十一年壬申（1872）刻光緒十一年乙酉（1885）增修本。

《公餘集》，劉秉恬撰，《續修四庫全書》第1457冊，影印乾隆
五十年乙巳（1785）刻本。

《古今禪藻集》，釋正勉撰，《景印文淵閣四庫全書》第1416冊。

《廣東新語》，屈大均撰，中華書局1985年4月第1版。

《（道光）廣東通志》，阮元修，陳昌齊等纂，《續修四庫全書》
第675冊，影印道光二年壬午（1822）刻本。

《（光緒）廣州府志》，戴肇辰、蘇佩訓修，史澄、李光廷纂，
《中國地方志集成》廣東府縣志輯第1-3冊，上海書店出版社
2003年10月第1版，影印光緒五年己卯（1879）刻本。

《桂留山房詩集》，沈學淵撰，《續修四庫全書》第1516冊，影
印道光二十四年甲辰（1844）郁松年刻本。

《國朝松陵詩徵》，袁景輅輯，乾隆三十二年丁亥（1767）愛吟

堂刻本。

H

《洪亮吉集》，洪亮吉撰，劉德權點校，中華書局2001年10月
　　第1版。

《胡荍塘先生年譜》，胡敬撰，道光刻本。

《湖海詩傳》，王昶輯，《續修四庫全書》第1625-1626冊，影印
　　嘉慶八年癸亥（1803）三泖漁莊刻本。

《壺園詩外集》，徐寶善撰，《續修四庫全書》第1516冊，影印
　　道光二十三年癸卯（1843）徐志導等刻本。

《笏庵詩》，吳清鵬撰，《續修四庫全書》第1514冊，影印咸豐
　　五年乙卯（1855）刻《吳氏一家稿》本。

《懷古田舍詩節鈔》，徐榮撰，《續修四庫全書》第1518冊，影
　　印復旦大學圖書館藏同治三年甲子（1864）錦城刻本。

《槐塘詩稿》，汪沆撰，乾隆五十一年丙午（1786）刻本。

《黃丕烈年譜》，江標撰，王大隆補，馮惠民點校，中華書局
　　1988年2月第1版。

J

《稽留山人集》，陳祚明撰，《四庫全書存目叢書》集部第233
　　冊，影印雍正刻本。

《（道光）濟南府志》，王贈芳、王鎮修，成瓘、冷烜纂，《中國
　　地方志集成》山東府縣志輯第1-3冊，影印道光二十年庚子
　　（1840）刻本。

《寄影軒詩集》，志潤撰，《清代詩文集彙編》第733冊，影印光
　　緒三十年甲辰（1904）上海新昌書局排印本。

《劍光樓詩鈔》，儀克中撰，《清代詩文集彙編》第592冊，影印
　　光緒八年壬午（1882）學海堂叢刻本。

《蕉廊脞錄》，吳慶坻撰，張文其、劉德麟點校，中華書局
　　1990年3月第1版。

《蕉軒隨錄》、《續錄》，方濬師撰，盛冬鈴點校，中華書局
　　1995年2月第1版。

《劫餘詩選》，齊學裘撰，《續修四庫全書》第1531冊，影印同
　　治八年己巳（1869）天空海闊之居刻增修本。

《今白華堂詩錄》，童槐撰，《續修四庫全書》第1498冊，影印
　　同治八年己巳（1869）童華刻本。

《江蘇詩徵》，王豫輯，道光元年辛巳（1821）焦山海西庵詩徵
　　閣刻本。

《敬業堂詩集》，查慎行撰，周劭標點，上海古籍出版社1986
　　年11月第1版。

《九梅村詩集》，魏燮均撰，《續修四庫全書》第1539冊，影印
　　光緒元年乙亥（1875）紅杏山莊刻本。

K

《可園詞存》，陳作霖撰，《續修四庫全書》第1569冊，影印宣
　　統元年己酉（1909）刻增修本。

《可園詩存》，陳作霖撰，《續修四庫全書》第1569冊，影印宣
　　統元年己酉（1909）刻增修本。

L

《瀨園文集》，嚴首昇撰，《四庫禁燬書叢刊》集部第147冊，影
　　印順治十四年丁酉（1657）刻增修本。

《懶雲樓詩草》，釋與宏撰，道光七年丁亥（1827）刻本。

《樂志堂詩集》，譚瑩撰，《續修四庫全書》第1528冊，影印咸
　　豐九年己未（1859）吏隱園刻本。

《樂志堂文集》，譚瑩撰，《續修四庫全書》第1528冊，影印咸

豐九年己未（1859）吏隱園刻本。

《冷廬雜識》，陸以湉撰，崔凡之點校，中華書局1984年1月第
　　1版。

《兩浙輶軒錄》，阮元、楊秉初等輯，夏勇等整理，浙江古籍出
　　版社2012年4月第1版。

《兩浙輶軒續錄》，潘衍桐輯，《續修四庫全書》第1685-1687
　　冊，影印光緒十七年辛卯（1891）浙江書局刻本。

《臨江鄉人詩》，吳穎芳撰，同治十年辛未(1871)錢塘丁氏當歸
　　草堂刻本。

《凌雪軒詩》，徐夔撰，乾隆刻本。

《龍壁山房詩草》，王拯撰，《續修四庫全書》第1545冊，影印
　　同治桂林楊博文堂刻本。

《綠雪堂遺集》，王衍梅撰，《清代詩文集彙編》第517冊，影印
　　道光刻本。

《綠漪草堂集》，羅汝懷撰，《續修四庫全書》第1531冊，影印
　　光緒九年癸未（1883）羅式常刻本。

M

《䜌䜌亭集》、《後集》，祁寯藻撰，《續修四庫全書》第1521-
　　1522冊，影印咸豐刻本。

《耄餘詩話》，周春撰，《續修四庫全書》第1700冊，影印清鈔
　　本。

《梅花草堂集》，張大復撰，《續修四庫全書》第1380冊，影印
　　崇禎刻本。

《勉行堂詩文集》，程晉芳撰，魏世民校點，黃山書社2012年1
　　月第1版。

《妙香詩草》，釋漢兆撰，道光三年癸未（1823）刻本。

《閩川閨秀詩話》，梁章鉅撰，《續修四庫全書》第1705冊，影

印道光二十九年己酉（1849）刻本。

《閩中書畫錄》，黃錫蕃撰，《續修四庫全書》第1068冊，影印民國二十三年（1934）《合眾圖書館叢書》本。

《名家品詩坊·元明清詩》，錢仲聯、章培恆等著，上海辭書出版社2004年4月第1版。

《明末清初文人結社研究》，何宗美著，南開大學出版社2003年1月第1版。

《明末清初文人結社研究續編》，何宗美著，中華書局2006年12月第1版。

《明清之際黨社運動考》，謝國楨著，上海書店出版社2004年1月第1版。

《名媛詩話》，沈善寶撰，《續修四庫全書》第1706冊，影印光緒鴻雪樓刻本。

N

《耐庵詩文存》，賀長齡撰，《續修四庫全書》第1511冊，影印咸豐十年庚申（1860）刻本。

《南屏山房集》，陳昌圖撰，《四庫未收書輯刊》第十輯第24冊，影印乾隆五十六年辛亥（1791）陳寶元刻本。

《南社研究》，孫之梅著，人民文學出版社2003年9月第1版。

O

《偶齋詩草》，寶廷撰，聶世美校點，上海古籍出版社2012年12月第1版。

P

《樸村詩集》，張雲章撰，《四庫禁燬書叢刊》集部第168冊，影印康熙華希閔等刻本。

《蒲松齡集》，蒲松齡撰，路大荒整理，上海古籍出版社1986
　　年4月第1版。

Q

《潛研堂文集》，錢大昕撰，《續修四庫全書》第1438-1439冊，
　　影印嘉慶十一年丙寅（1806）刻本。

《錢文敏公全集》，錢維城撰，《續修四庫全書》第1442-1443
　　冊，影印乾隆四十一年丙申（1776）眉壽堂刻本。

《欽定八旗通志》，乾隆敕撰，李洵、趙德貴、周毓芳、薛虹等
　　校點，吉林文史出版社2002年12月第1版。

《琴隱園詩集》，湯貽汾撰，《續修四庫全書》第1502冊，影印
　　同治十三年甲戌（1874）曹士虎刻本。

《清代詞社研究》，萬柳著，中州古籍出版社2011年10月第1
　　版。

《清代文化與浙派詩》，張仲謀著，東方出版社1997年8月第1
　　版。

《清詩別裁集》，沈德潛輯，上海古籍出版社1984年8月第1
　　版。

《清詩話考》，蔣寅著，中華書局2005年1月第1版。

《清詩紀事初編》，鄧之誠著，上海古籍出版社2012年6月第2
　　版。

《清詩考證》，朱則傑著，人民文學出版社2012年5月第1版。

《清詩流派史》，劉世南著，人民文學出版社2004年3月第1
　　版。

《清詩史》，嚴迪昌著，人民文學出版社2011年11月第1版。

《清詩史》，朱則傑著，江蘇古籍出版社2000年5月第1版。

《清史講義》，孟森著，中華書局2010年1月第1版。

《青芝山館集》，樂鈞撰，《續修四庫全書》第1490冊，影印嘉慶二十二年丁丑（1817）刻後印本。

《求是堂詩集》，胡承珙撰，《續修四庫全書》第1500冊，影印道光十三年癸巳（1833）刻本。

《求是堂文集》，胡承珙撰，《續修四庫全書》第1500冊，影印道光十七年丁酉（1837）刻本。

《全浙詩話》，陶元藻輯，《續修四庫全書》第1703冊，影印嘉慶元年丙辰（1796）怡雲閣刻本。

《全祖望集彙校集注》，全祖望撰，朱鑄禹彙校集注，上海古籍出版社2000年12月第1版。

《確庵文稿》，陳瑚撰，《四庫禁燬書叢刊》集部第184冊，影印康熙毛氏汲古閣刻本。

《群雅集》，王豫輯，嘉慶刻本。

R

《訒庵詩存》，汪啓淑撰，《續修四庫全書》第1446冊，影印乾隆刻本。

《容齋詩集》，茹綸常撰，《續修四庫全書》第1457冊，影印乾隆三十五年庚寅（1770）刻乾隆五十二年丁未（1787）嘉慶四年己未（1799）十三年戊辰（1808）增修本。

《容齋文鈔》，茹綸常撰，《續修四庫全書》第1457冊，影印嘉慶刻增修本。

S

《三松堂集》、《續集》，潘奕雋撰，《續修四庫全書》第1460-1461冊，影印嘉慶刻本。

《賞雨茅屋詩集》，曾燠撰，《續修四庫全書》第1484冊，影印嘉慶二十四年己卯（1819）刻增修本。

《尚絅堂集》，劉嗣綰撰，《續修四庫全書》第1485冊，影印道光六年丙戌（1826）大樹園刻本。

《石巢詩集》，程頌萬撰，《續修四庫全書》第1577冊，影印民國十二年（1923）武昌刻《章氏叢書》本。

《石泉書屋詩鈔》，李佐賢撰，《續修四庫全書》第1534冊，影印同治四年乙丑（1865）刻本。

《是程堂二集》，屠倬撰，《續修四庫全書》第1517冊，影印道光元年辛巳（1821）潛園刻本。

《社事始末》，杜登春撰，《叢書集成初編》第764冊。

《雙硯齋詩鈔》，鄧廷楨撰，《續修四庫全書》第1499冊，影印清末刻本。

《沈德潛詩文集》，沈德潛撰，潘務正、李言校點，人民文學出版社2011年10月第1版。

《詩藪》，胡應麟撰，中華書局1958年10月第1版。

《書農府君年譜》，胡珵撰，《北京圖書館藏珍本年譜叢刊》第131冊，影印道光刻本。

《說詩晬語》，沈德潛撰，《沈德潛詩文集》本，潘務正、李言校點，人民文學出版社2011年10月第1版。

《思退堂詩鈔》，陳祖望撰，道光三十年庚戌（1850）刻本。

《四松草堂詩略》，宗韶撰，《清代詩文集彙編》第753冊，影印光緒三十年甲辰（1904）上海新昌書局排印本。

《松風閣詩鈔》，彭蘊章撰，《續修四庫全書》第1518冊，影印同治刻《彭文敬公全集》本。

《松壽堂詩鈔》，陳夔龍撰，《續修四庫全書》第1577冊，影印宣統三年辛亥（1911）京師刻本。

《松梧閣詩集》，李暾撰，《四庫未收書輯刊》第九輯第27冊，影印雍正乾隆刻本。

《隨園詩話》，袁枚撰，顧學頡校點，人民文學出版社1982年9月第2版。

《(同治)蘇州府志》，李明皖、譚鈞培修，馮桂芬纂，《中國地方志集成》江蘇府縣志輯第7-10冊，影印光緒八年壬午（1882）江蘇書局刻本。

T

《太函集》，汪道昆撰，《續修四庫全書》第1348冊，影印萬曆刻本。

《太乙舟詩集》，陳用光撰，《續修四庫全書》第1493冊，影印咸豐四年甲寅（1854）孝友堂刻本。

《曇雲閣集》，曹楙堅撰，《續修四庫全書》第1514冊，影印光緒三年丁丑（1877）曼陀羅館刻本。

《唐代集會總集與詩人群體研究》，賈晉華著，北京大學出版社2001年6月第1版。

《陶文毅公全集》，陶澍撰，《續修四庫全書》第1502-1504冊，影印道光二十年庚子（1840）兩淮淮北士民刻本。

《天咫偶聞》，震鈞撰，北京古籍出版社1982年9月第1版。

《天真閣集》，孫原湘撰，《續修四庫全書》第1487-1488冊，影印嘉慶五年庚申（1800）刻增修本。

《銅梁山人詩集》，王汝璧撰，《續修四庫全書》第1461-1462冊，影印光緒二十年甲午（1894）京師刻本。

《退庵詩存》，梁章鉅撰，《續修四庫全書》第1499冊，影印道光刻本。

《退補齋詩存二編》，胡鳳丹撰，《續修四庫全書》第1552冊，影印光緒七年辛巳（1881）退補齋刻本。

《退宜堂詩集》，孫堦撰，光緒十五年己丑（1889）刻本。

《蘀石齋詩集》，錢載撰，《續修四庫全書》第1443冊，影印乾

隆刻本。

W

《頑潭詩話》，陳瑚輯，《續修四庫全書》第 1697 冊，影印民國
　　六年（1917）崑山趙氏峭帆樓刻《峭帆樓叢書》本。

《晚晴簃詩匯》，徐世昌輯，聞石點校，中華書局 1990 年 10 月
　　第 1 版。

《王士禛全集》，王士禛（禎）撰，袁世碩主編，齊魯書社 2007
　　年 6 月第 1 版。

《微尚齋詩集初編》，馮志沂撰，《續修四庫全書》第 1553 冊，
　　影印同治三年甲子（1864）廬州郡齋刻本。

《溫恭毅集》，溫純撰，《景印文淵閣四庫全書》第 1288 冊。

《文人結社與明代文學的演進》，何宗美著，人民文學出版社
　　2011 年 3 月第 1 版。

《文忠集》，范景文撰，《景印文淵閣四庫全書》第 1295 冊。

《無不宜齋未定稿》，翟灝撰，《清代詩文集彙編》第 341 冊，影
　　印清乾隆十七年壬申（1752）自刻本。

《無悔齋集》，周京撰，《四庫全書存目叢書》集部第 277 冊，影
　　印乾隆刻本。

《吳梅村全集》，吳偉業撰，李學穎集評標校，上海古籍出版社
　　1990 年 12 月第 1 版。

《武林坊巷志》，丁丙撰，浙江人民出版社 1987 年 12 月第 1 版。

X

《峴嶕山房詩集》，董文渙撰，《續修四庫全書》第 1559 冊，影
　　印同治九年庚午（1870）刻十年辛未（1871）增修本。

《湘綺樓詩文集》，王闓運撰，馬積高主編，譚承耕、陶先淮副
　　主編，岳麓書社 1996 年 9 月第 1 版。

《香蘇山館詩集》，吳嵩梁撰，《續修四庫全書》第1489-1490
　　冊，影印清木犀軒刻本。

《肖巖詩鈔》，趙良澍撰，《續修四庫全書》第1464冊，影印嘉
　　慶五年庚申（1800）涇城雙桂齋刻本。

《小倉山房詩文集》，袁枚撰，周本淳點校，上海古籍出版社
　　1988年1月第1版。

《小重山房詩詞全集》，張祥河撰，《續修四庫全書》第1513
　　冊，影印道光刻光緒增修本。

《小匏庵詩話》，吳仰賢撰，《續修四庫全書》第1707冊，影印
　　光緒刻本。

《小謨觴館詩文集》，彭兆蓀撰，《續修四庫全書》第1492冊，
　　影印嘉慶十一年丙寅（1806）德清許氏家刻本。

《雪虛聲堂詩鈔》，楊深秀撰，《續修四庫全書》第1567冊，影
　　印民國六年（1917）商務印書館排印《戊戌六君子遺集》本。

《遜學齋詩鈔》，孫衣言撰，《續修四庫全書》第1544冊，影印
　　同治三年甲子（1864）刻增修本。

《遜學齋文鈔》，孫衣言撰，《續修四庫全書》第1544冊，影印
　　同治十二年癸酉（1873）刻增修本。

Y

《揅經室集》，阮元撰，鄧經元點校，中華書局1993年5月第1
　　版。

《延綠齋詩存》，岑振祖撰，《清代詩文集彙編》第439冊，影印
　　嘉慶二十五年庚辰（1820）刻本。

《揚州畫舫錄》，李斗撰，周光培點校，江蘇廣陵古籍刻印社
　　1984年10月第1版。

《依園詩集》，顧嗣協撰，《四庫未收書輯刊》第八輯第26冊，
　　影印康熙三十九年庚辰（1700）刻本。

《壹齋集》，黃鉞撰，陳育德、鳳文學校點，黃山書社1999年9月第1版。

《㟙齋詩集》，張穆撰，《續修四庫全書》第1532冊，影印咸豐八年戊午（1858）祁寯藻刻本。

《詒安堂二集》，王慶勳撰，《續修四庫全書》第1544冊，影印咸豐三年癸丑（1853）刻五年乙卯（1855）增修本。

《夷牢溪廬詩鈔》，黎汝謙撰，《續修四庫全書》第1567冊，影印光緒二十五年己亥（1899）羊城刻本。

《亦有生齋集》，趙懷玉撰，《續修四庫全書》第1469-1470冊，影印道光元年辛巳（1821）刻本。

《吟秋樓詩鈔》，鄔鶴徵撰，道光二十九年己酉（1849）刻本。

《有懷堂筆》，王永命撰，《四庫未收書輯刊》第五輯第30冊，影印康熙刻本。

《友聲集》，王相輯，《續修四庫全書》第1627冊，影印咸豐八年戊午（1858）信芳閣刻本。

《有正味齋集》、《有正味齋駢體文》，吳錫麒撰，《續修四庫全書》第1468-1469冊，影印嘉慶十三年戊辰（1808）刻《有正味齋全集》增修本。

《淵雅堂全集》，王芑孫撰，《續修四庫全書》第1480-1481冊，影印嘉慶刻本。

《緣督廬日記抄》，葉昌熾撰，《續修四庫全書》第576冊，影印民國二十二年（1933）上海蟫隱廬石印本。

《原詩》，葉燮撰，人民文學出版社1979年9月第1版。

《芋香詩鈔》，釋宗渭撰，《四庫未收書輯刊》第八輯第23冊，影印康熙四十三年甲申（1704）刻本。

《越縵堂詩文集》，李慈銘撰，劉再華校點，上海古籍出版社2012年11月第1版。

《悦親樓詩集》，祝德麟撰，《續修四庫全書》第1462-1463冊，
影印嘉慶二年丁巳（1797）姑蘇刻本。

《簀谷文鈔》，查揆撰，《續修四庫全書》第1494冊，道光十五
年乙未（1835）菽原堂刻本。

《雲左山房詩鈔》，林則徐撰，《續修四庫全書》第1512冊，影
印道光十二年壬辰（1832）刻本。

Z

《查浦詩鈔》，查嗣瑮撰，《四庫未收書輯刊》第八輯第20冊，
影印清刻本。

《張季子詩錄》，張謇撰，《續修四庫全書》第1575冊，影印民
國三年（1914）排印本。

《芝庭先生集》，彭啓豐撰，《清代詩文集彙編》第296冊，影印
光緒二年丙子（1876）重刻本。

《知足齋詩》、《續集》，朱珪撰，《續修四庫全書》第1451-1452
冊，影印嘉慶九年甲子（1804）阮元刻增修本。

《中國文學大辭典》，錢仲聯、傅璇琮等總主編，上海辭書出版
社2000年9月第1版。

《中國文學家大辭典（清代卷）》，錢仲聯主編，中華書局1996
年10月第1版。

《周莊鎮志》，陶煦纂，《續修四庫全書》第717冊，影印光緒八
年壬午（1882）元和陶氏儀一堂刻本。

《籀經堂類稿》，陳慶鏞撰，《續修四庫全書》第1522-1523冊，
影印咸豐刻本。

《竹生吟館詩草》，周師濂撰，道光九年己丑（1829）刻本。

《竹巖詩草》，邊中寶撰，《四庫未收書輯刊》第十輯第18冊，
影印乾隆四十年乙未（1775）刻本。

《苄庵二集》，吳懋謙撰，《四庫全書存目叢書》集部第207冊，影印順治十三年丙申（1656）刻本。

《子良詩存》，馮詢撰，《續修四庫全書》第1526冊，影印上海圖書館藏清刻本。

《紫峴山人全集》，張九鉞撰，《續修四庫全書》第1443-1444冊，影印咸豐元年辛亥（1851）張氏賜錦樓刻本。

《棕亭詩鈔》，金兆燕撰，《續修四庫全書》第1442冊，影印道光十六年丙申（1836）贈雲軒刻本。

《左海文集》，陳壽祺撰，《續修四庫全書》第1496冊，影印清刻本。

（二）學位論文

《望社研究》，葛恆剛著，南京師範大學碩士學位論文，2005年5月，導師：陳書錄。

《侯方域與雪苑社研究》，臧守剛著，南京師範大學碩士學位論文，2006年6月，導師：李忠明。

《「蕉園詩社」考述》，康維娜著，南開大學碩士學位論文，2007年5月，導師：陶慕寧。

《復社研究》，王恩俊著，東北師範大學博士學位論文，2007年5月，導師：趙毅。

《清初嶺南詩人梁佩蘭研究》，余安元著，暨南大學碩士學位論文，2007年5月，導師：史小軍。

《侯方域研究》，劉海俠著，四川師範大學碩士學位論文，2008年4月，導師：趙曉蘭。

《明末清初的文人社團與文學運動》，張濤著，中國人民大學博士學位論文，2008年4月，導師：葉君遠。

《超社逸社詩人群體研究》，朱興和著，華東師範大學博士學位
　論文，2009年4月，導師：胡曉明。

《寶廷詩歌研究》，張德華著，蘇州大學碩士學位論文，2009年
　5月，導師：馬衛中。

《乾嘉吳中女性詩人群體研究》，韓丹丹著，蘇州大學碩士學位
　論文，2009年5月，導師：羅時進。

《明清江南文人結社研究》，王文榮著，蘇州大學博士學位論
　文，2009年5月，導師：羅時進。

《南社蘇州詩人研究》，孫立新著，蘇州大學博士學位論文，
　2009年5月，導師：王英志。

《愛新覺羅·寶廷詩歌研究》，王志芳著，浙江師範大學碩士學
　位論文，2010年4月，導師：高玉海。

《「蕉園詩社」考論》，范晨曉著，浙江大學碩士學位論文，
　2010年5月，導師：孫敏強。

《南社詩人群體研究》，邱睿著，蘇州大學博士學位論文，2010
　年5月，導師：羅時進。

《清代江浙地區「女子詩社」研究——以「蕉園詩社」為例》，劉
　鳳雲著，四川師範大學碩士學位論文，2010年6月，導師：
　徐湘霖。

《清代格調派研究》，王玉媛著，蘇州大學博士學位論文，2011
　年3月，導師：王英志。

《〈偶齋詩草〉與寶廷遊歷詩考論》，楊琦著，上海師範大學碩
　士學位論文，2011年4月，導師：王從仁。

《清代東北流人詩社及流人詩作研究》，楊麗娜著，蘇州大學碩
　士學位論文，2011年4月，導師：張修齡。

《紅梨社研究》，黃建林著，蘇州大學碩士學位論文，2012年4
　月，導師：羅時進。

《「驚隱詩社」研究》，周于飛著，浙江大學博士學位論文，
　2012年5月，導師：朱則傑。

後記

　　清代詩人結社是我從事古典文學研究以來的主要方向。博士畢業後，研究課題雖有一定程度的拓展和延伸，但清詩仍是重點。清代詩社，既是浙江大學朱則傑先生基於清詩研究的數十年經驗而指定的選題，也是我的興趣所在。這部《清代詩社初探》，大體成書於 2013 年，攻讀博士學位期間，我又完成了《清代詩社研究》的寫作。前後兩部專著圍繞同一主題而展開，但在內容、結構、觀念等方面相對獨立，也體現出了文獻資料和研究思路的轉變。《清代詩社初探》作為我進入清代詩社領域的初步探索，為我後續的研究工作奠定基礎，於我個人而言具有重要的啟示作用。

　　《清代詩社初探》分為上篇「清代詩社綜論」和下篇「清代詩社叢考」兩個部分。上篇包含清代詩社的若干概念、階段特徵、地域分佈、集會活動、唱和形式和歷史地位等六個方面，勾勒不同階段的結社脈絡，還原不同地域的集會場景，進而探索清代社事的共性和價值。下篇主要以六個詩社為中心，即「城南詩社」、「友聲詩社」、「古歡吟會」、「泊鷗吟社」、「西園吟社」、寶廷「消夏」「消寒」詩社，運用考據的手段梳理詩社個案的基本情況如社員、集會、創作及結社宗旨等。上篇和下篇相互印證，試圖呈現清代詩人結社的大致面貌。

　　隨着年歲增長，古代詩人的學術思想和審美傾向發生改變，往往「悔其少作」。反其道而行之，我將「少作」出版，且

盡可能保留了原樣。一方面是考證的部分，不作虛言妄語，較為真實可信；另一方面是論述的部分，我不介意展示自己未成熟的觀點，坦然接受方家的批評。因此，希望藉這部小書的出版，獲得更多的關注和指正。清代學者段玉裁稱青年龔自珍的經史之作「風發雲逝，有不可一世之概」，又用萬斯同告誡方苞的話勉勵他「勿讀無益之書，勿作無用之文」。有益之書、有用之文的標準會隨着時代的推移而發生改變，但這種治學原則及態度在當下仍具終身奉行的意義。

《清代詩社初探》的最終呈現，得益於朱則傑教授的悉心指導，以及浙江大學樓含松、孫敏強、汪超宏、周明初、徐永明、胡可先諸位教授提出的寶貴建議。這部書的順利出版，有賴於香港浸會大學張宏生教授的積極促成和慷慨賜序，以及香港匯智出版有限公司主責編輯羅國洪先生所付出的時間和精力。我的博士導師鄭利華教授、博士後合作導師孫周興教授，在我從事學術研究的道路上，一如既往給予支持和幫助。最後，感謝我的先生龔宗傑，不僅承擔着此書的審稿等實際工作，其性情、學術之醇也成為我的一種信念。

胡媚媚

2019 年 11 月 13 日

責任編輯：羅國洪
封面題字：樓含松
封面設計：張錦良

清代詩社初探

胡媚媚　著

出　　版：匯智出版有限公司
　　　　　香港九龍尖沙咀赫德道2A首邦行8樓803室
　　　　　電話：2390 0605　　傳真：2142 3161
　　　　　網址：http://www.ip.com.hk

發　　行：香港聯合書刊物流有限公司
　　　　　香港新界大埔汀麗路36號中華商務印刷大廈3字樓
　　　　　電話：2150 2100　　傳真：2407 3062

印　　刷：陽光 (彩美) 印刷有限公司

版　　次：2019年12月初版

國際書號：978-988-79783-9-8